KB134324

음악 혐오

La haine de la musique

La haine de la musique

Pascal Quignard

LA HAINE
DE LA MUSIQUE
음악 혐오

Pascal Quignard

파스칼 키냐르 지음 | 김유진 옮김

● **Franz**

차례

일러두기

1 이 책은 Pascal Quignard, *La haine de la musique*(Paris: Calmann-Lévy, 1996)를 완역한 것이다.
2 본문의 각주는 모두 옮긴이가 단 것이다.
3 저자가 이탤릭체로 강조한 말은 대체로 앞에 우리말을 붙이고 원어를 병기하거나, 원어를 곧바로 노출시키는 대신 이탤릭체로 표시했다.
   예) 음악mousikè은 슬픔 위에 망각의 헌주를 따른다.
   '위안'을 뜻하는 라틴어 명사 *consolatio*는 여기서 왔다.
4 저자가 대문자로 강조한 말은 볼드체로 표시했다.
5 성서 인용은 대한성서공회 공동번역 개정판을 참조했다.
6 책은 겹낫표(『 』)로, 책의 일부분, 논문, 그림, 노래 등은 홑낫표(「 」)로 표시했다.
7 맞춤법과 외래어 표기는 국립국어원 표준국어대사전과 두산대백과사전을 우선적으로 따랐다.

성 베드로의 눈물

우리는 극도로 상처 입은 어린아이와 같은 유성有聲의 나체를, 우리 심연에 아무 말 없이 머무는 그 알몸을 천들로 감싸고 있다. 천은 세 종류다. 칸타타, 소나타, 시.

노래하는 것, 울리는 것, 말하는 것.

이 천들의 도움으로 우리는 우리 몸이 내는 대부분의 소리를 타인이 듣지 못하게 하려는 것과 같이, 몇몇 음音들과 그보다 오래된 탄식에서 우리의 귀를 지켜 내려 한다.

*

헤시오도스[1]가 시구를 통해 전하길, 음악mousikè[2]은

---

1 헤시오도스Hesiodos(B. C. 8세기경)는 고대 희랍의 서사시인이다. 헤시오도스 스스로가 말하길, 어린 시절 산에서 양을 치고 있을 때 뮤즈들이 하늘에서 내려와 시인의 지팡이와 목소리를 주며 자신을 시인의 길로 이끌었다고 한다.

2 희랍어로 '여신이 주관하는 예술 전반'을 의미하며, 특히 시가詩歌를 가리킨다. 음악을 뜻하는 단어 *music*은 여기서 왔다.

슬픔 위에 망각의 헌주獻酒를 따른다. 슬픔은 포도주가 담긴 항아리 밑바닥의 찌끼처럼 기억이 잠긴 영혼에 있다. 우리가 소원할 수 있는 것은 오직 영혼이 잠드는 것이다. 고대 희랍 시대에 에라토[3]는 무지케mousikè의 여신mousa이었다. 에라토는 술과 인간의 육신을 취하여 환각에 이르는 공포의 신, 판Pan의 여사제이기도 했다. 샤먼은 짐승을 통해, 사제는 제물이 된 인간으로부터, 음유시인은 뮤즈에게 계시를 받았다. 언제나 희생이 따랐다. 스스로 모던한 체하는 작품들은 시대와 부합하건 혹은 시대가 그것을 거부하건 늘 구식이다. 작품이란 "공포에 사로잡힌 뮤즈들"이 영감을 불어넣는 것이다. 공포에 떠는 여자들은 주신酒神 바쿠스를 상징하는 지팡이인 티르소스와 판의 피리를 든 채 갈라진 목소리로 동물 울음을 흉내 냈다. 그것을 라틴어로 *bacchatio*, 즉 바쿠스의 연회라 불렀다. 그들은 젊은 남성을 산 채로 찢어 죽이고 그 즉시 날것으로 먹어 치웠다. 오르페우스도 산 채로 먹혔다.[4] 뮤즈 에우테르페는 입에 피리

---

[3] 제우스와 기억의 여신 므네모시네 사이에서 태어난 아홉 뮤즈 중 하나로 에로틱한 서정시를 주관한다.

[4] 오르페우스는 죽은 아내 에우리디케를 되찾기 위하여 저승에까지 갔으나 뒤돌아보지 말라는 금기를 어겨 홀로 돌아오게 된다. 비탄에 잠긴 그는 트라키아에 있는 어떤 여인들의 유혹에도 넘어가지 않았는데, 이에 분노한 여인들이 바쿠스의 연회에 모습을 드러낸 오르페우스를 발견하고는 광기에 휩싸인 채 달려들어 찢어 죽인다.

를 물고 있다. 아리스토텔레스는 그의 저서 『정치학』에서 뮤즈의 분주한 입과 손에 대해 언급하며, 그 모습이 입과 손을 이용하여 제 고객의 음경physis[5]을 부풀리고 아랫배에 닿을 정도로 세워 사정에 이르게 하는 창녀의 행위와 완전히 일치한다고 적었다. 작품opera이란 자유로운 인간이 만드는 것이 아니다. 행하는opérer 모든 것은 어딘가에 매여 있다. 슬픔에 "사로잡히는 것"이다. 프랑스어로는 *souci*근심라 말한다. 그것이 술독 바닥의 찌꺼다. 포도주의 시신이다.

*

피리를 발명한 이는 아테나였다. 아테나는 황금 날개와 멧돼지의 어금니를 한 가마우지의 목구멍에서 새어 나오는 비명을 듣고는, 그 소리를 흉내 내기 위하여 최초의 피리(희랍어로 *aulos*, 라틴어로 *tibia*)[6]를 만들

---

5 *physis*는 희랍어로 '태어나다', '성장하다'를 뜻하는 동사에서 비롯되었으며, 통상 '자연'으로 번역한다. 이에 대해 키냐르는 고대 희랍인들은 *phallos*(남근)라는 단어를 말해야 할 때, 이를 우회적으로 지칭하기를 좋아했는데 그중 하나가 *physis*였다고 설명한다.(파스칼 키냐르, 『섹스와 공포』, 송의경 옮김, 2007)

6 아울로스aulos는 고대 희랍 시대에 널리 사용된 오보에계 관악기다. 통상 두 대가 한 쌍으로, 한 명의 연주자가 양 손으로 각각의 가늘고 긴 관을 나누어 들고 입으로 불어 연주한다. 따라서 화음을 내는 것이 가능하며 음정이 높고 소리가 화려한 것이 특징이다. 티비아tibia는 라틴어로 넓적다리뼈를 의미하는데, 초기의 티비아는 주로 짐승의 뼈로 만들어졌다.

었다. 가마우지의 울음은 매혹적이었고 듣는 이를 꼼짝 못하게 하여 온몸이 얼어붙는 공포의 순간에 사냥감을 죽음으로 몰아넣었다. 몸을 마비시키는 공포의 상태, 이것이 바로 산 채로 제물을 잡아먹는 오모파기아 omophagia적 공황의 첫 순간이다. *Tibia canere.* 티비아가 노래하게 하라.

실레노스[7]인 마르시아스는 티비아를 불고 있는 아테나를 나무랐다. 고르곤[8]의 노래를 흉내 내는 아테나의 입은 길게 늘어지고, 양 볼은 부풀어 오르고, 눈은 곧 튀어나올 것만 같았다. 마르시아스는 아테나에게 소리쳤다.

"피리를 내려놔요. 당신 턱을 난잡하게 만드는 그 가면을, 사방을 공포로 몰아넣는 노래를 그만 포기해요."

그러나 아테나는 말을 듣지 않았다.

어느 날 프리기아의 강둑에서 피리를 불던 아테나는 물에 비친 자신의 모습을 발견했다. 입을 분주히 놀리는 그 모습에 경악했다. 이내 멀리 떨어진 강기슭의 갈대숲에 피리를 던져 버렸다. 여신은 달아났다.

---

7 늙은 사티로스를 뜻한다. 사티로스는 반인반수의 모습을 한 숲의 정령들을 가리킨다.

8 희랍 신화에 등장하는 세 자매 괴물로, 스텐노, 에우리알레, 메두사를 가리킨다. 뱀으로 된 머리카락과 멧돼지의 어금니를 지녔으며, 몸은 용의 비늘로 덮여 있다. 누구든 그 얼굴을 마주보는 순간 공포에 질려 돌처럼 굳는다고 전해진다.

마르시아스는 여신이 버린 피리를 주웠다.

*

나는 소리가 주는 고통과 음악의 지속적인 관계에 대해 질문해 본다.

*

공포와 음악. 음악mousikè과 공포pavor. 이 두 단어는 영원히 결속된 것만 같다. 비록 그 기원과 시대가 어긋난다 할지라도, 성기와 그것을 덮고 있는 천과 같이.

*

천들은 벌어진 상처를 덮고 부끄러운 알몸을 가린다. 모태의 어둠에서 빠져나와 자신의 목소리를 발견하자마자 첫울음을 터트리는 갓난아이를 감싼다. 그 최초의 울음은 죽을 때까지 지니게 될 "동물적" 폐호흡 특유의 리듬이 시작되었음을 알리는 소리다. 고대 라틴어 동사인 *solor*는 끊임없이 괴롭히는 것에서 시선을 돌리게 한다는 뜻을 갖고 있다. 그것은 인간 가슴 깊은 곳의 짓누름을 완화하고 내부를 부패시키는 쓰라림을 달게 하는 동시에, 내면에서 시시각각 기회를 엿보고 불안과 고열에 사로잡힌 공황의 순간 몸을 일으켜 곧장 달려들 기세로 끝없이 위협하는 고통을 잠재우는 것을 의미한다. 프랑스어로 여신muse을 고통으로부터 "주의

13

를 돌리게 하는amuse 존재"라고 말하는 것은 그 때문이다. 이것이 '위안'을 뜻하는 라틴어 명사 *consolatio*의 기원이다. 로마제국이 동서로 양분되었을 때, 사회적 유대 관계와 종교적 신심religio으로 통합되었던 영토가 그리스도교와 같은 그리스도교(엄밀히는 아리우스파[9])인 이방인들의 뜻대로 재편되기 위해 찢어졌을 때, 로마의 한 학자가 동고트의 왕 테오도리쿠스의 명에 따라 감옥에 갇혔다. 처음에는 칼벤차노 지역에서, 그 후 파비아의 탑으로 옮겨져 유폐되었다. 6세기 초의 일이다. 로마 귀족이자 신플라톤주의자, 포르피리오스와 암모니오스[10]의 신봉자이며 심마쿠스의 증증손녀의 남편으로 아내의 육체를 영원히 빼앗겨 버린 이 젊은 학자는, 감옥에서 『철학의 위안』을 썼다. 철학philosophia이 이 영혼의 위로solor보다도 대담한 적이 한순간이라도 있었는가? 이 책은 어느 가을날 도끼질 한 번으로 중단

---

9 아리우스Arius(250?~336?)에 의해 주창된 그리스도교 교리로, 하느님과 그의 아들인 예수가 본질에서 하나의 신성이 아니라고 주장했다. 삼위일체를 부정하는 아리우스파에 대해 니케아 공의회는 325년에 이단으로 규정했다.

10 포르피리오스Porphyrios(232?~305?)와 암모니오스Ammonios(175?~242)는 모두 신플라톤학파 철학자들이다. 신플라톤주의자들은 이 세상과 저 세상, 정신과 육체, 하나一와 여럿多 등을 대립시키는 플라톤의 이원론에 토대하고 있으면서도 양자 간의 연속성을 전제한다. 모든 것은 근원적 일자一者에서 유출되는 것으로, 가장 위의 일자로부터 조금씩 타락해서 그 아래로 이성nous과 영혼psychè이 차례로 놓이고 마지막에는 물질로 내려간다고 주장한다.

되었다. 524년 10월 23일이었다. 그의 이름은 아니키우스 만리우스 토르쿠아투스 세베리누스 보에티우스[11]였다. 그가 파비아의 감옥에서 참수되기 전, 죽음의 세계에서 온 영혼인 상imago 하나가 여인의 모습으로 그의 앞에 나타났다. 그것은 "위안의 형상"이었다. 나는 여기에 『철학의 위안』 제1권의 산문 1을 적는다. "내가 말없이 홀로 되새기며 침묵 속으로 밀어내는 탄식을 철필로써 내려갈 때, 머리 위로 거대한 여인 하나가 꼿꼿이 솟아오르는 것을 느꼈다. 여인은 젊었다가 늙었다가 했다. 두 눈이 불길처럼 타올랐다." 음악학교Conservatoire.[12] 위로를 위한 장소Consolatoire. 요제프 하이든은 여행을

---

11 보에티우스Anicius Manlius Torquatus Severinus Boëthius(470?~524)는 로마에서 세를 떨쳤던 아니키우스 가문 출신이다. 아버지가 죽은 후 또 다른 유력 가문 중 하나인 심마쿠스 가문으로 입양되어 그의 영향으로 희랍어를 모국어처럼 습득했다. 보에티우스는 고대 희랍 문화에 대한 지적 관심과 기독교적 믿음을 기반으로 신플라톤주의자들의 저서를 라틴어로 번역하는 작업에 열중했으며, 4학(산술, 음악, 기하, 천문)을 수학이라는 큰 틀로 엮은 저작을 남기기도 했다. 테오도리쿠스 왕 밑에서 행정관장을 지내던 보에티우스는 종교적 정쟁에 휘말려 유배되고 사형당했다. 아리우스파였던 테오도리쿠스 왕에게 그리스도교도로서 희생된 것이라 하여 순교자로 보는 시각도 있다.

12 '보존하다'라는 의미의 동사 conserver와 장소(혹은 도구)를 뜻하는 접미사 '–oir(e)'를 합하여 만든 단어다. '보존을 위한 장소'라는 의미의 이 단어는, 18세기에 드라마틱 예술과 음악적 전통의 보전을 위한 학교를 지칭하는 데 사용되기 시작했다. 현재는 주로 음악학교를 일컫는다. 이것은 뒤에 이어진 consolatoire와 짝을 이루는데, 키냐르가 '위로하다'라는 의미의 consoler와 접미사 '–oir(e)'를 합성하여 만든 조어로 추측된다.

다닐 때면 작은 가계家計 수첩을 지니고 다녔다. 그는 수첩에다 소리에서 비롯된 오래된 고통을 누그러뜨릴 방법을 찾노라 적었다. 그 고통은 하이든이 태어난 1730년대, 오스트리아와 헝가리의 국경인 로라우에서 비롯되었다. 라이타 강의 속삭임, 수레를 만드는 목수의 작업실, 문맹의 아버지, 수레 제조용 목재들, 느릅나무와 물푸레나무와 떡갈나무와 소사나무에 관한 지식들, 수레의 끌채, 바퀴와 축, 대장장이의 모루, 망치의 진동, 톱과 톱니들. 요컨대 그의 유년 시절과 관련된 모든 연민과 슬픔이 그의 리듬 속으로 달려들었다. 그는 작곡을 하는 것으로 비탄의 감정을 견뎌 냈다. 하이든이 죽기 전 몇 달간, 그 리듬은 전보다 빠르게 그를 나락으로 떨어뜨렸다. 그는 리듬을 멜로디로 옮길 수도, 적어 둘 수도 없었다. 고정된 언어 형식으로밖에 표현할 수 없으면서도 이미 발현된 언어로는 소리쳐 부른다 한들 소용없는 것. 그리고 죽음에 이르게 하는 것. 언어화할 수 없음. 하이든은 어느 폭풍우가 몰아치는 날, 높은 언덕 위에서 십자가에 매달린 자신을 발견했다. 산 채로 손에 못질하고 두 발을 모아 두드리는 망치 소리가, 예수가 들어야 했던 바로 그 소리가 자신 안에 있었노라고, 그는 말했다.

우리는 소파에 앉는다. 우리는 우리의 허구적 정체성보다도 유서 깊은 아주 오래된 눈물을 닦는다. 그 눈물은 보에티우스의 침대 옆에 선, "젊었다가 늙었다가"

한 여인 같은 것이다. 두 가지 방식의 말하기가 있다. "우리는 음악을 듣는다", "우리는 성 베드로의 눈물과 같은 것을 닦는다". 나는 후자의 것이 더 정확하다고 생각한다. 멀리 떨어진 농가 안뜰에서 들려오는 수탉의 울음소리에 현관 모퉁이에 서 있던 남자 하나가 갑자기 오열하기 시작한다. 4월 초순, 새벽빛이 희미하게 밝아 오며 어둠을 몰아내기 직전의 일이다.

그 이래로 그리스도교 세계의 교회 종탑 위에서 울리는 수탉의 울음소리(그것은 아마도 수탉의 울음소리를 통해 예고하고 확인했을 그 극도로 북받치던 순간을 기념하기 위해 세운 것이리라).

유물은 미래의 시간에 대해 말한다.

몇몇 음들, 즉흥적으로 떠오르는 흐릿한 선율들은 우리 안에 어떤 "과거의 시간"이 현존하는지를 알려 준다.

*

1000년. 교토에 있는 황비의 후궁에 기거한 세이쇼나곤[13]은 잠자리에 들 시간이 되면 목침 깊숙이 돌돌 말아 묻어 둔 내밀한 일기장을 몇 번이고 꺼내 자신의 마

---

13 세이쇼나곤清少納言(964?~?)은 일본 헤이안 시대 중류 귀족 집안의 딸로, 와카와 한시문에 능했다. 세이쇼나곤은 애칭인 '세이'와 계급을 뜻하는 '쇼나곤'을 더한 가명으로, 본명은 정확히 알려진 바가 없다. 993년 천황의 비를 보필하는 뇨보女房(고위 궁녀)로 발탁되었는데, 그 경험을 바탕으로『마쿠라노소시枕草子』를 썼다.

음을 움직이는 소리들을 적었다. 그녀는 소리들의 의미를 가늠하려 하지도, 깊은 고독과 독신 생활이 어째서 자신을 이토록 숨 막히게 하는지 소리를 통해 이해하려 하지도 않았다. 소리들은 매번 그녀에게 기쁨이라는 감정(혹은 기쁨에 대한 향수이거나, 어쩌면 그러한 향수의 특징이라고 할 수 있을 흥취 넘치는 생생한 환영)만을 가져다주었다. 그녀가 가장 자주 곱씹었던 것은 여름날, 어둠이 눈에 보이는 모든 지면을 잠식하는 오후의 끝자락, 메마른 길을 지나는 짐수레 소리였다.

*

사다코 황비의 뇨보女房는 덧붙였다.

"장지문 너머로 젓가락들이 서로 부딪치며 울리는 소리를 들음."

"청주를 담아 둔 주병 손잡이가 툭 떨어지는 소리를 들음."

"장지문 너머로 들려오는 희미한 목소리."

*

음악은 근본적으로 "칸막이 너머의 소리"라는 주제와 연결되어 있다. 먼 옛날 동화들은 이 주제를 사용한다. 덴마크 궁전의 커튼 너머, 로마나 리디아의 성벽 너머, 이집트의 울타리 너머로 귀를 쫑긋 세우며 듣는 놀라운 비밀 이야기가 그것이다. 음악을 듣는다는 것은

소리의 고통으로부터 영혼을 구원하는 것이라기보다
는, 그 내면의 동물적 경계심을 되살리려는 노력에 가까
운 것인지도 모른다. 우리는 의미를 띤 분절된 언어가
우리 안에 펼쳐지는 순간, 언어의 '음성적 호기심'을 잃
는다. 하모니란 그러한 음성적 호기심을 되살리는 것을
의미한다.

*

5세기 초엽 로마에 머물던 아프로네니아 아비티아[14]
는 *"Paene evenerat ut tecum……"*이라는 몇 개의 단어로
시작하는 편지를 적는다. 그녀는 불현듯 자신을 맹렬하
게 뒤흔드는 "주사위 통에서 들리는 흥미진진한 소리"
에 대해 잠시 언급하고는 곧 다른 것으로 넘어간다. 우
리 저마다의 내부에도 "열광시키는" 소리들이 존재한
다. 아프로네니아는 이교도païen[15]였지만 로마 씨족gens

14 키냐르의 소설 『아프로네니아의 회양목 서판』(1984)의 등장인물
이다. 소설은 두 부분으로 구성되어 있다. 도입부에서는 아프로네니
아 아비티아가 주고받은 서신을 통하여, 4세기 초 로마제국 말기에 태
어나 부유하고 강력한 신분의 로마 귀족으로서의 그녀의 삶과 주변
인물들, 그 역사적 배경을 개괄한다. 다른 부분에는 말년의 아프로네
니아가 회양목 서판에 기록한 일기가 담겨 있다.

15 다신교적 성향을 가진 고대 로마의 전통 종교를 낮추어 부르는
말이다. '시골, 촌락'을 의미하는 라틴어 단어 *paganus*에서 왔다. 4세기
말, 테오도시우스 1세가 이교 말살령을 내리고 그리스도교를 국교로
선포할 때까지 로마는 종교적으로 부침을 겪었다.

이라는 굴레에 얽매여 있었고, 파울라(성녀 파울라)와 프로바(알라리크 왕이 이끄는 고트족 군대에게 로마의 성문을 열어 준 로마 귀족이자 그리스도교도)의 피보호자[16]이기도 했다. 프라도 미술관에 소장 중인 클로드 로랭[17]의 작품인 「오스티아 항구에서 배에 오르는 성녀 파울라」에서, 성녀 에우스토키아 옆에 선 아프로네니아의 실루엣을 확인할 수 있다. 385년, 바다로 향하는 성녀 파울라와 함께할 때였다.

바다는 잠잠하다. 창공은 빛으로 가득하다. 빛은 그들 위에 머무르며 형체를 잘게 나누고 팽창시킨다. 세이렌들이 파수를 보는 섬 앞에서 모든 것이 침묵한다.

세이렌들은 아프로네니아, 에우스토키아, 성녀 파울라다.

*

모든 아끼는 음악에는 음악 자체에 부가된 짧고 오

---

16 보호자-피보호자 관계는 고대 로마를 지탱하던 상호 의무적 사회 연결 제도다. 사회적 지위가 우월한 보호자가 낮은 지위의 피보호자에게 재정적, 사회적 혜택을 베풀고, 피보호자는 보호자에게 상응하는 의무를 다해야 한다.

17 클로드 로랭Claude Lorrain(1600~1682)의 본명은 클로드 줄레 Claude Gellée다. 이탈리아로 귀화한 프랑스 화가 로랭은 푸생과 함께 17세기 프랑스 회화를 대표한다. 로랭은 과거의 향수가 어린 꿈과 같은 정경을 금빛 광선이나 은빛 대기 속에 녹아들도록 묘사하여 화면 전체를 현실과 다르게 보이도록 만드는 데 주력했다.

래된 음이 있다. 희랍적 의미로 *mousikè*는 '음악에 더해지다'라는 뜻을 갖고 있다. 이 일종의 "덧붙은 음악"은 우리가 고통받아 지르는 비명을 향해 지면을 부수고 나아간다. 그 비명은 이름 붙이는 것도 불가능하며 그 근원이 무엇인지 본 적도 없는 것이다. 눈에 보이지 않는, 결코 눈에 띄지 않을 소리가 우리 내부를 떠돈다. 그 오래된 음이 우리를 괴롭힌다. 우리는 아직 보지 않았다. 우리는 아직 숨 쉬지 않았다. 우리는 울지 않았다. 우리는 들었다.

*

극히 드문 순간에 우리는 음악을 규정할 수 있을 것이다. 울림보다도 작은 소리를 내는 어떤 것. 소음을 붙잡는 것(달리 말하면 결박된 소리의 끝에서 맴도는 것. 가지계可知界[18]에 머무는 노스탤지어가 내는 울림의 끝자락. 혹은 보다 단순한 공포의 징조monstrum. 즉, 의미작용을 하지 않는 의미를 지닌, 한 조각의 소리).

*

[18] 플라톤이 이데아를 설명하기 위해 제시한 개념이다. 가지계는 지성에 의해 파악되는 세계를 의미한다. 이와 대립하는 개념은 가시계可視界로, 감각적 경험에 의해 파악되는 세계를 가리킨다. 플라톤은 우리가 속한 가시계 너머에 가지계가 존재한다고 생각했으며, 후자가 전자보다 더 실재적이고 참된 세계라고 주장했다.

기억 속에서 두려움pavor과 공포terror를 구성하는 것은 두 가지다. 하나는 유년기는 돌이킬 수 없다는 사실 그 자체이고, 다른 하나는 그 돌이킬 수 없는 기억의 일부분이 과장되고, 격렬하며, 창조적인 것으로 변용되어 이루어지는 것이다. 우리가 할 수 있는 것은 "의미 작용을 하지 않는 의미를 지닌" 이 비의소적 의소意素의 침전물을 휘젓는 것뿐이다. 마치 진찰을 위해 상처를 벌려 볼 때처럼, 붉은빛이 도는 상처 가장자리의 썩고 감염된 가닥을 떼어 낼 때와 같이, 우리는 그 침전물이 소리 지르도록 할 수 있을 뿐이다.

유년의 상흔은 유년에 선재先在한 것이고, 현재에도 밤의 소리를 타고 흘러나오는 것이며, 미래에도 혼수昏睡로 남을 것이다.

*

호라티우스[19]는 어머니에 대한 기억을 아주 사소한 것조차 단 한마디도 남기지 않았다. 그의 주변인들인 바리우스, 메셀라, 마이케나스, 베르길리우스를 통해서 우리가 알 수 있는 것은 어머니에 대해 말하는 것이 그에게는 얼마나 어려운 일이었나 하는 것뿐이다. 그는 일화들

---

19 호라티우스Quintus Horatius Flaccus(B. C. 65~B. C. 8)는 고대 로마의 시인이다. 풍자시와 서정시로 명성을 얻어 아우구스투스 황제의 총애를 받았다. 대표작으로 『서정시집』과 『시학』이 있다.

을 잘게 부수었고, 그래서 두서가 없었다. 『피소 삼부자에게 보내는 서간문』[20]에서 호라티우스는 이렇게 썼다.

Segnius irritant animos demissa per aures
Quam quae sunt oculis subjecta fidelibus.

사나동 신부는 이 두 행을 느리고 슬픈 어조로 번역했다.

"오로지 귀로만 듣는 것은 눈으로 보는 것보다는 덜 감동적입니다."

테오프라스토스[21]는 그와 반대로 열정에 가장 활짝 문을 여는 감각은 음향적 지각이라고 주장했다. 그는 시각과 촉각, 후각과 미각보다도 귀를 통해 감각하는 "천둥소리와 탄식"이 영혼에 더 극심한 동요를 불러온다고 말했다.

가시적인 장면은 나를 돌처럼 굳게 하고médusent, 이내 침묵 속으로 밀어 넣는다. 침묵은 그 자체로 결핍에 의한 노래다. 내가 겪었던 무언증은 일종의 부재의 노래다.[22] 몸을 앞으로 뒤로 천천히 흔드는 춤이다. 머리를

---

20   호라티우스가 쓴 『시학』의 본래 제목이다. 『시학』은 후세 사람들이 붙인 것이다.

21   테오프라스토스Theophrastos(B. C. 371~B. C. 288)는 희랍의 철학자이자 식물학자다.

22   키냐르가 어린 시절 겪은 무언증mutisme은 그의 창작적 기원과 맞닿아 있다. 「메두사에 관한 소론」(『혀끝에서 맴도는 이름』, 송의경 옮김, 2005)에서 작가는 '두 어머니'에 대한 자전적 일화를 통하여 메

돌려 한쪽 귀를 반대편 방향으로 돌려 본다. 침묵은 리드미컬하다.

그러나 날카로운 비명과 굉음은 한계 없이, 심장이 제멋대로 날뛸 때까지 나를 뒤흔든다.

그럼에도 불구하고 소리는 최초의 미학적 찢는 자이길 바라는 호라티우스의 시각적 침묵보다도, 갈기갈기 찢어진 청각적 침묵 속으로 뛰어든다.

*

오직 음악만이 찢어진다.

*

또한 호라티우스는 침묵이 그 자체로 완전히 나누어지지 않는다고 단언한다. 소리가 소멸한다고 해도, 분열의 극한에는, 즉 완전한 침묵에는 이르지 못한다. 호라티우스는 여름날 가장 무기력한 순간인 한낮에도 침

두사에 관한 메타포를 환기한다. 첫째 삽화는 떠오르지 않는 단어를 기억해 내느라 무언의 노력을 기울이는 어머니의 '마비된' 모습에 관한 것이고, 둘째는 어린 시절 무티Mutti(독일어로 '엄마')라 부르던 유모와의 결별로 인해 생겨난 실어증에 대한 것이다. 작가는 특히, '엄마의 이름보다 더 소중했고, 불행하게도 지상 명령'이었던 '무티'라는 '부재하는' 이름을, 그 '결여된 언어'를 붙잡기 위해 침묵 속으로 빠져들었다고 반추한다. 그에게 글쓰기란 '침묵을 지키며 말을 할 수 있는' 유일한 생존 수단이었으며, 이러한 일종의 메두사적 마비 상태는 공포이자 동시에 매혹이고, '지상에 없는 것'을 알아보는 무아적 상태라고 적었다.

묵은 적요한 강둑 위에서 "윙윙거린다"라고 말한다.

*

빛이나 대기에 대한 인식은 우리와 나이가 같다. 우리 사회에서 나이는 수태 직후가 아닌 출산 이후 가계적, 상징적, 언어적, 사회적, 역사적 규칙에 따라 정해진다.

음성적 세계에 대한 인식은 소리에 대한 반응이나 대답할 능력, 혹은 언어적 이해와는 무관하게 얻어지는 것이다. 우리가 태어날 그곳의 언어를 알아듣기도 전에 지니게 되는 이러한 음향적 앎들은, 우리의 탄생보다 몇 달이나 앞서 있다.

두 계절에서 세 계절.

이 **울림들**은 우리의 탄생보다 선행하며 우리보다도 나이가 많다. 그 소리들은, 아직 우리의 얼굴을 머금은 적 없고 우리의 성별도 모르는 공기와 햇빛 속에서, 우리가 부재한 채로 불린 후에야 갖게 될 우리의 이름보다도 앞선 것이다.

*

음악mousikè과 두려움pavor.

밤의 두려움pavor nocturnus. 소음들, 들쥐나 개미들이 무엇을 갉아먹는 소리, 수도꼭지나 지붕의 홈통에서 물방울이 떨어지는 소리, 그림자에 가려진 숨소리, 불가사의한 신음, 숨죽인 흐느낌, 일반적인 침묵 상태가 아닌 급작스러운 정적, 자명종 시계, 흔들리는 나뭇가지, 타닥타닥 지붕에 빗방울이 떨어지는 소리, 수탉의 울음 소리.

낮의 두려움pavor diurnus. 25년 동안 세바스티앵보 탱 가[23]에 있는 어느 복도에서 우리는 아무도 없음에도 항상 낮은 목소리로 말한다. 수도사들의 속삭임. 때때 로 고양이 울음소리. 오래전 죽은 조상이 자손들을 조 종하기 위해 쓰던 꼭두각시가 있다. 그 인형을 고대 로 마인들은 유령larva이라 불렀다. 우리는 버들가지로 엮 은 이 꼭두각시들이다.

*

산 자들은 흔히 자신도 모르게 이전에 생존했던 이 들의 집에서 지낸다. 그곳은 망자의 세계다.

이러한 것이 바로 샤먼들의 지식이었다. 그리고 다음 과 같은 가정이, 샤먼들이 지닌 육체 치료 능력의 근간 이 되었다. 네 조상의 광기가 너를 노리고 있다. 어떤 말 은 네가 태어나기 일곱 세대 전에 이미 내뱉어진 것이다.

*

23 프랑스의 갈리마르 출판사가 위치한 거리다. 키냐르는 이 출판 사에서 편집자로 오랫동안 일했다. 이 길은 2011년 갈리마르 출판사 100주년을 기념하며 갈리마르 가Rue Gaston-Gallimard로 개칭되었다.

32년 전, 숲속에서 나눈 내밀한 이야기.

우리는 황금빛으로 물든 나뭇잎과 그 사이로 가볍게 떨리며 떨어지는 빛줄기 가운데에 단둘이 있었다. 그녀는 자신이 품은 욕망의 세목들을 내게 발설하기 위하여 숨소리가 옅어질 때까지, 내가 알아차리기 어려울 정도로 목소리를 낮추었다.

나는 그녀의 말을 잘 알아듣지 못했다. 두 번 중 한 번은 놓쳤다. 그녀는 누가 엿들을까 두려웠던 것일까? 한 마리 사슴이? 이파리가?

신이?

그녀의 입술이 내 귀 가까이 다가왔다.

*

면제되는 법이 없는 두려움pavor. 두려움은 본질적으로 구슬치기를 하는 아이들과 닮았다. 아이들은 땅에 무릎을 꿇는다. 그들은 다른 구슬을 염탐하면서 하나의 구슬을 조준한다.

*

죽음의 위협 아래, 침입과 불규칙적으로 뛰는 맥박과 전쟁과 봉기에 대한 끝없는 망보기. 보호해 주는 이 하나 없이 침입받을 때의 무력감. 밤이 탄생 이전의 상태보다 깊지 않았던 적이 있었던가? 생명이 있는 것들에게 세 번째 침입은 무엇일까? 어떤 인간이 그를 엿보

27

고, 금방이라도 달려들 듯하며, 거칠게 먹어 치울 준비를 하는 죽음의 손아귀에서 벗어날 수 있었는가?

발 디딘 땅이 별안간 갈라지길 멈춘 지대는 어디일까?

*

열기, 쇠약, 더딤, 무기력이 뒤섞인 여름날 정원에서 책을 읽는다. 낙엽 위로 작은 도마뱀이 발을 옮기는 순간, 바스락거림에 가슴이 내려앉을 정도로 놀란다.

이미 그 불타는 풀 위에 바들바들 떨며 서 있다.

*

자연 영역에서 인간의 언어는 거드름을 피우는 유일한 소리다(이 거만한 소리는 자신을 생산한 세계에 도리어 의미를 부여한다고 주장한다. 쿵쿵거리며 땅을 울리는 발소리. *Expavescentia*공포, *expavantatio*공포에 빠뜨리다. 그것은 인간들이 그곳 근처에서 공포에 사로잡혀 도망치느라 쉴 새 없이 대지를 밟아 대는 소리다. 신석기 시대 이전에 그 부근은 심연이었다).

*

다음은 로마의 언어학자이자 수사학자인 프론토의 저서 『역사의 원리』의 첫 구절이다.

*Vagi palantes nullo itineris destinato fine non ad locum sed ad vesperum contenditur*그들의 여행에는 목표지가 없다. 흩어

28

져 떠돈다. 그들은 정해진 장소가 아니라 다만 밤을 향해 걷는다.

Non ad locum 장소를 향해서가 아닌.

인간들의 은신처인 굴은 그들의 서쪽에 있다. 죽은 자들의 세계가 그들이 머무는 곳이다. 태양은 매일 자신이 죽는 곳으로 인간들을 인도한다.

*

로마의 시인 파쿠비우스가 수천 년 전 망치 소리와 같은 위압적인 행군을 중단시키는 것에 관해 표현한 단장斷章이 남아 있다. 1823년, 제롬발타자르 르베는 그것을 다음과 같이 번역했다.

Promontorium cujus lingua[24] *in altum projicit* 이 곶串, 바다로 돌출한 육지의 끝자락.

하나의 공동체는 하나의 언어lingua를 통하여 자연으로 돌출한다. 엄밀히 말해 언어는 실재를 연장하지 않는다. 언어는 외재화한다. 언어는 범위 밖으로부터 완전함으로, '때늦음'으로부터 '지금 이 순간'으로 밀어 넣는다. 바로 이것이 음악(혹은 기억)이며, 기억의 여신 므네모시네mnèmosynè와 음악musica이 동일한 이유다. 로

---

24 *lingua*는 라틴어로 '혀'를 뜻한다. 본문에서는 육지의 돌출한 끝부분(곶)을 그것에 빗대어 표현하고 있다. *lingua*는 동시에 '언어'를 지칭하는데, 키냐르는 세 가지 모두를 중의적으로 사용하고 있다.

고스logos[25]는 하나 안에 둘이 있음을 암시한다. 훗날 황제에게 내몰리고 그리스도교 칙령에 떠밀려 페르시아로 간 희랍 철학자 다마스키오스[26]는 520년 아테네에서 이렇게 적었다. "모든 로고스는 연속적인 우주 안에서 분리의 세계를 만들어 내는 토대다."

*

언어lingua는 "밖의 것"을, "일이 벌어진 이후"의 것을, 부재를, 불연속적인 것을, 죽음을, 두 항의 구분을, 쌍을, 간격을, 다툼을, 섹스를, 갈등을 증가시킨다.

마찬가지로 언어학자의 눈에 부정이란 무언가를 잘라 내는 것이 아니다. 긍정문에 부정의 기호를 덧붙이는 것이다.

*

모든 언어는 그 기원에서부터 '잘라 내는 데 쓰이는 소리들', 즉 방금 말한 것을 삭제하고 삭제를 위해 앞세

25 그리스도교에서는 요한복음 첫 장에 명시된 대로 '하느님의 말씀' 혹은 '신 그 자체'를 뜻하나, 서구 고대 사상에서는 '담화logos', 즉 언어를 기반으로 한 이성, 논리, 우주의 질서와 법칙, 사유 등의 총체를 의미한다.

26 다마스키오스Damaskios(468?~533)를 위시한 후기 신플라톤주의자들의 신비주의적 성향과 비기독교적 경향에 반감을 품은 황제 유스티니아누스 1세에 의해 529년, 천 년의 역사를 지닌 아테네의 아카데메이아가 문을 닫은 사건을 말한다.

올 필요가 있는 소리의 수를 늘려 왔다.

그리하여 언어lingua는 타르페이아의 바위[27]다. 군중과 같이 밀려드는 수많은 단어들이 한 인간의 등을 떠민다. 바다와 그를 갈라놓은 수직 절벽의 허공으로 추락시킨다. 희랍어 단어인 *problèma*[28]는 저 아래 일렁이는 파도 위로 솟아오른 절벽을 뜻한다. 그 위에 자리 잡은 도시는 희생자를 절벽 아래로 떠밀어 제물로 바쳤다. 곶, 언어, 난제, 죽음이 동일한 의미를 지닌다는 것은 기이한 일이다. 비속적이다.

*

곶promontorium, 언어lingua, 난제problèma.

"잘라 내는 데 쓰이는 소리들"이 음악을 정의한다.

음악의 음들은 자연적 **울림**과 인간의 언어를 잘라낸다.

죽음의 음들.

헤르메스는 거북이의 내장을 제거한다. 암소를 훔쳐 삶은 후, 그 가죽을 벗겨 낸다. 살을 발라낸 바다거북의 등 껍데기 위에 소가죽을 씌운다. 마지막으로 양의 창

27 로마 카피톨리노 언덕의 남서쪽에 위치한 수직 절벽이다. 로마의 초대 왕인 로물루스 재위 시절, 팔찌에 눈이 멀어 적에게 성문을 열어 주었다가 죽임을 당한 타르페이아의 이름에서 연유했다. 고대 로마 공화정 말기까지 범죄자를 처형하는 장소로 이용되었다.

28 *problèma*는 '곶'을 지칭하는 동시에 '문제problème'를 뜻한다.

자 일곱 줄을 팽팽하게 잡아당겨 고정한다. 헤르메스는 키타라kithara를 발명한 것이다. 그 후 자신이 만든 이 거북이자 암소이자 양을 아폴론에게 넘긴다.

『영웅의 서』에 등장하는 시르돈[29]은 솥 안에서 끓고 있는 자식들의 몸뚱이를 발견한다. 열두 개의 심장에서 빠져나온 혈관을 장남의 오른손 뼈 위에 건다. 그렇게 시르돈은 포엔디르foendyr[30]를 발명한다.

*

『일리아스』에서 키타라는 악기가 아니라 아직 활이다. 연주자는 여전히 **어둠**이다. 달리 말하면 밤이 공포를 연주한다. 다음은 『일리아스』의 제1권 43행이다. "아폴론은 올림포스의 꼭대기에서 내려왔다. 어깨에는 은궁과 뚜껑이 닫힌 화살통이 메여 있었다. 그가 노하여 걸음을 옮길 때마다 화살통에서는 화살들이 요란하게 울렸다.[31] 그는 밤과 같이nukti eoikôs 다가왔다. 아폴론은

---

29 러시아 남부 캅카스 지역의 오세트족 신화에 등장하는 영웅들 중 하나다.

30 열두 개의 굵은 줄로 된 현악기다. 『영웅의 서』에서 오르페우스계 영웅인 시르돈이 만든 악기로 등장한다.

31 트로이를 침공한 아가멤논은 아폴론 사제의 딸을 전리품으로 취한다. 사제가 많은 몸값을 들고 찾아와 딸을 돌려 달라 애원하지만, 아가멤논은 이를 거절한다. 슬픔에 찬 사제가 바닷가로 나아가 아폴론에게 기도를 올리자 신은 찰랑이는 활 소리로 슬픔에 응답한다.

함선들에서 떨어진 곳에 자리를 잡았다. 화살 한 발을 쏘았다. 은궁은 짐승의 울부짖음과 같은 무시무시한 소리deinè klaggè를 내었다. 처음에는 암노새에게, 그다음에는 날쌘 개들에게, 마지막으로 병사들에게 화살을 쏘아댔다. 시체를 태우는 장작더미의 불길이 꺼지지 않았다. 아흐레 동안 진중에는 신의 화살이 빗발쳤다."

다른 작품 『오디세이아』의 말미에서 오디세우스는 짐짓 점잖은 태도로 궁전의 홀에 발을 들여놓는다. 그는 활시위를 당겨 구혼자들에 대한 살육의 신호를 쏘아 올린다. 그 새로운 인신 공여를 최초의 궁사 아폴론이 돕는다. 『오디세이아』 제22권[32]이다. "리라 연주와 노래에 조예가 깊은 사람이 부드러운 내장으로 만든 현을 자신의 악기 양 끝에 고정한 후 손쉽게 줄감개에 현을 감아 음색을 올릴 때와 같이, 오디세우스는 힘들이지 않고 어마어마한 활에다 시위를 얹었다. 오디세우스가 시위를 시험해 보려 오른손을 폈다. 시위를 놓자 활이 아름답게kalon aeise 노래하니, 마치 제비 소리audèn와 같았다."

새로운 리라가 먼저 등장한다. 활은 그다음이다. 오디세우스의 활은 키타라 같다. 궁사는 키타라를 연주하

---

[32] 오디세우스가 20여 년간의 트로이 전쟁을 마치고 귀환한 후, 그간 자신의 성에서 패악을 부리며 아내 페넬로페에게 청혼한 구혼자들을 처단하는 장면이다. 이는 제22권에 등장하나, 본문의 인용구는 제21권 끝부분이다.

며 노래하는 사람이다. 활시위의 떨림이 죽음을 노래한다. 아폴론이 타고난 명궁이라면, 그의 활은 악기에 가깝다.

*

활은 멀리 있는 죽음이다. 불가해한 죽음. 더 정확히는 목소리만큼이나 비가시적인 죽음이다. 성대, 리라의 현, 활시위는 죽은 짐승의 내장이나 혈관으로 만든 단일한 하나의 줄로, 거리를 두고 상대를 죽이는 비가시적 소리를 발산한다. 활시위는 최초의 노래다. 호메로스가 말한 "제비 소리와 같은" 노래다. 현악기의 줄은 죽음의 리라를 위한 현이다.

리라 혹은 키타라는 신에게 노래를 쏘아 올리는 고대의 활에서(혹은 짐승을 겨냥한 화살에서) 유래했다. 『오디세이아』에서 호메로스가 이용한 메타포는 『일리아스』에서 보여 준 것보다는 간접적이다. 그것은 활이 리라에서 파생했음을 말하는 지표적指標的 메타포일 것이다. 아폴론은 여전히 궁수의 영웅이다. 활이 현악기 이전에 발명되었다는 것은 확실하지 않다.

소리와 언어는 들리는 것이지 만지거나 볼 수 있는 것이 아니다. 노래가 감동을 줄 때, 그것은 대상을 1) 꿰뚫고 2) 죽인다.

신들은 현현하지 않는다. 그러나 우레나 급류 속에서, 큰 구름과 바닷속에서 그들을 들을 수 있다. 신들은 목소리와 같다. 활은 대기 중에서 거리를 둔, 비가시적인 발화의 형식을 띤다. 악기가 음악과 수렵과 전쟁에 쓰이는 것으로 나누어지기 이전에, 진동하는 최초의 현인 목소리가 있었다.

*

번개가 천둥소리를 몰고 오듯이 쓰러지는 사냥감은 활시위 소리에 포획되어 있다.

*

『리그베다』[33]에는 어머니가 가슴에 제 아이를 품듯이 활은 불룩 나온 노래하는 시위 안에 죽음을 품고 있다고 쓰여 있다.

*

하나의 언어.
우선은 하나의 곳, 그다음에는 하나의 난제.

*

『리그베다』 제10찬가에서 정의하길, 인간은 자신도

---

33 고대 인도의 신비주의 문헌인 『베다』 중 하나다. 『베다』는 총 네 편으로, 『리그베다』, 『사마베다』, 『야주르베다』, 『아타르바베다』로 구성되어 있으며, 『리그베다』는 그중 가장 오래된 것이다.

모르게 청각을 제 영토로 여기는 존재다.

　인간 사회는 자신의 언어를 제 거처로 삼는다. 제 몸을 보호해 줄 바다나 동굴, 산꼭대기, 숲이 아니라 서로 주고받는 목소리가 그들의 처소다. 또한 모든 역할 행위와 관습은 이 경이롭고 비가시적이며 거리감이 없는 소리들 내부에서 형성되며, 모두가 그에 복종한다.

　인간에게 듣기를 허용하고 이해할 수 있도록 하는 것.

　그리하여 궁사들은 *Vac, Logos, Verbum*[34]으로 변모한다.

*

　희랍어 단어가 로마자가 되었을 때, 그리고 라틴어 단어가 프랑스어가 되었을 때 그 의미는 달라졌다. 그 단어들을 가져온 선원과 상인의 얼굴보다도, 그것을 외치던 외인 병사들의 얼굴보다도 변화했다. 아우구스투스 황궁의 얼굴들, 샤를마뉴[35] 황궁의 얼굴들, 다마스크 직 벽지가 발린 오목한 벽감에 몸을 숨긴 맹트농 부인[36]

34　*vac*는 희랍어로 '속이 빈'을 의미하며, *logos*와 *verbum*은 각각 희랍어와 라틴어로 '말'을 의미한다.

35　샤를마뉴Charlemagne(742?~814)는 '샤를 대제'를 뜻한다. 프랑크 왕국의 왕좌에 오른 그는 로마 황제의 계승자임을 자처하며 로마 전통에 입각한 대성당을 자신의 궁정 안에 세웠다.

36　맹트농 부인Madame de Maintenon(1635~1719)은 몰락한 귀족 가문 출신으로, 아버지가 수감된 니오르 감옥에서 태어났다. 스물다섯 살에 과부가 된 그녀는 당시 왕이었던 루이 14세와 그의 애인이었던 몽테스팡 부인 사이에서 태어난 사생아의 가정교사로 궁에 들어

을 둘러싸고 있는 얼굴들, 바스뒤랑파르 가의 살롱에서 줄리에트 레카미에 부인[37]이 맞이하는 얼굴들. 단어들은 변했다. 그들의 수염과 옷깃에 달린 프릴의 모양새도 약간씩 달라졌다. 그러나 모두 같은 얼굴들임을 짐작할 수 있으리라.

변치 않는 성기들.

의미 없는 똑같은 시선, 그 눈길 깊은 곳에서 욕망이 똑같은 끔찍한 눈빛을 던진다. 그리고 결코 막을 수 없는 노화와 감내할 수밖에 없는 고통의 두려움과 설명할 길 없는 죽음의 엄연함에 대하여, 자신들의 탄식과 비명과 마지막 숨결 속에서, 동등하게 괴로워한다.

나는 똑같은 얼굴들을 본다. 나는 육체를 감싼 천 아래에는 너무나 동일한, 부실하고 겁에 질린 우스꽝스러운 나신이 있음을 안다. 대신 나는 포착하기 어려운 억양과 단어에 귀 기울인다.

*

갔다가 왕의 눈에 들게 되었다. 왕비가 사망한 직후, 루이 14세는 그녀와 비밀리에 결혼했으며, 이후 맹트농 부인으로 불렸다. 낮은 신분 탓에 공식적인 왕비의 자리에 오르지는 못했다.

37 쥘리에트 레카미에Juliette Récamier(1777~1849)는 뛰어난 미모와 교양으로 19세기 초반 프랑스의 정계와 예술계에서 강력한 영향력을 행사한 인물이다. 자크 루이 다비드가 그린 그녀의 초상화가 남아 있다.

나는 포착하기 어려운 소리에 끝없이 몰두한다.

*

*Tréô*와 *terrere*. *Trémô*와 *tremere*.

겨울 혹한에 떨리는 입술. 집정관 마르쿠스 툴리우스 키케로의 *trementia labra*떨리는 입술.[38] 단어를 발음하는 입술이 떨릴 때, 단어 자체도 떨린다. 따스한 입김을 내는 작은 인형이 한겨울 추위에 바르르 몸을 떤다.

입술과 단어들과 그 의미들. 성기와 얼굴들. 그리고 숨과 영혼들.

흐느낌에 더듬대는 입술.

울음을 참느라 혹은 낭독을 시작하려 입을 뗄 때에 파르르 떨리는 입술.

지진과 그 흔들림으로 보호받는 폐허, 잔해를 잔해속에 감추어 두고서, 증인처럼, 동굴이 열리기를 1만 9천 년간 고대하면서.

라틴어인 *tremulare*에는 아직 급격한 요동침이 강조된 성적 의미가 담겨 있지 않다. 그 흔들림tremulare은 기

---

38 키케로Marcus Tullius Cicero(B. C. 106~B. C. 43)는 로마의 정치가다. 명문 귀족 출신이 아니었음에도 탁월한 웅변 능력과 정치적 자질로 집정관의 자리에 올랐다. 그가 주변인들과 주고받은 서신 중에는 딸의 죽음에 관한 내용이 담겨 있다. 키케로가 사랑했던 딸 툴리아는 기원전 45년 2월, 투스쿨룸에 있는 그의 저택에서 출산 후유증으로 서른네 살에 사망했다. 혹한에 눈이 내렸다고 기록되어 있다.

름등잔 안에서 너울대는 불꽃 같은 것이다.

흰자만 살짝 익힌 달걀. *Tremula ova*흔들리는 알.

*

베르길리우스의 서사시[39]에서 카틸루스의 투창은 잘 조율된 현과 같이 떨린다.

헤르미니우스는 죽는다. 호라티우스 코클레스의 동료였던 헤르미니우스는 투구를 쓰거나 흉갑을 입는 법이 없었다.[40]

그는 맨몸으로 싸운다. "야수"의 머리털이 정수리에서 어깨 위로 떨어진다. 그는 부상도 두려워하지 않는다. 자신을 향해 퍼붓는 투창 세례에 몸을 내맡긴다. 카틸루스의 창이 파르르 떨리며tremit 그의 넓은 어깨에 박힌다. 그는 괴로워하며dolor 몸을 반으로 접는다. 검은 피ater cruor가 사방에 흘러넘친다. 모두가 장례를 치른다. 모두가 벌어진 상처들을 헤치고 고귀한 죽음pulchram mortem을 좇는다.

39 베르길리우스가 10여 년에 걸쳐 쓴 로마 건국 서사시 『아이네이스』를 일컫는다.

40 트로이 전쟁에서 간신히 살아남은 아이네이아스와 트로이인들은 불타는 조국을 빠져나온다. 그들은 로마의 시조가 되리라는 신탁을 따라 이탈리아로 향한다. 본문에 인용된 부분은 제11권에 나오는 장면이다. 아이네이아스 일행이 약속의 땅인 라티움에 도착하여 그곳을 지배하던 라티니족과 일전을 벌이는 부분으로, 이때 라티니 연합군의 장수인 카틸루스가 트로이 병사인 헤르미니우스를 처단한다.

아름다운 음은 고결한 죽음과 관련되어 있다.

Hasta per armos acta tremit. 어깨에 박힌 투창이 떨린다.

*

모든 소리는 미묘한 공포를 안긴다. *Tremit.* 그것은 떨린다.

*

4세기 초엽, 튀니지의 수크아라스 부근에 있는 투부르시쿰 누미다룸[41]에서 문법학자인 노니우스 마르켈루스가 고대 로마어를 수집하여 열두 권에 달하는 책으로 편찬했다. 그는 저작에 『문자들을 통한 유익한 가르침』이라는 제목을 붙이고 아들에게 헌정했다. 노니우스는 제5권의 한 단락에 *terrificatio*라는 단어를 실었다. 노니우스만이 그 뜻을 알았다. 보존된 어떤 고문서를 통해서도 용례를 찾을 수가 없었다. 그는 단어의 의미를 '새 모양의 허수아비'라는 표현으로 설명했다.

*

음악은 소리를 내는 허수아비다. 새의 울음이 새에

---

41 현재 알제리 북동쪽 겔마 지역에 있는 곳으로, 고대 로마와 비잔틴제국의 유적이 남아 있다.

게 그러하듯이.

Terrificatio^{공포에 떨게 하는 어떤 것}.

    *

    활 이후로 우리는 인간과 비슷한 모양으로 만들어 붉게 칠한 허수아비를 밀밭 가운데 놓는다. 로마 혹은 투부르시쿰에서 그것은 구체화된 공포였다.

    그것은 딸랑이는 방울 소리를 내는 유령이다. 허수아비는 고전 라틴어[42]로 *formido*^{공포}라 불린다. '무서운'을 뜻하는 프랑스어 *formidable*[43]는 여기서 유래했다. 이 허수아비formido는 피로 칠갑한 깃털pinnae 뭉치가 여기저기 매달려 있는 단순한 하나의 줄linea에 불과하다. 고대 로마의 전형적인 수렵 방식은 다음과 같다. 몰이꾼들이 붉은 깃털로 뒤덮인 허수아비를 움직인다. 횃불을 든 노예들이 뒤를 따른다. 데려온 개들이 추격 중인 괴물들monstrum을 공포로 몰아넣기 위해 사납게 짖어 댄다. 개들은 멧돼지들을 숲속으로 밀어붙여, 창을 들고 있는 수렵꾼 쪽으로 몰아간다. 수렵꾼들은 보호 장비 없이 짧은 튜닉만을 걸친 채 그물망을 오른발로 단단히

1장 · 성 베드로의 눈물

---

42 고전 라틴어는 고대 라틴어와 구분 지어 로마 공화정 후기와 로마 제국 때 사용되었던 특정 시기의 라틴어를 지칭한다. 고대 라틴어는 그 이전 시기(B. C. 75년 이전)의 라틴어를 가리킨다.

43 현재는 '기막힌', '놀라운'이라는 긍정적 의미로도 쓰인다.

딛고 있다.

로마인들은 덫을 놓은 진입로를 만들고는 맹수들을 올가미 쪽으로 몰아붙인다. 바람에 흔들리는 깃털 줄 linea pennis의 윙윙대는 소리로 맹수들을 겁준다.

지금의 허수아비terrificatio는 고대의 것formido과 더는 일치하지 않는다. 현대의 허수아비는 나뭇가지를 아무렇게나 질러 놓은 인간의 모습에다 주황색으로 마구 칠해 놓은 것이다. 우리는 그것이 사람 같다고 생각하면서 상대가 겁먹기를 기대한다. 허수아비는 더는 멧돼지나 사슴과는 관련이 없다. 우리는 대신 씨앗을 좋아하는, 호기심 많은 작은 동물들을 쫓아내기로 한다. 깃털로 뒤덮인 태곳적 지느러미로 공기를 가르며 이동하는 그것을 우리는 새라고 부른다.

몽티냐크 근방에 위치한 어두운 동굴의 수직 통로 안쪽에는 발기한 채 죽은 남자 옆에 새의 머리가 달린 막대 하나가 땅에 박혀 있다.[44]

하나의 성姓. 하나의 허수아비.

*

524년, 파비아의 탑에 유폐된 보에티우스는 『철학의

---

[44] 라스코 동굴을 가리킨다. 동굴 안쪽, 수직 통로 내부의 성소에는 샤먼으로 추정되는 새의 가면을 쓴 남자와 그가 죽인 것으로 보이는 들소의 벽화가 있다.

위안』 제1권 도입부에서부터 자신을 비참함과 닥쳐올 죽음에 버려둔 원로원 무리를 꼽아 본다. 반면 철학자[45]는 보에티우스가 느낄 공포와 낙담을 환기하면서 그의 목을 죄고 있는 사슬을 보여 준다. 그가 지닌 고유한 사유 능력을 둔화시키고, 자아를 왜곡하는 비탄maeror이라는 감정을 묘사한다. 보에티우스는 강렬한 두 시구를 통하여 고통이 희생자를 옭아맬 때의 이해하기 어려운 마비 상태를 보여 주고, 폭정에 의해 유폐당한 사람들의 순응적 혼미 상태를 상기한다. 그는 이 두 종류의 수수께끼 같은, 인간적 특성이라기보다는 동물적 마력에 가까운 혼수lethargus를 비교한다.

— Sed te, 보에티우스가 '필로소피아'라 이름 붙인 아름답고 거대한 여인이 그의 침상 옆에 서서 갑자기 혼미가 짓누르는stupor oppressit 것을 중단시킨다.

"그러나 너 역시sed te, 혼미stupor가 너를 짓누르는구나."

보에티우스는 비로소 두루마리 책volumen 하나 없는 맨손으로 테오도리쿠스의 전제적 권력 체제의 점진

---

45 『철학의 위안』은 보에티우스 자신과 철학을 인격화한 인물이 나누는 대화(문답)의 형식으로 이루어져 있으며, 운문과 산문으로 번갈아 쓰여 있다. 작가가 불행한 상황에 직면했을 때 주로 기술되었던 로마의 전통적 위로 문학의 양식을 갖추고 있으면서도 철학적 논증 구조를 지니고 있는 이 작품은, 철학적 대화를 통하여 위로하고 또한 자기 자신에게서 위로를 받는 다층적 성격을 띠고 있다.

적 확립에 대해 분석하려 애쓰는 한편, 그를 전 중세에 걸친 전설적 폭군의 모습으로 담아낸다. 상들imagines의 명에가 그것들 스스로 상징적인 짝으로 변화하기 이전에 변증법적 쌍을 이룬다. 제논과 네아르쿠스,[46] 카시우스와 칼리굴라,[47] 세네카와 네로,[48] 파피니아누스와 카라칼라.[49] 마침내 아니키우스 토르쿠아투스 보에티우스 자신도 플라비우스 테오도리쿠스 렉스의 대척에 놓인다.

*

허수아비들. 공포에 떨게 하는 자들.

*

46 제논Zenon ho Elea(B. C. 495?~B. C. 430?)은 이탈리아 남부 엘레아 출신으로, 희랍 철학자인 파르메니데스의 애제자로 알려져 있다. 엘레아의 독재자인 네아르쿠스에 맞서 정신의 자유를 위해 싸우다가 죽임을 당했다.

47 칼리굴라Caligula(12~41)는 고대 로마의 3대 황제로 본명은 가이우스 카이사르Gaius Caesar다. 즉위 초에는 여러 민심 수습책을 써서 환영을 받았으나, 점차 국고를 낭비하고 폭정을 일삼다가 최측근인 근위대 지휘관 카시우스 카이레아에 의해 살해되었다.

48 세네카Lucius Annaeus Seneca(B. C. 4?~A. D. 65)는 고대 로마의 철학자이자 극작가다. 네로 황제의 스승이었으나 후에 반역 혐의를 받고 황제의 명에 따라 자결했다.

49 파피니아누스Aemilius Papinianus(140?~212)는 고대 로마의 법학자이다. 황제인 카라칼라가 동생 게타를 죽이고 권력을 독점하려 하자 그에 반대하다가 살해당했다.

겁venette. 두려움을 불어넣다. 겁에 질려 흘리는 식은땀, 소름, 창백, 얼어붙음, 배변. 가늘게 몸을 떨다, 오한이 서리다, 몸이 떨리다, 웅크리다. 나는 겁보다 '공포'라는 말을 선호한다. '공포'라는 단어의 의미가 '겁'보다 명확하기 때문이 아니라, 그 말에는 거부와 증오가 드러나기 때문이다. 권력의 포식捕食과 뒤섞인 공포를 목격하고 놀라는 척할 때, 우리는 어떤 세계를 상상할 수 있을까? 우리는 공포를 자아내는 방식에서, 표현에서, 그 끝에서 사랑을 분리할 수 있을까? (호흡 곤란, 경련, 식욕 부진, 파리한 안색, 설사, 부정맥, 헐떡거림.) 공포로부터 아름다움을 정화할 수 있는가? (돌처럼 굳게 하다, 침묵을 강요하다, 움직이지 못하게 하다.) 공포에서 자유로운 신을 아는가? 가장 양순하고, 교훈적greuzien[50]이며, 계몽주의자적diderotiste[51]인 한 가장은 제 아들의 머리통을 다 뒤덮고도 남을 큰 손을 가지고 있다. 그가 일어서면 아이의 눈에는 제 아버지의 무릎밖에 보이지 않는다. 그토록 하얗게 타고난 손은 어디에 있는가? 그것은 1609년 11월, 소小카르파티아 산맥의 언덕 위 눈

---

50 장 바티스트 그뢰즈Jean Baptist Greuze(1725~1805)는 부르고뉴 출신의 화가로, 서민적이고 도덕적인 교훈을 주요 주제로 삼았다.

51 드니 디드로Denis Diderot(1713~1784)는 18세기 프랑스의 대표적 계몽주의 사상가다.

덮인 차흐티체 성에 있는 에르체베트 바토리[52]의 팔 끝자락에 있었다. 뮐로 신부는 연옥에 빠진 한 영혼을 구원하기 위해서는 얼마나 많은 미사를 올려야 하는지를 물었다. 리슐리외가 대답했다. 가마를 달구는 데 필요한 눈 뭉치만큼이나 많이 올려야 하지 않겠느냐고. 공포는 내 심장 깊은 곳에 있다. 나는 이를 억제하기 위하여, 공포를 예고하는 소리만으로도 완전히 더럽혀졌노라고 스스로 인정하는 이들만을 신뢰한다. 그 소리는 내 탄생보다, 공기를 들이마시고 햇빛을 느낀 순간보다 앞서 존재했다. 우리는 어머니의 뱃가죽이라는 칸막이 안에서 이해하기 어려운 신호들에 겁을 먹고 귀를 바짝 세우고 있었다. 심지어 우리의 폐가 작동하여 울음이 터져 나오기도 전의 일이다.

*

인간은 여성의 뱃가죽을 재현하려고 짐승의 피부를 벗겨 내어 북 가죽을 만든다. 그 짐승의 뿔로 만든 나팔을 이용하여 먼 곳에서 크게 부른다.

*

52 에르체베트 바토리Erzsébet Báthory(1560?~1614)는 헝가리 귀족이다. 차흐티체 성에 살면서 수없이 많은 처녀들을 살해하여 '피의 백작 부인'으로 불렸다.

화해, 평화, 신성, 선함, 순수함, 충만, 문명, 유대감, 평등, 불멸, 정의, 그리고 사람들은 요란하게 자신의 무릎을 치며 만족해했다.

*

모든 것은 소리에 속박된 피로 뒤덮여 있다.

*

전쟁, 국가, 예술, 제의, 지진, 전염병, 짐승들, 어머니들, 아버지들, 파벌, 강압, 번민, 장애, 언어, 그 소리를 듣는 것, 복종하는 것. 나는 그것들에 맞서 등을 돌리고 있다.

무뢰배들을 피해서, 차가운 물이 담긴 양동이를 잠겨 있지 않은 모든 문 위에 올려 둔다. 한쪽 눈으로는 양동이를, 다른 눈으로는 아가리를 크게 벌린 맹수들을 염탐한다. 무척이나 유쾌하고 급작스러운 물세례이리라. 신념을 가진 것이라면 그것이 어떤 존재, 어떤 제도이든지 간에, 실체가 어렴풋이 보이는 순간 전속력으로 도망친다. 현대의 얼빠지고 지겨운 파티를 피해, 예의 바른 방식의 소박한 관계망 안에서 작은 유대를 이루는 것.

문법적 시간과 악기 간의 일치감에서,

보다 연한 피부의 국소 부위들에서,

붉고 알이 작은 열매들과 꽃송이들 틈에서,

방과 책과 친구들 사이에서.

이것이 내 머리와 육체가 열중하는 것들이다. 상호적이지만 언제나 불일치하여 종국에는 거의 규칙적인 리듬을 이루는, 이것들의 시간에서 가장 본질적인 부분이다. 2천 년 전, 로마 황제와 내무대신들이 에피쿠로스와 루크레티우스 학파[53] 사람들에게 수치심이 들게 한 것도 그러한 이유였다. 슬픈 베르길리우스.[54] 피에톨레의 거리에서, 민치오의 강기슭에서, 만투아와 크레모나, 밀라노에서조차도 슬픈 베르길리우스. 『목가시』의 작자

---

53 에피쿠로스 학파는 당시 로마의 정치적 불안으로 인해 만연했던 폭력과 내면의 불안에 대항하여 일어난 여러 철학 학파들 중 하나였다. 그들은 세계를 '원자'라는 물질로 이해했으며, 도시와 군중에 대항해 자긍심 있고 독립적인 개인('개인'을 뜻하는 라틴어 단어는 희랍어인 '원자'를 옮긴 것)의 가치를 앞세웠다. 에피쿠로스주의자들은 쾌락이 인간의 본래 목적이라 주장했는데, 이때의 쾌락이란 고통이 없는 '마음의 평정'을 뜻했다. 그들은 소규모의 인간 집단 내의 우정을 중요시했으며, 도시 안에 작은 시골을 만들어 그 안에서 '지금 이 순간'의 개인으로서의 삶을 산다고 하여 '정원 학파'라고도 불렸다. 루크레티우스Titus Lucretius Carus(B. C. 94?~B. C. 55?)는 대표적인 에피쿠로스 학파의 철학자다. 그의 저서로는 『사물의 본성의 대하여』가 유일하게 남아 있다.

54 베르길리우스Publius Vergilius Maro(B. C. 70~B. C. 19)는 만투아 부근 안데스(지금의 피에톨레)에서 태어났다. 아버지는 해방 노예이자 농부였다. 시골에서 나고 자란 그는 키가 크고, 얼굴색이 검으며, 심한 사투리를 썼다고 알려져 있다. 크레모나와 밀라노에서 초등 교육을 받은 후, 로마에 입성하여 법률 공부를 했다. 그는 변호사가 되고자 했으나 내성적이고 부끄러움이 많은 성격 때문에 웅변에 능하지 못했다. 당시 로마에서 수사적 기술은 출세의 척도였으므로, 그는 입신을 단념하고 문학에 생을 바쳤다.

이자 시론[55]의 제자인 우정 어린 베르길리우스. 그리고 입술을 길게 늘이고 볼을 둥글게 부풀리며 피리를 부는 두 목동이 여기 있다.

메날쿠스는 몹수스[56]를 향해 몸을 돌리며 말했다. "우리가 쓴 것을 한 번 읽어 봅시다."

로마로 간 베르길리우스. 그는 세금이 면제되었고, 야심으로 차 있었으며, 가정적이었고, 백랍처럼 희어진 손가락을 가졌으며, 세 손가락으로는 코르넬리우스 갈루스[57]의 이름을 새기던 철필stylus을 꼭 쥐고 있었다. 옥타비아누스[58]의 집에서 저녁을 먹으며 큰 목소리로 자신의 시를 읽는 베르길리우스. 마이케나스[59]의 집에서 저녁 식사를 하는 동안 크게 시를 읊는 베르길리우스.

---

55 시론Siron은 에피쿠로스 학파의 철학자로, 기원전 50년경 나폴리에서 살았다. 베르길리우스의 스승이었다.

56 베르길리우스의 『목가시』 제5가에 등장하는 인물들이다.

57 코르넬리우스 갈루스Cornelius Gallus(B. C. 70~B. C. 26)는 로마의 정치가이자 시인이다. 옥타비아누스의 측근이었으며, 그를 통해 정치에 입문했다. 베르길리우스는 그에게 바치는 목가시를 쓰기도 했다.

58 옥타비아누스Gaius Octavianus(B. C. 63~A. D. 14)는 로마 초대 황제인 아우구스투스의 본명이다. 카이사르의 양자로 입양되어 옥타비아누스로 불리다가 원로원으로부터 받은 아우구스투스('신들의 은총을 받은'을 의미)라는 이름으로 황제의 자리에 올랐다.

59 마이케나스Gaius Maecenas(B. C. 70~B. C. 8)는 로마의 정치인으로 아우구스투스 황제의 충실한 조언자였다. 아우구스투스와 더불어 문학 애호가였던 그는 베르길리우스, 호라티우스와 같은 시인들을 후원했다.

그는 부끄러움을 느꼈다. 그럴 때면 침묵이 돌연 강물처럼 흘렀다.

마침내 푸블리우스 베르길리우스 마로는 말라리아로 몸져눕는다. 기원전 19년 9월 21일, 병상의 베르길리우스는 브린디시의 어느 방에서 땀을 흘리며, 여름 끝물의 더위와 방 한가운데 피워 놓은 화로에도 불구하고 추위에 떨고 있었다. 그는 죽어 가면서도 방 안에 궤들을 모아 놓을 것을, 가장 가까운 친구들의 집에서 회양목 서판들과 이미 베껴 놓은 『아이네이스』 시편들을 거두어 줄 것을 애원했다. 자신의 손으로 모두 불태우기 위해서였다.

그의 손이 떨렸다. 애원하는 입술도 떨렸다. 작품을 돌려줄 것을 간청하는 그의 얼굴에 맺힌 땀방울이 떨렸다.

그리고 임종의 순간, 베르길리우스를 둘러싸고 있던 이들은 서판도 두루마리 서책도 돌려주지 않은 채 움직이지 않았다. 그의 비명에 지쳤으면서도 냉정하게 자리를 지키는 옥타비아누스의 사람들이 있었다.

*

호라티우스는 늙었다. 쿠인투스 호라티우스 플라쿠스는 자신의 삶을 반추했다. 문득 지나온 길이 옳았다는 생각이 들었는데, "그의 친구들이 그를 소중히 여겼기" 때문이다. *Carus amicis*친애하는 벗. 호라티우스가 사

시나무처럼 떨리는 철필로 새긴 단어였다.

*

기원전 5세기, 공자가 죽었다. 그는 산동山東의 한 촌락에서 제자들을 가르쳤다. 공자는 공림孔林에 묻혔다. 그의 유품도 그곳에 보존되었다.

유품은 단 세 가지였다. 헝겊 모자, 거문고, 수레.

"공자는 삶을 문화의 영속적인 노력이라고 보았다. 그것은 우정과 솔직한 예의를 통해 가능한 것으로, 마치 기도를 하듯 내면 깊은 곳에서 추구하는 것이며, 그 기도는 사심이 없는 것이다."(마르셀 그라네, 『중국 사유』, 1950)

*

리투스lituus[60]의 끄트머리로 공중에 상상의 사원을 그린 고대 로마의 점치는 사제들처럼. 위로가 되어 주는 그 작은 사각형. 그 상상의 사각 공간 안으로 날아가며 우짖는 새의 방향을 관찰한다.[61] 내 삶은 아직 수정 중인 짧은 요리 레시피다. 설사 내 앞에 5천 년 혹은 6천

---

60 의례용으로 사용한, 끝이 휜 나팔(트럼펫의 전신)이다.

61 고대 로마의 사제는 제단에 올라 하늘을 날아가는 매의 모습으로 자신과 자신이 속한 공동체의 운명을 점쳤는데, 이를 *contemplatio*('관찰하다'라는 의미)라고 한다.

년의 시간이 놓여 있다 해도 레시피의 완성에 이르고자
하지는 않을 것이라는 생각이 든다.

*

　자석은 코발트나 크롬과 같은 아주 작은 쇳조각을
자연적으로 끌어당긴다. 자석은 어머니의 미소 같다. 그
미소는 곧장 아기 얼굴의 '양쪽 입꼬리가 말려 올라가
도록', 제 어미의 웃는 모습을 따라 하도록 인도한다. 어
머니의 미소는 두려움과 같다. 그 두려움 안에서 전염
은 공포라 불린다. 우리 모두는 갑작스럽게 세상에 튀
어나올 때부터, 혹은 그 이전인 수태 직후, 탄생 이전부
터 완전히 모방하는 존재들이다. 또한 우리의 어머니들
이 우리를 가진 것과 마찬가지의 방식으로 재생산하는
존재들이다. 우리 모두는 공포에 사로잡혀 있다. 음악은
공포에 질린 미소와도 같다. 심장의 박동, 호흡의 리듬
과 유사한 모든 진동은 본질적으로 동일한 긴장 상태로
우리를 이끈다. 무의지적이며 항거할 수 없는 공황 상
태로 말이다. 호랑이나 하이에나나 인간이 이빨을 드러
내며 짓는 미소는 그러한 공포의 불거짐이다. 우리는 모
두 공포에 저항할 수 없다(공포의 암석, 자석 같은 어머
니의 미소, 공포의 극極, 정신의 나침반. 우리 모두는 이
작은 "니켈의 부식물"이다. 우리 모두는 그 "푸르스름한
광석"과 성욕과 극도의 공포와 죽음에 이끌리는 파편
들이자, 머리 부분으로 갈수록 점차 가늘어지는 작은

막대들이다).

*

어찌 죽음을 얕잡아볼 수 있는가? 죽음을 비난할 셈으로? 나는 아케론[62]을 믿지 않는다. 나는 그림자를 인정하지 않는다. 이는 죽음의 부당함에 대한 선언인가? 죽음이 불법이라도 되나? 어떻게 지배나 질병을 나무랄 수 있는가? 그렇다면 성별을 나누는 것은 어떠한가? 어찌하면 '공포'를 부정할 수 있는가? 어떻게 이미 존재하는 것에 책임을 돌릴 수 있는가?

현대의 기복 신앙은 구역질이 난다.

공포에서 벗어나기로 결심한 사람들. 나는 최대한 웃음을 참아 보려 입술이 떨리거나 입 꼬리가 꿈틀대지 않도록 피가 날 때까지 나를 꼬집는다.

*

갑자기 떠오르는 프르동fredon.[63]

단어들은 호흡 속에서 사슬의 형태를 띤다. 이미지

---

62 희랍 신화 속 저승을 감싸고 흐르는 강으로, 고대인들은 이 강이 태양이 지는 서쪽에 있다고 믿었다.

63 시냇물 소리나 새들이 재잘대는 듯한 부드러운 속삭임을 뜻하는 라틴어 동사인 *fritinnio*에서 왔다. 노래하는 이가 노래를 장식하기 위해 즉흥적으로 더한 선율적 꾸밈, 혹은 뚜렷한 가사 없이 흥얼거리는 멜로디를 가리킨다.

들은 밤에 꿈이라는 형태로 분한다. 소리 역시 낮 동안에는 사슴의 형태를 취한다. 우리 역시 "꿈"이라는 이름으로 우리의 언어에서는 받아들여지지 않았던 "음향적 서술"의 대상이 된다. 나는 여기서 그것들을 '불현듯 떠오르는 프르동'이라 부르고자 한다. 그 음들은 우리가 걷고 있을 때 그 발걸음의 리듬에 따라 예고 없이 떠오른다.

오래된 노래들.

성가들.

단순하고 주술적인 반복구들.

자장가나 동요. 폴카나 왈츠. 집단적 가창과 민속풍의 후렴구들.

가브리엘 포레[64]나 륄리[65]의 찌꺼기들.

앙세니 지방의 먼지 쌓인 고미다락, 마르고 고운 먼지의 메케한 냄새, 좁은 지붕창으로 쏟아져 들어오는 빛줄기 속에 버들고리짝 하나가 있었다. 석회 가루 사이로 선조가 남긴 악보들이 희미하게 드러나 보였다. 오르

---

64 포레Gabriel Urbain Fauré(1845~1924)는 프랑스의 작곡가이자 오르가니스트다. 프랑스 특유의 서정성이 짙은 가곡들을 주로 작곡했으며, 말년에는 오래 앓던 난청이 심해져 거의 듣지 못했다.

65 륄리Jean Baptiste Lulli(1632~1687)는 이탈리아 태생의 프랑스 작곡가로, 루이 14세의 눈에 띄어 왕실 작곡가로 활약했다. 8년간의 오페라 제작 독점권을 얻어 내어 프랑스 오페라 발전에 큰 공헌을 했으나, 바로크 양식의 쇠퇴로 뒤안길로 물러나게 되었다.

간 제작자이거나 오르가니스트였던 키냐르가의 사람들이 대를 이어 적어 놓은 것들이었다. 그들은 18세기, 19세기, 20세기에 바이에른, 뷔르템베르크, 알자스, 프랑스 지방에서 활동했다. 작품 대부분은 두껍고 푸르스름한 종이에 쓰였다. 하나뿐인 지붕창으로 떨어지는 황금색 빛줄기에 의지하여 악보를 읽을 수 있었다. 빛이 먼지를 일으키고, 자연스레 곡조를 흥얼거리도록 북돋았다. 첫 번째 리듬은 심장 박동이었다. 두 번째 리듬은 폐호흡과 그 첫 울음, 세 번째 리듬은 직립보행의 발박자였다. 네 번째 리듬은 먼 바다에서 밀려와 해안으로 돌진하는 파도의 회귀. 다섯 번째는 잡아먹은 고기의 가죽을 벗기고 팽팽히 당겨 고정하고는, 사랑받았고 뜯어먹히고 갈망했던 죽은 짐승이 다시 찾아오도록 유인하는 리듬이며, 마지막은 곡식을 빻는 절굿공이의 리듬이었다. 예상치 못한 방식으로 다시 떠오르는 프르동은 우리의 상태와 그날을 좌우할 기분과 우리가 부르는 먹잇감에 대하여 즉각적으로 알려 준다. 이것이 악보 읽기 수업에서 어린아이들에게 조표armure[66]라 가르치는 것이다. 프르동은 신체의 공간이 어떤 음조로 정해졌는지를 말해 준다. 프르동은 올림표와 내림표의 수를 정한다. 아이들은 그날의 곡을 연주하며 조표를 기억하게

---

66 악곡에서 조를 표기할 때 쓰는 올림표(♯)와 내림표(♭)를 가리킨다. *armure*는 동시에 갑옷을 뜻하기도 한다.

될 것이다. 밤이 밀려와 얼굴과 몸을 에워쌀 때까지 연주해도 세상을 조금도 피곤케 하지 않을 것이다.

*

다시금 떠오른 프르동을 잠재워 버리는 것들. 작곡가의 이름이나 곡의 제목, 가사를 기억해 내지 못했을 때의 초조함과 신경질. 그 음에 깃든 이름을 모르는 것. 어떤 소재와 주제로 모든 것이 갑작스레 "직조될지", 별안간 "합쳐질지" 알지 못하는 것. 소리의 역류에 대한 호기심에는 두려움이 묻어 있다. 그것은 모유의 역류나 구토 증상과 똑같은 것임에도 불구하고 만질 수 없는 것이기 때문이다. 머릿속을 "장악하고", 호흡의 리듬을 따라 펼쳐지며, 심장을 죄고, 차츰 등을 찌르듯 배를 졸라매는 — 마치 손의 열기에 의해 "도는" 소젖을 쥐어짤 때와 같은 — 고뇌의 분출. "소리"로서 부재"중인", **부재함**으로서 현존하는, 혀 "끝"에 부재로 머물러 있는 결핍된 단어들이 주는 고통. "곳" 위에서, 언어의 난제 위에서.
언어의 혀 끝에서.
사제들이 **소리**의 속죄양을 정념이라는 이름의 바다에 던져 버리기 전에. 언어의 희생자인 인간. 언어에 '순종하는' 인간.

*

나는 오래된 인도 동화에 등장하는 도둑과도 같다.

그는 방울을 훔쳐 내자마자 그 소리에 놀라 자신의 귀를 막아 버렸다.

*

나는 네 개의 작품만을 안다. 에피쿠로스, 크레티앵 드 트루아, 스피노자, 스탕달. 기쁨이 인간의 자질 중 최고의 것으로 여겨지는 것들이다. 크레티앵 드 트루아의 주인공들은 그들의 모험 끝에 **기쁨**을 사례로 받는다. 그것이 무엇이 될 수 있었는지는 여전히 불확실하다. 기쁨은 춤추기를 강요하는 신기한 뿔피리거나, 취하게 만드는 뿔이거나, 단순한 놀이 혹은 쾌락 그 자체였다. 희롱jocus은 환희의 놀이다. 모험의 대단원에서 영웅이 자신을 고요로 이끄는 뿔피리 소리에 빠져들어 말없이 있는 것. 소설가가 언어 행위의 끝에 다다라 침묵하는 것. 그 말없음이 바로 영웅의 전리품이자 소설가의 목표다.

*

크레티앵 드 트루아는 『기욤 당글르테르』[67]를 썼다.

---

67 13세기 중세 프랑스어로 쓰인 기사도 문학 중 하나다. 자신의 왕궁과 재산을 버리고 떠나라는 신탁을 받은 영국의 왕 기욤은, 임신한 부인 그라티엔느를 데리고 야반도주를 한다. 왕비는 동굴에서 쌍둥이를 낳지만, 곧 네 가족은 생사를 모른 채 뿔뿔이 흩어지게 된다. 본문에 언급된 장면은 영주가 된 부인과 장사치로 분한 기욤이 20년 만에 우연히 만나, 연회의 자리에서 서로 모르는 척 나란히 앉아 있는 장면이다. 이때 기욤은 갑자기 '깨어 있는 꿈'을 꾸는데, 몽상 속에서

기욤 당글르테르는 연회에서 재회한 아내에게 일말의 관심조차 없어 보였다. 그는 일순 "생각"에 잠겼다. 기욤은 사슴 한 마리를 본다. 가지뿔이 열여섯 개인 사슴을 추격하던 그가 갑자기 소리를 지른다. "이랴! 이랴! 블리오!" 이 장면은 순전히 음향적이다. 소리를 지른 왕의 모습이 일순 시야에서 사라져 버릴 정도로 외침만이 크게 울린다. 개를 향했던 고함이 사슴 쪽으로 멀어지고 나서야 비로소 기욤은 아내의 육체를 알아본다. 그리고 그녀에게 그간 어떻게 살았는지를 묻는다. 서로 헤어진 지 20여 년이 지난 후의 일이다.

그것은 쉼otium이다. 사슴을 잡기 위해 다져 놓았던 오래전 포식자의 텅 빈 매복지. 완전한 세속적 황홀이자 "죽은 구간"이다. 크레티앵 드 트루아의 모든 소설에서 작가가 근본적으로 "생각"이라 부르는 것이 바로 이것이다. 이 숙고는 관념적인 장면이 아니다. "생각"은 가리어짐, 즉 "식蝕"이다. 에렉[68]의 망각이 생각한다. 이뱅[69]의 건망증이 생각한다. 일순 자신의 이름을 잊은 랑슬로[70]가 생각한다.

그는 사슴 사냥을 하던 과거를 떠올린다.

68 크레티앵 드 트루아의 작품인 『에렉과 에니드』의 등장인물이다. 아래 71번 각주까지 모두 크레티앵 드 트루아의 기사 문학이다.

69 『사자의 기사 이뱅』의 등장인물.

70 『수레의 기사 랑슬로』의 등장인물.

*

페르스발[71]은 자신의 창에 몸을 기대고 서 있다. 그는 눈 위에 떨어진 피 세 방울을 응시한다. 겨울의 혹한과 눈의 무구함이 피를 서서히 흡수한다. 크레티앵은 그 장면에 대해 이렇게 쓴다. "그는 자신을 잊어버릴 정도로 생각한다."

*

마르셀 프루스트는 중세의 경악stupor을 되찾았다. 『잃어버린 시간을 찾아서』의 화자는 발베크의 그랜드호텔에서 부츠를 벗기 위해 몸을 숙였다가 눈물을 흘리며 소리친다. "사슴! 사슴! 프랑시스 잠! 포크!"[72]

*

숟가락이 도자기 접시에 부딪히며 나는 소리. 안개처럼 피어오르는 수프의 뜨거운 김 아래로 숟가락을 밀

---

71 『원탁의 기사들』의 등장인물.

72 『잃어버린 시간을 찾아서』 제4편 「소돔과 고모라」에 등장하는 장면이다. 어릴 적 할머니와 함께 떠났던 발베크의 호텔에 간 화자는 신발을 벗다가 문득 항상 신발을 벗겨 주던 할머니를 떠올린다. 할머니가 1년 전 사망했다는 사실을 새삼 깨달은 화자는 돌이킬 수 없는 시간을 슬퍼하며 경악한다. 그는 꿈속으로 빠져들어 아버지와 할머니에 관한 대화를 나누는 도중, 의미를 알 수 없는 단어의 파편들을 불시에 내뱉는다.

어 넣어 도자기 바닥에 그려진 그림을 찾는다. 되직한 수프 아래 곧 발견될 그림은 좀처럼 모습을 드러내지 않는다.

그릇에 부딪히는 숟가락. 쨍그랑 울린다.

숟가락으로 접시 바닥에 그려진 사슴을 긁어내자 선사 시대로 거슬러 올라간다.

음악과도 같은 활이 거슬러 간다.

프르동은 햇빛보다 더 오래된 개별적 소리의 원자들과 만나 공명한다. 아무런 의미도 지니지 않은 오래된 현이 언뜻 엉뚱해 보이는 의미의 노래와 화음을 이루며 조금씩 떨린다. 우리는 대번에 감동에 휩싸인다. 신체의 모든 리듬이 일순 전복된다. 그곳에 실질적인 의미를 지닌 것은 아무것도 없다.

*

경악stupor. 까무러치다tomber dans les pâmes. 이때의 *pâmes*는 '황홀'을 뜻했다. 이는 성 베드로가 예루살렘에 있는 안나스 대사제의 집 안뜰에서 겪은 것이다. 그리고 밀라노의 정원을 거닐고 있던 아우구스티누스[73]에

---

73 아우구스티누스Aurelius Augustinus(354~430)는 386년 가을에 밀라노의 교수직을 돌연 사임하고 근교 카시키아쿰에 은둔한다. 어느 날 밤 정원에서 "집어라! 읽어라!"라는 가사의 동요를 아이들이 부르는 것을 듣고는 회심의 경험을 한다. 그가 그리스도교로 개종한 것이 그즈음의 일이다.

게서도 일어난 일이다. 아우구스티누스는 까마귀의 울음소리와 함께 어린아이들이 부르는 옛 노래를 듣는다. 카르타고에 있을 때 들었던 그 노래의 제목을 그는 끝내 떠올리지 못한다. 카시키아쿰에서 불면증에 시달리는 성 아우구스티누스. 귀에 거슬리는 시냇물의 끊임없는 속삭임. 쥐들이 무엇인가를 갉아먹는 소리(그리고 그의 옆에 누운 제자 리센티우스가 쥐들을 쫓느라 회양목 조각으로 침대 발치를 두드리는 소리).

카시키아쿰의 밤나무 잎새에 이는 바람 소리.

강박적 북소리를 의미하는 오래된 프랑스어 동사가 있다. 그것은 의미를 지니지 않는 소리들의 그룹으로, 머릿속 이성적 사유를 자극하고 비언어적 기억을 일깨우는 것들을 가리킨다. 프르동보다는 *tarabust*라는 단어가 걸맞을 것이다. '혼란'과 '말다툼'을 뜻하는 *tarabustis*는 크레티앵 드 트루아 이후 14세기의 글에서 그 용례를 찾아볼 수 있다.

"나를 끈질기게 괴롭히는tarabuste 어떤 것."

*

나는 언어 이전부터 존재한, 떠나지 않고 맴도는 tarabustant 소리를 찾는다.

*Tarabust*는 불안정한 단어다. 서로 다른 두 세계가 그 안에서 교차하면서 단어를 자신들 쪽으로 끌어당긴다. 따라서 *tarabust*는 그 형태론적 유래의 전개 과정을 따라 두 가지로 나누어진다. 둘 다 마찬가지로, 문헌학자들이 어느 것으로 정하든 상관없을 정도로 무척 그럴싸하다. *tarabust*라는 단어 자체 내에서는 두 세계가 다툼을 벌이는데, 하나는 '같은 말을 되풀이하는 그룹'이고 다른 하나는 '북소리를 내는 그룹'이다. *rabasta* 그룹(다투는 소리, 되풀이하는 그룹)과, *tabustar* 그룹(때리다, 울림통을 가진 타악기 그룹)이 그것이다.

혹은 교성을 지르며 벌이는 인간의 성교. 혹은 속이 빈 사물들과의 충돌.

소리에 대한 강박은 소리를 들으면서 계속해서 듣기를 원하는 것과 들어도 듣지 못하는 것 간의 차이를 판별하지 못한다.

이해할 수 없는 동어 반복의 소리. 다투는 것인지, 북을 치는 것인지, 헐떡이는 것인지, 부딪치는 것인지 알지 못했던 소리. 무척이나 리드미컬했던 소리.

우리는 그 소리에서 비롯되었다. 그것이 우리의 씨앗이다.

*

모든 여자와 모든 남자와 모든 아이들은 금세 강박적 북소리tarabust를 알아본다.

연어는 자신들이 산란되었던 바로 그 장소에서 죽기 위하여 강의 물살을, 자신들의 삶을 거슬러 오른다.

그리고 산란기에 죽는다.

붉은 살점들이 하천 바닥 깊은 곳으로 떨어진다.

*

독일의 고전 문헌학자인 베르너 예거는 『파이데이아』(1936) 제1권에서 '리듬'을 뜻하는 희랍어 단어의 가장 오래된 모습에는 공간적인 의미가 담겨 있다고 주장한다. 마르시아스가 프리기아의 강둑에서 아테나의 피리를 취한 것처럼, 예거는 희랍의 서정시인 아르킬로코스의 단장에서 그 흔적을 찾아낸다.

"어떤 리듬rhythmos이 제 올가미에 인간을 몰아넣는지 유념하게."

리듬은 그릇처럼 인간들을 "잡아 둔다". 리듬은 결코 흐르지 않는다. 그것은 바다가 아니며, 되돌아왔다가 부서졌다가 물러났다가 쌓였다가 부풀어 오르는 파도의 고동치는 노래도 아니다. 리듬은 인간을 쥐고 북가죽처럼 고정한다. 희랍의 비극 시인 아이스킬로스는 프로메테우스가 쇠사슬의 "리듬"에 둘러싸인 채 바위에 영원히 결박되었노라 말한다.

*

프르동은 쇠에 녹이 슬 듯이 재빠르게 인간의 마음에 달라붙는다.

*

침묵 속에서도, 심지어 꿈속에서조차도 우리 자신에게 감히 폭로할 수 없는 것들이 있다. 환영은 이미지와 기억 뒤에 위치하여 그것들을 마지막까지 붙들고 서있는 일종의 마네킹이다. 우리는 이 마네킹을 발견하길 두려워하면서도 그에 전적으로 복종한다. 이 오래되고도 상당히 음란한 골조 안에서 우리의 이미지는 농축되고, 미리 형성된다.

시각적으로 공포를 일으키는 이러한 허수아비보다도 오래된 음성적 구조물이 있다. 강박적 북소리는 리듬과 소리로 이루어진 환영이다.

청각이 시각에 앞서듯, 밤이 낮보다 먼저 오듯, 그 끈질기게 괴롭히는 소리는 환영에 선행한다.

그리하여 가장 낯선 관념은 하나의 목표를, 가장 기이한 취향은 하나의 원천을, 가장 놀라운 에로틱한 기벽은 불가항력적인 지평선을, 공포는 불변의 소실점을 갖는다.

그리하여 가장 명민한 동물인 인간들은 자신이 두려워하는 죽음에 사로잡히고 온몸이 마비되기를 기다

린다. 죽음은 아가리를 벌린 채 노래를 ﹁ ﹇
로 그들에게 다가간다.

*

　내 사유 안에 있는 것들은 나 자신의 것이다.
　그러나 자아는 그 자신에게 속하지 않는다.
　환영은 머리에서 떠나지 않는 무의지적 이미지다.
　강박적 북소리는 무의지적이고 포위해 들어오며, 머릿속을 끝없이 맴도는 골치 아픈 소리의 최소 단위다.

*

　『오디세이아』 제12권 160~200행.
　세이렌 자매는 꽃이 핀 목초지에서 노래를 부른다. 주위에는 잡아먹은 남성들의 뼈가 산재하다.
　우리는 아직 어머니의 성기 속에 머물러 있어, 벌집에서 얻은 밀랍을 짓이기기도, 그것으로 귀를 막지도 못하는 것만 같다(꽃이 만개한 정원 주위를 맴도는 꿀벌들, 폭풍우가 치기 전의 말벌들, 덧창 틈으로 들어와 방 안을 이리저리 윙윙대며 돌아다니는 날파리들, 이것들은 오후면 으레 낮잠을 자는 어린아이들의 귓가를 괴롭히는 최초의 북소리를 내는 것들이다). 따라서 우리는 듣지 않을 수가 없다. 우리는 돛대에 손발이 묶인 채 받침대 위에 서 있는 작은 오디세우스들이다. 어머니의 자궁 속 대양에서 길을 잃은 존재들인 것이다.

노래를 부르기 시작하자 오디세우스는 자신을 결박한 밧줄을 풀어 달라고, 그리하여 당장이라도 자신을 사로잡는 그 경악스러운 음악에게로 달려가겠노라고 애원했다. 그러고는 이렇게 말했다.

Autar emon kèr èthel' akouemenai.

오디세우스는 세이렌 자매의 노래가 결코 아름답다고 말하지 않았다. 죽음에 이르게 하는 노래를 듣고도 죽지 않은 유일한 인간인 그는 세이렌 자매의 노래를 이렇게 표현한다. "듣고자 하는 욕망으로 가슴을 가득 채우는" 노래.

*

호흡 작용에 따라 공기를 들이마시고 내뱉는다. 목소리는 그 숨의 일부를 떼어 간다. 내부의 모든 "객석"과 호흡으로 가득 찰 "극장"조차도 몸이 경험하는 감정들과 그 감정에서 멀어지려는 노력, 그리고 육체에 활기를 불어넣는 감각들 모두를 과장해서 반영한다. 소리는 공기와 환기의 필연성을 통해 구성된다. 이 필연성은 피부로 덮여 있으며 속이 빈 우리 자신이라는 악기를 속박한다. 인간의 언어는 쉬지 않고 숨을 들이쉬고 내쉬는 동물적 육체와 함께 조직된다. 쉼 없이 "죽어 가는" 것. 소리를 발산하는 이는 제 호흡을 두 부분, 즉 들숨과 날숨으로 나눈다. 그러나 결코 완벽하게 구분되지

않는다. 그는 곧 이 강박적이고도 강제적인 폐호흡의 제
어를 포기한다. 그러고는 — 희랍어 단어 *psychè*는 오직
'숨'을 의미한다 — 비명과 함께 자신의 어조를, 음색을,
목소리를, 리듬을, 침묵을, 노래를 짓는다.

　이러한 변신과 기능적 나눔은 독특한 특성으로 인
해 제 스스로 배가된다. 소리를 내는 이가 자신이 낸 소
리를 듣는 것이 그것이다(이것은 적어도 그가 태어나
공기 중에 숨을 쉬게 된 이후에나 가능하다. 그 이전에
는 자신이 낸 소리를 타인이 감지함에도 불구하고 그
자신은 들을 수가 없고, 타인이 내는 소리 역시 듣지 못
한다). 이러한 발신과 수신의 되받아침은 끝없이 일어
난다. 이 끊임없이 반복되는 놀이를 통하여 우리는 목
소리의 높이나 강도, 리듬, 타인을 매혹하거나 설득하
는 다양한 수사적 표현 방식을 구축할 수 있다. 내밀하
게는 요컨대 "가슴을 찢는" 울음, "시무룩한" 칭얼거림,
"깊은" 한숨, "벽으로 둘러싸인 듯한" 침묵 같은 것들.

　"귀"는 "입"과 "목구멍"이 행한 것을 끝없이 비교한다.

　이 비교와 현현의 주체는 폐 "호흡 psychè"이다. 이것
이 바로 영혼과 바람의 매개다. 또한 영혼과 대기를, 보
이지 않는 세계를, 소리들을, 천상계를, 새들을, 그리고
호메로스의 제비를 잇는 것이다.

　따라서 공기 중에 울려 퍼지는 소리는 이미 진정한
음향적 경쟁의 결과다. 대기에 적응한 각각의 동물 종
은 하나의 음향적 체계에 참여함으로써 다른 종들과 차

...게 된다. 그 음향적 체계 안에서 동물
...리 군"과 협력하기 위해 자신의 것으로 예
...의 프르동을 내는데, 이는 오직 같은 편의 소
...존재하고 자신이 들을 수 있는 다른 편의 소리는
...함으로써 작동한다. 우리는 우리 자신을 흉내 내는
것을 흉내 낸다. 이것은 단지 유년기의 특성만이 아니
다. 반향과 출무의 반복인 일종의 음성적 대화는, 각각
의 언어를 하나의 체계 안에서 쉼 없이 구축하고, 가공
하며, 명확하게 한다. 이는 동물 종이 소리의 숲에서 각
각의 음을 만들고 환기하는 것과 동일한 방식의 음성적
체계다.

*

사슴의 울음소리를 뜻하는 *brame*는 동시에 인간들
이 부르짖는 갈망을 의미한다. 소년의 변성은, 그 격렬
함과 놀라 돌처럼 굳게 만드는 난폭함에서 사슴의 울음
을 능가하지 못한다.
　인간에게 사슴의 울음은 불가능한 노래다. 숲속 보
이지 않는 신비가 비호하는, 인간은 흉내 낼 수 없는 노
래다. 따라서 사슴의 울음은 동종을 확인하는 노래였다.

*

현들 위에서, 활들에게서, 바람 속에서, 피리의 끝에
서 울릴 수 있는 제7음 septième.[74] 그러나 건반을 위해 쓰

인 악보를 말없이 읽는 사람들을 제외하고는, 하프시코드와 피아노로는 결코 들을 수 없다. 그런데도 청자들은 연주되지 않은 그 음을 늘었다고 믿는다.

우리는 오직 눈으로 그 이끎음을 "듣는다".

우리는, 건반은 만들어 내지 못하는 것을 '눈으로 듣기 위하여' 음을 조금 높이 올린다.

현악기에서도 마찬가지로, 요한 제바스티안 바흐는 눈으로만 들을 수 있었던, 두 현으로 연주되는 온음표와 이분음표를 연결하여 기보하길 좋아했다.

*

해석할 수 없는 음표들, 울리지 않는 음들, 서체의 순수한 아름다움을 위해 쓰인 기호들.

나는 표기되어 있지만 연주 불가능한 음들을 "전대미문의 음표들"이라고 부르고자 한다. 나는 문법학자들이 "말로 표현할 수 없는 자음들"이라 이름 붙인 것을 떠올린다(숫자 '7'을 의미하는 *sept*의 'p'와 같이[75]).

---

74 *septième*은 '일곱째'를 뜻하는 말로, '7도 음정'을 가리킨다. 7도 음은 으뜸음을 기준으로 일곱째 음으로, 예를 들어 으뜸음이 '도'인 경우, 7도 음은 '시'가 된다. 다음 으뜸음으로 이끄는 음이기도 해서 '이끎음'이라고 부르기도 한다. 건반 악기는 한 옥타브의 음을 균일하게 열두 개로 나누어 조율한 건반으로 연주하기에 명확한 7도 음을 낼 수 없다. 그러나 음의 세밀한 구현이 가능한 현악기로는 연주가 가능하다.

75 프랑스어에서 *sept*는 /sɛt/로 발음한다. 이때 'p'는 묵음이다.

*

변성 중인 인간에게 금지된 노래 곁에는 발음되지 않는 모음들도 있다. 오직 먹구름과 시나이 산 위에서 군림하는 신들의 거처에서 울리는, 선사 시대 동굴 입구에서 미풍의 도움으로 낮게 읊조리는 자음화한 명사 끝자락에서 울리는.

여전히 숲속에서(암사슴을 뜻하는 *daine*의 'a'와 같이[76]).

*

인류 역사를 목도한 갠지스 강의 수천 년이 대낮의 한줄기 섬광으로 번뜩인다. "네가 들은 모든 것은 음악가가 연주하는 소곡과 닮았다. 그 노래는 시종이 키타라를 수리하기 위해 가져가 버리고 쥐가 악보를 갉아먹은 후에야 비로소 흘러나오는 것이다."

*

우리는 종종 비를 묘사할 때, 망치로 두드리는 것 같다고 말한다. 혹은 북을 치는 것 같다고 한다. 또는 탁탁 소리가 나는 것 같다고 말한다. 이러한 이미지들은

---

76 오래전 사냥꾼들에 의해 종종 *dine*으로도 불렸다. 'a'는 묵음이 되어 /din/으로 발음한다.

그것들이 불러오는 사실적인 느낌과는 무관하게, 엄밀히 말하면 기이한 것이라 할 수 있다. 비를 표現하기 위한 북, 불, 망치 등의 이미지들이 그 기원과 비유를 전도시키기 때문이다.

비가 북소리를 내는 것이 아니었다. 비를 호명한 것이 바로 북이었다.

망치를 들고 있는 자는 천둥의 신 토르다.

*

중세 시대, 사자死者는 자신의 옛집으로 돌아가기 전에 창틀이나 문을 세 번 반복해서 두드리는 습관이 있었다. 그것은 십자가에 세 번 못 박는 소리를 재현한 것이었다(이러한 행위는 오늘날 극장에서 볼 수 있는 생기 있고 수다스러운 유령의 등장을 알리는 전형적 신호가 되었다).

망자는 북소리를 낸다. 일본의 노能에서 이 북소리는 매번 등장할 때마다 필적할 만한 것이 없을 정도로 충격적인 강도로 연주된다.

내가 강박적 북소리라 이름 붙인 것. 그것이 제아미[77]가 비단을 씌워 만든 북이다. 그 북은 자신을 두드려 줄,

---

[77] 제아미 모토키요世阿彌元淸(1363~1443)는 무로마치 시대의 노(일본 전통 연극) 연기자이자 이론가였다. 이 비단 북에 대한 삽화는 키냐르의 『은밀한 생』 제18장에 등장한다. 공주는 교토 황궁의 뜰에 있는 월계수 고목에 북을 매달아 두고 사랑을 시험한다.

사랑에 빠진 사람을 기다린다. 그의 사랑은 너무나 깊어서 비단 천에서 울림이 일 것이다. 15세기 중엽 교토에서 제아미의 북은 발음할 수 없는 자음이다.

13세기 전반, 독일의 수도사 케사리우스 폰 하이스테르바흐가 쓴 책에는 습관처럼 아들의 집을 찾는 죽은 아버지의 이야기가 실려 있다. 사자가 진짜 주먹질을 하듯 문을 강하게 두드리는 바람에 fortiter pulsans 아들은 잠을 이루지 못했다. 이제는 아버지가 오지 않을 때조차도 잠을 이룰 수가 없다고 아들은 불평했다.

*

세계 역사에서 처음으로 쓰인 글들(수메르, 이집트, 중국, 산스크리트, 히타이트의 문학들)은 황혼에 물들어 있다. 그 노래들과 문자들, 대화나 이야기들은 모두 공포로 점철되어 있으며, 탄식과 비극의 반복으로 이루어져 있다. 희랍어로 "비극 tragique"은 번제 때 죽음을 목전에 둔 숫염소의 갈라지고 변한 목소리를 의미한다. 옛 문헌들을 지탱하는 절망이라는 감정은, 정해진 죽음과 그 운명의 끝에 놓인 폐허만큼이나 절대적인 것이다. 죽음과 사자들에 사로잡힌 모든 문장들. 끝없이 시달리는 것들.

그 모든 글의 저자를 우리는 욥과 같은 자들이라 추측할 수 있으리라.

싱그러움, 희망, 쾌활함, 계시 종교와 민족 국가 이데

올로기의 도래를 통해서만이 목도할 수 있는, 지평선 너머로 서서히 얼굴을 들이미는 황홀한 실루엣 — 삶의 의미, 영토의 의미, 전쟁의 증가, 역사의 진보, 여명, 강제 수용.

*

허유는 요임금 시대에 살았다. 요임금은 허유에게 왕위를 물려주고자 최고의 관리들을 보내 그의 의사를 물었다. 허유는 천자가 자신에게 천하 경영을 제안할 마음을 먹었다는 사실만으로도 사절 앞에서 참을 수 없는 구토증을 느꼈다.

그는 손으로 입을 가린 채 아무 대답도 하지 않았다. 그리고 자리를 떴다.

다음 날 해가 밝기 전, 관리들이 아직 자고 있는 사이에 그는 도망쳤다.

그는 기산箕山 기슭에 다다랐다. 정착하고 싶을 만큼 인적 없는 장소를 발견했다. 그는 자신의 몸을 숨길 만한 바위들을 둘러보고는 그중 하나에 짐을 풀었다.

그러고는 귀를 씻기 위하여 강가로 내려갔다.

*

소부는 허유보다도 정치적인 것을 더 경멸했다.

소부는 기산 아래 자리한 골짜기 바로 위, 무성한 나뭇잎으로 가려져 있어 누구에게도 보이지 않는 작은 암자에 살았다. 그가 가진 것이라고는 밭과 소 한 마리가 전부였다. 그는 소에게 물을 먹이기 위하여 골짜기 사면을 따라 강가로 내려갔다. 허유가 강가에 웅크리고 앉아 머리를 모로 눕히고는 고개를 오른쪽으로 왼쪽으로 바꾸어 가며 귀를 씻고 있었다.

소부는 허유에게 다가가 몇 번이나 인사를 한 후에야 어째서 그토록 반복해서 귀를 씻는지를 물었다.

허유가 대답했다.

"요임금이 나에게 양위를 제안했소. 그래서 이렇게 귀를 정성스레 씻는 중이라오."

소부의 상체가 크게 떨렸다.

그는 울면서 영천潁川을 바라보았다.

소부는 소의 고삐를 잡아당겼다. 허유가 그러한 제안을 듣고 귀를 씻은 강물을 소에게 더는 마시지 못하게 하려는 것이었다.

*

하이든의 「런던 트리오」제2번[78]에서는 매우 드문 사건이 일어난다. 프레이즈들이 서로 호응을 이루고, 대부분 의미를 띤다. 인간 언어의 경계에 도달해 있다.

---

78 1794년 하이든이 런던 여행 중 작곡한 네 개의 트리오 중 하나다. 트리오로는 드물게 두 대의 플루트와 한 대의 첼로로 구성되어 있다. 통상 첼로가 저음 파트의 반주부를 담당하나, 여기서는 제1플루트와 협화음을 이루는 등 그 지위가 격상되어 있다. 따라서 악곡의 처음부

소리 지르지 않는 작은 집단.

협화음[79]을 내다. 소리의 화해.

*

Suavitas^{달콤함}.

*Suave*는 라틴어로 '달콤한'이라는 뜻이다.

화내지 않는 사람. 아이를 혼내지 않는 부모들. 다른 이들 위에 군림하려 언성을 높이지 않는 남자들. 어머니가 아닐 때 딸인 것을 불평하지 않는 여자들과, 더는 딸이 아닐 때 어머니가 된 것에 탄식하지 않는 여자들.

어루만지는 사람.

기산에서부터 흘러내려 온 눈 녹은 실개천처럼 상냥하고 부드러우며 명랑한 그 목소리.

상처 주지 않는 사람.

*

Suasio^{충고}. *La persuasion*^{설득}. 라틴어로 *suavis*^{달콤한}는 무엇일까? 루크레티우스는 『사물의 본성에 관하여』 제2권의 매우 독특한 서두에서 이에 대해 세 차례에 걸쳐 대답한다. 그는 세 번 반복하여 '달콤한suave 것'을

터 끝까지 세 악기가 동등하게 연주되는 것이 그 특징이다.

79 음정을 구성하는 두 음이 잘 조화되는 것을 말한다. 바로크 시대에는 그 기준이 매우 엄격했다가 이후로 점차 확대되는 경향을 띠었다.

정의한다.

Suave mari magno turbantibus aequora ventis

et terra magnum alterius spectare laborem⋯⋯.

"대양이 바람에 요동칠 때, 다른 이들의 비참함을 뭍에서 지켜보는 것. 고통받는 동족을 보면서 기쁨vo-luptas을 느끼는 것이 아니라, 우리를 피해 간 불행을 응시하는 것이 달콤하다."

"전쟁 중의 큰 교전을 아무 위험 없이 목격하는 것. 높은 곳에 올라 전열을 가다듬은 전장을 주시하는 것이 또한 달콤하다."

"그러나 그 모든 것이 달콤하다 해도 가장 감미로운 dulcius것은 현자들의 가르침doctrina으로 견고해진 아크로폴리스에 사는 것이다."

루크레티우스의 논지는 수세기를 거쳐 가장 건조하고 도덕적인 태도의 전통에 따라 해석되었다. 냉소적이고 불충분한 논지라는 것이었다. 그러나 책의 말미에 이르러 속내가 드러난다. "자연이 짖어 대는 것"이 들리지 않는가? 자연은 짖어 대며latrare, "말하지" 않는다dicere. 실재réel는 의미를 띠지 않는다. 의미는 의사소통 가능한 인간 집단의 사회적이고도 상징적인 제도와 상상이, 소리에 대한 두려운 경계심 속에서 만들어 낸 것에 불과하다. 자연이 발화하는 것은 기실, 비명과 공격적인 힘 너머에 있는 냉소적인 소리, 개 짖는 소리다. 우리의 목구멍에서조차 우리에 선재하는 비의미적 소리인 것이다. *Latrant, non loquuntur.* "그것들은 말하는 것이 아니라 짖어 댄다." 동물적 소리는 선재하며 의미를 띠기 전에 심장을 뛰게 한다. 개 짖는 소리의 짖는 소리, 그것이 울부짖음brame이다.

루크레티우스가 제시하는 삼중적 기능의 논거 자체는 대단히 관념적이다. 그러나 글을 끝맺는 '개 짖는 소리'에 의거하는 달콤한 것은 훨씬 더 구체적인 의미를 보여 준다. 그 달콤함은 글에서 묘사한 '시각적 멀어짐'보다 '청각적 멀어짐'의 결과에 가깝다. 이 글은 단 한 가지의 것을 세 번이나 되풀이한다. 우리는 무엇인가를 듣기에 너무 먼 곳에 있어 조난자들의 비명을 듣지 못한다. 우리는 해안에 있다. 우리는 단지 허우적대는 작은 형체들만을 본다. 그들은 먼 바다 수면 위에서 사라지는 어부와 상인 들이다. 그러나 우리는 주변 해안가로 와 부딪치는 파도 소리만을 듣는다. 전사들의 고함 소리도, 병기들과 방패들이 부딪치는 소리도, 곳간과 벌판에서 탁탁 소리를 내며 타오르는 불소리도 듣지 못한다. 우리는 언덕 위 잡목이 우거진 숲에서, 땅으로 떨어지는 작은 형체들을 본다. 우리는 주위에서 지저귀는 새들의 노랫소리만을 듣는다. 아크로폴리스나 사원 높은 곳에서는 더 이상 아무것도 들리지 않는다. 독수리조차도 새들 가운데 홀로 있어, 무리를 고독과 고양의 노래에 제물로 바친다. 개들이 짖는 소리조차도 더는 들리지 않는다. 고된 노동으로 인한 숨 가쁨도, 로마

인들이 자연을 묘사할 때와 같이 뱃속에서 허기가 "짖
는 소리"latrans stomachus도, 귀환하는 무리의 발 구르는
소리도, 그르렁대는 벽난로 소리도 듣지 못한다. 그러나
원자들의 침묵이 밤의 대기 속으로 비처럼 쏟아져 내리
고 알파벳의 말 없는 글자들은 두루마리 책자volumen
의 단paginae 위에 줄지어 있다. 작가auctor도, 독자lector
도 문자들litterae의 비명이나 짖음을 듣지 못한다. 알파
벳litteratura은 짖음으로부터 분리된 언어다. 이것이 달
콤함suavitas이다. 달콤함은 시각적 개념이 아닌 청각적
개념이다. 멀리 떨어져 있음은 한눈에 전체의 경치를
굽어보는 신적인 즐거움voluptas을 위한 수단이 아니라,
소리의 기원에서 멀어지고 고립되는 것이다. 그것은 침
묵의 달콤함이다. '침묵했음'이 아니라 '침묵하고 있음'
의 달콤함, 저 멀리 공포 속으로 '사라진 개 짖는 소리'
의 달콤함이다. 먼 거리라는 공간 속 칸막이. 더는 울부
짖음이 없는 고통. 티투스 루크레티우스 카루스의 어릴
적 기억.

*

1613년 퐁텐블로에서 마리 드 메디치[80]는 프랑수아

80 마리 드 메디치Marie de Medicis(1573~1642)는 앙리 4세의 두 번
째 정실 왕비다. 1610년 앙리 4세가 급작스레 암살을 당하자 당시 열
세 살에 불과하던 아들 루이 13세를 대신하여 섭정을 시작했다. 왕비
는 어릴 적 동무인 레오노라 도리와 그의 남편 콘치니를 끌어들여 정

드 바솜피에르를 사랑했다.

생뢱과 라 로슈푸코는 둘 다 네리라는 규수를 사랑했다. 그 때문에 둘은 더 이상 서로 말을 섞지 않았다. 바솜피에르는 친구인 크레키의 뒤를 따르며, 자신이 오늘 당장 생뢱과 라 로슈푸코 이 둘을 화해시킬 뿐만 아니라 서로 포옹하게 만들겠노라 호언장담했다.

다이아나의 정원은 왕비 처소의 창 아래 펼쳐져 있었다. 콘치니는 창가 주위로 넓게 트인 공간에 마리 드 메디치와 함께 있다. 그는 왕비에게 창 아래로 바솜피에르가 있음을 일러 준다. 콘치니는 손에 들린 장갑으로 꽃이 핀 정원 가운데에서 네 명의 사내가 손짓을 하며 이야기를 나누다 서로 얼싸안는 것을 가리켜 보인다.

콘치니는 여왕에게, 자신과 동일한 속성의 육체를 좋아할 리 만무한 사내들끼리의 볼키스와 맹세와 포옹은 심상치 않은 것이라 설명한다.

그러나 그것은 멀리 침묵 속에서, 그리고 이제 막 밝아 오는 햇빛과 생기 속에서 몸짓하는 작은 실루엣에 지나지 않는다.

콘치니는 자신의 레이스 깃을 매만진다. 그는 혼잣말하듯 중얼거린다. 한껏 달아오른 숯에 작은 불꽃을 던지듯이 바솜피에르가 라 로슈푸코를 부추기는 것이

사를 좌지우지했다. 하지만 루이 13세가 열일곱 살이 되어 정치에 눈을 뜬 이후, 왕비는 아들에 의해 결국 유폐되고 말았다.

어딘지 이상하다. 그는 이내 큰 소리로 자문한다. 그들이 "음모를 꾸미는" 것이라면? 만약 어떤 "술책을 쓰는 것"이라면? 그것이 아니라면 항상 얼굴을 대하는 사내들끼리의 입맞춤과 포옹은 다 무엇을 위한 것이란 말인가?

밤이 내리자 마리 드 메디치는 바솜피에르가 규방에 드는 것을 허락하지 않는다. 아침에 바솜피에르가 자기 처소의 창문 바로 아래에 있는 작은 정원에서 라로슈푸코의 팔을 만지고, 생뤽과 포옹을 했기 때문이다. 콘치니가 자신에게 유리한 방향으로 말했던, "들리지 않는 단어들"에 대한 언어적 해석. 부연하자면 콘치니의 운명은 오르페우스와 같다. 그의 육체는 파리의 민중에게 갈기갈기 찢기고 산 채로 먹혔다. 그때 종소리가 사방에서 울려 퍼졌다. 나는 이 "잘못 알아들어 생기는 오해malentendu" — 실제로는 "들리지 않는non-entendu" 상황이었던 — 에 본능적인 매혹을 느낀다. 이 삽화는 바솜피에르의 일기에 쓰여 있다. 나는 프랑수아 드 말레르브[81]가 쓴 편지 한 통으로 이를 완성했다. 나는 클로드 로랭의 그림들을 상기한다. (퐁텐블로의 다이아나 정원에서 벌어진 일화와 같은 시기에) 로랭은 열

---

81 프랑수아 드 말레르브François de Malherbe(1555~1628)는 프랑스의 고전주의 시인이다. 앙리 4세와 루이 13세 치세기에 궁정 시인으로 활동했다.

세 살이었다. 부모를 잃었다. 그는 로마로 간다. 자연 속으로 사라진 인물들. 그 크기가 손가락보다도 작다. 인물들은 전경前景에서 서로 수다를 떨고 있다. 로랭의 그림에서 인물들은 언제나 너무 멀리 떨어져 있어 그 목소리를 들을 수 없다. 그들이 빛 속으로 몸을 숨긴다. 그들은 활발하게 이야기를 나누고, 우리는 침묵과 대지로 떨어지는 빛만을 듣는다.

*

그의 이름은 시몬이었다. 그는 베싸이다 어부들의 아들이자 손자였다. 그 역시도 가파르나움의 어부였다. 프랑스어로 '잡동사니를 쌓아 두는 광'과 '무질서'를 뜻하는 가파르나움은 그래서 아름다운 마을이었다. 친히 인간의 형상을 한 어떤 신이 작은 배 가까이 다가가 그 어부를 소리쳐 불렀다. 그에게 시몬이라는 이름 대신 하늘에 계신 아버지를 따라 지은 이름을 주기로 했다. 그리고 시몬에게 겐네사렛 호수를 떠나라 명했다. 그 작은 만을 버리고 그물도 내려놓으라 했다. 그는 시몬을 베드로라 불렀다. 이 돌연하고 기묘한 세례는 시몬이 지금껏 발 담그고 있던 음향적 체계를 뒤흔들고 흐트러뜨리기 시작했다. 이후 그는 새로운 이름의 음절들에 답해야 했다. 오래전 부여된 이름은 버려졌다. 그는 감정을 절제했으며 이름에 얽힌 유년 시절의 일화들도 멀리했다. 그러나 불시에, 무심결에 저지른 행동으로 때때로 새로운 이름을 저버렸다. 베드로는 개 짖는 소리에, 도기 깨지는 소리나 넘실거리는 물결 소리에, 개똥지빠귀나 나이팅게일, 제비의 노랫소리에 오열했다. 크네이우스 맘메이우스에 따르면, 베드로는 어느 날 가리옷 사람 유다에게 이렇게 토로했다. 과거 자신의 삶에 대한 유일한 미련은 배도, 만도, 호수도, 그물도, 지독한 냄새도, 펄쩍 튀어 오르며 죽어 가는 물고기 비늘에 깃든 빛도 아니었다고. 성 베드로가 그리워한 것은 고요함이었다.

죽어 가는 물고기의 침묵. 낮 동안의 고요. 황혼의 적요. 밤낚시의 정적. 배가 연안으로 돌아오고 하늘에서 차츰 밤기운이 걷어지면 동시에 서늘함도, 별들도, 두려움도 지워지는 새벽의 침묵.

*

서기 30년 4월 초순, 예루살렘에서의 어느 밤. 가야파의 장인인 안나스 대사제의 집 안뜰. 날이 춥다. 하인들과 경비병들이 모여 앉아 불을 쬐고 있다. 베드로도 그들 곁에 앉아 오한이 서린 몸을 녹여 줄 숯불 쪽으로 두 손을 내밀고 있다. 한 하녀가 그 곁으로 간다. 그녀는 숯불에서 발하는 희미한 빛으로 베드로의 용모를 알아보는 것 같다. 겨울의 끝, 축축한 안개에 둘러싸인 안뜰 in atrio로 서서히 빛이 든다. 갑자기 수탉gallus이 울자 베드로는 그 소리에 깜짝 놀란다. 곧장 나자렛 사람 예수가 자신에게 한 말을 떠올린다. 뒤이어 자신이 그에게 한 말을 상기한다. 그는 불로부터, 하녀로부터, 경비병으로부터 떨어져 대사제의 현관에 다다른다. 문간의 둥근 천장 아래서 통곡한다. 이것은 쓰라린 눈물이다. 복음서의 저자 성 마태오가 말한 쓰디쓴 눈물이다.

*

"자네가 무슨 말을 하는지 모르겠네." 베드로가 안뜰에서 여자에게 말한다. 그는 반복한다. *Nescio quid dicis* 자네가 무슨 말을 하는지 모르겠네.

여자는 얼어붙을 듯한 4월의 밤 끝자락에서 두건을 다시 올려 쓴다. 여자는 말한다. "당신 말투에서 당신이 누군지 드러나오." *Tua loquela manifestum te facit.*

나는 그 말투란 게 무엇을 뜻하는지 모르겠네. 이것이 베드로가 진정 말하고자 하는 것이다. 나는 그 언어가 드러내는 것이 무엇인지 모르오. 베드로는 반복한다. 이것이 눈물의 이유다. 나는 베드로의 말을 반복할 뿐이다. *Nescio quid dicis.* 나는 당신의 말이 무슨 뜻인지 모르오. 나는 당신이 하는 말을 알지 못하오.

나는 내가 무슨 말을 하는지 알지 못한다. 그러나 그 언어는 명백하다.

나는 너의 말이 무슨 뜻인지 알지 못한다. 그러나 새벽빛은 밝아 온다. 나는 언어가 드러내는 것을 알지 못한다. 그러나 해를 부르는 거칠고 끔찍한 수탉의 두 번째 울음이 목청을 높인다.

자연은 새벽녘, 수탉의 형상으로 짖는다. *Latrans gallus* 수탉이 운다.

아직 밤이 머물러 있는 현관 아래에서, *flevit amare*. 그는 쓰라린 눈물을 흘린다. *amare*는 '사랑하다aimer'라는 뜻이다. 동시에 '쓰라리게amèrement'라는 의미도 갖고 있다. 그가 말할 때, 누구도 그것이 무슨 뜻인지 알지 못한다.

*

호르헤 루이스 보르헤스는 "부알로가 번역한 베르길리우스의 시구"를 인용했다.

"내가 말하는 순간은 이미 내게서 멀어져 있다."

사실 이 시구는 호라티우스의 것이다. 그의 『송가』 제11장 중 '카르페 디엠Carpe diem'의 앞 행에 등장한다.

Dum loquimur fugerit invidia aetas.

Carpe diem quam minimum credula postero.

(우리가 말하는 동안에도 세상의 모든 시간은 우리를 질투하여 도망가 버리네. 제때에 꽃을 따듯이 하루를 재단하여 자네 손으로 움켜쥐게. 내일이 올 것을 믿지는 말게나.) 보르헤스는 헤라클레이토스[82]가 강을 건

---

82 헤라클레이토스Heracleitos(B. C. 540?~B. C. 480?)는 만물은 흐르는 것으로, 그 무엇도 같은 존재로 머물지 않는다는 명제를 남김으로써 생성과 운동이 세계의 본질이라 주장했다.

널 때 그의 눈에 비치던 강물을 떠올린다. 인간의 눈은 흐르는 강물의 변화를 따라잡지 못한다. 눈도 강물도 공평하게 훼손된다. 누구도 이전에 한 번 몸 담근 강물을 볼 수 없다. 성 루가가 기술한 베드로의 부인 장면은 당연히 다른 복음서들이 다룬 방식보다도 희랍적이다.[83] 경비병들과 하녀들이 안뜰 가운데 피워 놓은 불을 둘러싸고 둥글게 모여 앉아 있다. 서기 30년 4월, 새벽과 죽음 안에서 베드로는 『일리아드』의 장면을 연상시키는 그 평등한 원의 틈에 끼어든다. 그는 숯불에서 올라오는 열기보다는, 가까이 모여 앉은 이들 틈에서 몸을 데우려 시도한다. 그러나 성 루가는 좀 더 멀리 나아가 베드로의 부인과 눈물의 장면을 결합한다. 그는 같은 지층에 존재하는 서로 다른 두 종류의 퇴적물처럼, 혹은 전기 시설에서 합선이 일어나듯 이 두 장면을 포개 놓는다. *Kai parachrèma eti lalountos autou ephônèsen alektôr.* 라틴어로 *Et continuo adhuc illo loquente cantavit gallus.* 프랑스어로 *Et, au même instant, comme il parlait encore, un coq chanta*(그리고 그가 다시 입을 열었을 때, 동시에 수탉이 울었다).

Dum loquimur(말하는 동안……) 수탉의 울음은 베네치아 길바닥의 "반석"이자, 언어의 음성적 체험의 품 안에

---

[83] 복음사가 성 루가는 희랍인 의사 출신으로, 그의 복음서는 4대 복음서들 중 유일하게 이방인이 기록한 것으로 알려져 있다.

서 '두려움에 떨게 하는 돌'이다. 마치 제 이름에 걸려 넘어지듯 베드로는 그 돌 위에서 휘청거린다.[84] 새벽을 알리는 그 거친 노래가 베드로를 그 자신의 것과는 다른 층위에 빠뜨린다. 예수의 층위, 베드로의 층위, 베드로 이전의 층위(시몬의 층위), 시몬 이전의 층위. "단지 당신의 얼굴, 당신의 표정, 당신의 몸이 나타내는 것이 아니라오." 하녀가 말했다. "당신의 말이 당신이 누구인지를 드러내오." 희랍어로는 '너의 *lalia*가 너를 눈에 보이게 만든다.' 라틴어로는 '너의 *loquela*[85]가 너를 드러낸다.' 그가 누구인지 드러내는 소리의 내부에는 그가 부인하는 이름(예수)보다도, 그가 저버렸던 옛 이름(시몬)보다도 멀리 떨어진 곳에, 언어가 지은 소리의 파편이 있다. 이 작은 음성의 조각은 그를 자연의 맹렬한 짖음의 품으로, 인간의 언어가 자신만의 작은 음성적 공간을 선취했던 동물적 울음이라는 비좁은 층위로, 별안간 되돌려 보낸다. 수탉의 노래는 말하자면 "비극"화된 사슴의 울음소리다. 유랑과 수렵을 그친 언어가 머무는 신석기 시대 작은 마을의 정착민이다.

하녀의 귀에 베드로의 언어는 '최소한' 세 가지 방식으로 그임을 드러낸다. 억양에 의해, 갈릴래아어의 형태

---

84 베드로라는 이름은 '넓고 평평한 큰 돌'을 의미한다. 희랍어로는 *Petros*, 프랑스어로는 *Pierre*로 불리며, 둘 다 '돌'을 뜻한다.

85 *lalia*, *loquela*는 각각 희랍어, 라틴어로 모두 말, 담화를 의미한다.

론적 표지에 의해서, 하녀가 베드로에게 던진 질문이라
는 끈질긴 북소리 앞에서 두려움에 변질된 목소리로 인
해. 수탉의 울음에 걸려든 베드로의 두려움은 돌연한
음성적 동요로 나타난다. 그의 떨리는 목소리가 어부
자신보다 늙은 음성적 물고기와, 언제나 빛보다 오래된
얼굴 하나를 제 그물 속으로 데려간다. 그리고 이들을
눈물로 결속한다.

　　모든 어린아이의 얼굴은 그를 비추는 빛보다도 오래
되었다. 그것이 신생의 눈물이다.

　　여기에 성 히에로니무스[86]가 수정한 것을 덧붙인다.

　　다른 복음서 저자인 마르코의 글은 독특하다. "바로
그때 닭이 두 번째ek deuterou 울었다. 베드로Petros는 예
수Ièsous께서 '닭이 두 번dis 울기 전에 네가 세 번tris이나
나를 모른다고 할 것이다' 하신 말씀이 머리에 떠올랐
다. 그는 오열을 터뜨렸다."

　　히에로니무스는 마르코의 글을 다시 손질했다. 그는
다른 복음서의 구절에 근거하여 글을 통합했다. 4세기
말, 히에로니무스는(그는 간밤 꿈에서 이교의 고서적을

86　성 히에로니무스Eusebius Hieronymus(347?~419?)는 로마의 신
학자로, 히브리어 원문의 성경을 라틴어로 옮긴 불가타 성서를 처음
완성한 것으로 알려져 있다.

즐겁게 읽는 대죄를 지었노라 고해했을 정도로 고대 로마 문화에 매료되어 있었다) 세 개의 이야기라 할 만한 이 단계들에 기민하게 반응하여, 번역하면서 수정한다.

1) 히에로니무스의 수정은 분명 타당하다. 성 마르코는 베드로의 감정적 동요를 예고하는 수탉의 첫 울음을 놓쳤다. 반면 음악가와 소설가는 주인공에게는 결코 들리지 않았음에도 비탄의 효과를 위하여 마치 텍스트의 공간 전체에 울려 퍼지는 듯한 첫 울음을 기록한다.

2) 히에로니무스의 수정이 모든 부분에서 타당한 것은 아니다. 두 번째 울음에서야 최초로 등장하여 세 번의 부인을 초래하는 수탉의 울음 속에는, 내면을 뒤흔드는 심연이 있다. 나는 그것을 명징하게 이해하지 못한다(나는 내가 겪은 모든 것에 대해 믿기 어려울 정도로 뒤늦게 깨닫는다. 그것은 운명들fata이 내게 준 유일한 재능이기도 하다. 어떤 감정들은 몇 시간이 흘러서야 내면에 다다른다. 혹은 1년, 2년, 7년, 20년, 30년 후에. 오디세우스가 아우톨리코스[87]의 아들들과 함께한 멧돼지 사냥에서 입은 무릎의 상처를, 어느 축축한 날 나는 그제야 그 고통을 느끼기 시작한다).

---

[87] 아우톨리코스는 오디세우스의 할아버지로, 도둑질과 사기술의 명수다. 어느 날 오디세우스는 아우톨리코스의 뒷산으로 멧돼지 사냥을 하러 갔다가 다리에 상처를 입는다. 그때 남은 흉터는 훗날 오디세우스가 트로이 전쟁을 마치고 20년 만에 고향에 도착했을 때, 그임을 증명하는 표지가 된다.

*

복음서들Évangiles이 쓰인 시기는 모두 서기 1세기를 넘지 않는다. 그러나 역사적으로 동일한 시대인 네로 황제의 치하 때, 기사 페트로니우스[88]는 수탉의 울음에 관련된 전혀 다른 장면을 썼다. 복음서의 첫 집필자들이나 그것을 고쳐 쓰고 조정한 사람들이 페트로니우스의 글을 상기했을 것이라고 가정해 봄 직하다. 가이우스 페트로니우스 아르비테르의 완전한 문학적 천재성을 보여 주는 이 장은 그가 스스로 목숨을 끊기 몇 주 전에 쓰였다. 『사티리콘』 73절 「트리말키오니스의 향연」이다. 밤은 빠르게 전진한다. 트리말키오니스는 행복하게 아침을 맞이하기 위하여 새로운 연회를 지시한다. 그는 자신의 젊은 노예 연인 중 하나가 첫 수염이 난 것을 축하하기 위한 자리가 될 것이라 덧붙인다.

Haec dicente eo gallus gallinaceus cantavit. Qua voce confusus Trimalchio……. "그가 말하는 순간, 수탉이 울었다……." 트리말키오니스는 곧 그 울음에 크게 당황하여 혼란에 빠졌다confusus. 장면은 상당히 빠르게 진행된다. 1) 트리말키오니스는 탁자 위의 포도주로 헌주

---

88 페트로니우스Gaius Petronius Arbiter(20~66)는 고대 로마의 문인으로, 한때 네로 황제에게 총애를 받았지만 경쟁자에게 모반자로 고발되면서 스스로 목숨을 끊었다. 악한소설惡漢小說의 원형으로 알려진 『사티리콘』을 썼다.

할 것을 명한다. 2) 트리말키오니스는 화재의 위험을 막기 위해 등잔에 물을 뿌리게 한다. 3) 트리말키오니스는 왼손에 끼고 있던 반지를 오른손으로 옮긴다. 4) 트리말키오니스는 선언한다. *Non sine causa hic bucinus signum dedit*……. "이유 없이 나팔 소리가 울린 게 아니다. 어디선가 불이 났다. 이 근방에서 한 남자가 목숨을 잃었다. 우리에게서 멀어지라! 우리에게서 멀어지라! 누구든 내게 불운의 예언자를 데려온다면 그 대가를 치르리라." 5) 그가 말을 하자마자 (그 말보다도 빠르게 *dicto citius*) 사람들이 수탉을 가져온다. 6) 트리말키오니스는 즉시 닭을 제물로 바치라 명한다(사람들이 닭을 냄비로 가져간다). 7) 닭은 잡아먹히고, 제물은 소비되며, 징조는 게걸스럽게 삼켜지고, 저주는 쫓겨난다(트리말키오니스는 불길한 목소리를 먹어 치웠다).

농가에서 들려오는 수탉의 울음소리로 결합한 이 두 소설적인 장면은 기이한 거울을 만들어 낸다. 거울의 반영, 로마에서 예루살렘에 이르는 메아리, 자신의 저택에 있는 트리말키오니스와 안나스의 집 안뜰에 있는 베드로라는 작은 이폭화. 이 대칭적 균형은 한 학문적 상상력이 역사적 관점으로 토대를 세우려 한다는 점에서 더욱 매력적이다. 그 상상력은 불편한 방식으로 트리말키오니스의 연회를 티베리우스[89]의 통치 시절로 옮겨 놓는다. 우리는 이것이 같은 해라고 추측해 볼 수 있다. 같은 날에 일어난 것이라 주장할 수도 있다. 우리는 이것이 같은 시간에 일어난 것이라 가정할 수도 있다. 우리는 어쩌면 같은 수탉이라고도 말할 수 있다.[89]

*

라이너 마리아 릴케는 기억들이 진정한 의미의 기억이 되는 것은, 그것이 머리라는 공간에서 빠져나와, 기억을 변모시키는 이미지들로부터 멀어질 때뿐이라고 썼다. 이는 서로 거리를 유지하려 애쓰는 단어들의 양상과도 같다. 기억은 그것을 묻어 버리고 잊으려는 노력에서 시작되는 것이다. 그렇게 기억은 우리에게 되돌아올 힘을 얻었다. 망각의 강에서는 여전히 물이 흘러넘쳐 내린다. 그것은 말도 꿈도 성상도 없이, 몸짓과 광기와 비열한 움직임과 농가의 안뜰과 요리된 음식과 갑자기 토하고 싶은 충동과 실신과 끈질기게 따라붙는 질문과 설명할 길 없는 두려움의 형태로, 우리에게 돌아온다. 4월 초순의 새벽, 수탉이 세 번째로 울었을 때, 베드로는 갑자기 안뜰과 숯불에서 멀리 떨어져 가야파의 장인 집 문간 둥근 천장 아래 선다. 이름과 의미를 잃은 기억이, 눈물로 가득 찬 그의 내면에서 몸을 일으킨다. 베드로에게 진정한 기억은 비통의 짜디짠 눈물이며, 흔들리는 등이며, 날이 밝아질 때의 냉기이며, 훌쩍이느라 축

89　티베리우스Tiberius Caesar Augustus(B. C. 42~A. D. 37)는 로마 제국의 2대 황제로, 예수 재세 시절 통치했다.

축해진 코다. 대기 속 물고기의 코다. 그의 두 번째 이름인 "반석"의 "최후의 만찬"은 물과 소금이다. 베드로의 식사는 트리말키오니스의 연회와는 정반대의 것이다. 그의 양식은 눈물이다. 아우구스티누스는 『시편 상해』 제103편에서 지복직관至福直觀[90]은 다음과 같은 것이라고 말한다. "나는 낮과 밤으로 내 눈물로 이루어진 빵을 먹는다." 베드로는 영원히 눈물에 새벽빛을 덧대었다. 조르주 드 라 투르는 자신의 그림에서 숯불 속 포도나무 가지나 살찐 수탉과 같은 기묘한 것들을 보여 준다. 라 투르는 트리말키오니스에 더 가깝다. 라 투르의 그림에서 베드로는 이상하게도 몸을 펴지 않고, 건장한 몸으로, 하녀를 내려다보면서, 그 하녀를 회피하고, 그러나 한편으로는 노인의 모습을 하고, 몸을 웅크리고, 무언가에 압도당하고, 어린아이처럼 작아져서는 턱을 무릎에 괴고 있다. 그 모습은 마치 구석기 시대, 사람이 죽으면 그 시신을 순록의 힘줄로 묶어 자신들이 신성하게 여기는 짐승 가죽의 그림자 아래에서 재생하기를 기원하며 태아의 모습으로 만들어 둔 것과 닮아 있다.

*

베드로의 눈물을 좀 더 로마적 시각으로 조망하고 싶었음에도 나는 앙리 4세나 루이 13세 치세기의 바로

---

90 묵상을 통해 주主를 직접 본다는 의미의 천주교 용어다.

크 양식으로밖에 상상하지 못했다. 겨울, 우중충한 루브르의 안뜰. 비 내리는 루앙의 뜰. 혹은 라 투르가 머문 뤼네빌의 축축하고 얼어붙은 뜰.

1624년, 조르주 드 라 투르는 자신의 작품인 「베드로의 눈물」을 650프랑에 팔았다. 클리블랜드 미술관은 1645년 작품으로 추정되는 「베드로의 눈물」을 소장하고 있다. 메소포타미아 신들의 둥근 눈을 가진 수탉과 수난당하는 사도를 둘러싼 시든 포도 덩굴은 라 투르가 자신의 그림에서 대단히 드물게 표현한 자연이다(인간 존재는 자연의 재현으로 간주되지 않는다. 우는 닭과 불타는 포도 덩굴은 정물의 범주에 들어간다). 그보다 한 세기 앞선 16세기 말, 말레르브가 쓴 시 「베드로의 눈물」에서 언어는 밤의 말을 포기했다. 수치심이 완전한 박명인 황혼녘에 태어나는 것이라면, 아침과 함께 찾아오는 것은 침묵이다.

날은 이미 밝았고 괴로운 사도의
보다 명백해진 수치심이 그에게 침묵하라 한다.
그의 말은 지쳤으니 필요한 때에 그를 떠난다.
사방을 둘러보아도 그를 본 자는 아무도 없다.
그러나 영혼이 일깨운 가책이 그 죄를
증언할 이 없이도 넘치게 증언한다.

*

버리는 자를 버리기. 저버리는 자들을 저버리기. 정숙한 수치심, 사랑의 고통 속에서 느끼는 황혼의 수치, 밤이 포위하기 이전의 수치. 그리고 수치심이 택한 것들, 어둠과 회한, 성유물들, 노래들, 눈물, 상장喪章을 위한 천, 베일, 검은색 — 그 옛날 우리는 이러한 행위를 애도라 불렀다. 프랑스어로 '애도'를 의미하는 *deuil*은 고통을 뜻하는 라틴어에서 왔다. 라틴어 *dolor*는 '얻어맞음'에서 비롯되었다. 고대 로마에서는 '편두통에 시달리다'를 좀 더 강하게 표현할 때 *caput mihi dolet*머리가 나를 때린다라고 했다. 이는 피의 두드림이다. 그 고동은 음악에서의 박자와 같다. 강박의 북소리를 규정하는 이 두드림은 그러므로 폐호흡에 선행한다. 편두통은 떠오르지 않는 단어나 기억의 편린 때문에 생겨나는 극심한 생각의 북소리로, 그 때문에 점차 숨 쉬기 어려워지는 이들의 호흡psychè을 끈질기게 방해한다. 희생자의 이름을 알아야 한다. 거죽이 작은 정신적 북에 매여 있는 그의 이름을 알아내어, 옥죄듯 수축한 그의 머릿속이 마침내 느슨해질 수 있도록 해야 한다. 왜냐하면 강박적 북소리의 극단은 술독 바닥 찌끼 같은 질식에 앞선 폐색이기 때문이다. 그것은 죽음이다. 애도받지 않은 죽음, 한밤중에 맞이하는 죽음에 대한 인간의 억누를 길 없는 염원이다. 편두통의 형태로, 그리고 다시 악몽의 형태로 돌아오는 것. 죽은 이는 우리를 버림으로써 배신하며, 우리는 살아 있는 것으로써 죽은 이를 끝없이 배신한다. 우리는 망자의 죽음에 대해서뿐만 아니라, 죽음 그자체에 대해서도 원망한다. 망자들은 우리 안에서 쌍을 이루어 두드리는 피의 고통으로 죽음을 증거한다. "당신은 어찌하여 나를 버렸는가?" *Deus meus, Deus meus, ut quid dereliquisti me?* 나의 하느님, 나의 하느님, 어찌하여 나를 버리셨나이까? 신들조차도 죽음을 향해 이렇게 울부짖는다. 버림derelictio. 그것이 "애도의 외침"이며 고통dolor이다. 이 외침은 서기 첫 백 년보다도 오래되었으며, 30년 4월 7일 금요일보다도 오래되었다. 그것은 예수가 베드로의 부인을 예언한 이후, 베드로가 예루살렘에 있는 가야파의 장인 집 안뜰 문간 아래에서 그 자신이 부인했음을 깨달았을 때 내뱉은 외침이기도 하다. 그는 이제 막 자신을 버린 이를 버렸다. 농가 안뜰에서 들려오는 울음, 신생아의 첫 울음, 죽음에 헌신하여 얻은 앎보다도 먼 곳에서 들려오는 울음, 언어를 습득하기 이전부터 들려오는 울음, 성유물인 울음, 거친 소리를 내는 종種에게 감지되는 먼 과거의 노래, 시대착오적인 가금류의 목구멍에 머무는 새벽.

그는 날카롭고 거친 목소리를 가졌다.
대가리 위에는 작은 살점이,
팔 비슷한 것을 공중으로 들어 올리며……

그 울음으로 인하여 자신의 두 번째 이름인 반석

pierre 아래서 두려움에 몸서리치는 시몬. 바위 같은 살갗 아래에서 벌벌 떨며 석조 문간에서 흐느껴 우는 시몬. 그가 부인한 것은 비단 신만이 아니었다. 그는 자기 자신도 부인했다. 가파르나움에서 그물을 내려놓고, 요르단 강 기슭에 배를 버리며 포기한 것은 바로 그 자신이었다. 그것은 '공포로 인한 곤두섬horror'인 동시에 그 공포에 결속된, 시몬이 오래전 부인했던 신령daimôn이다. 그 모든 것이 일순 소스라친다.

그가 자신의 옛 이름을 버리면서 포기한 것은 자기 자신이다.

베드로의 귓가에 너무나 명료히 울리는 수탉의 울음. 그것은 신이 그에게 부여한 바위이며, 인간이 언어에 지배되기 이전부터 존재한 거친 반석이자, 음악의 문간, 음악의 문지방이며, 마침내 눈물의 형태로 화한 것이다. 그때의 소리들은 순수한 열정이자 비극이며, 가슴을 옥죄고 당황케 하여 혼을 빼놓는 정념이었다. 어떤 언어적 표지도 없는 순수한 울림의 새벽. 유성有聲의 밤, 유성의 숲, 밤의 동굴 속에서, 원시의 파토스가 돌아온다. 죽음과 재생의 통과의례를 치르려는 인간들이 횃불과 기름을 가득 채운 등불을 들고 귀를 바짝 세운 채 대지의 어두운 심연으로 나아간다. 그때의 공포는 첫 폐호흡과 울음의 순간 급작스레 버려진 육체 이전의 것이다. 어머니의 벌어진 두 다리 사이에서, 넓적다리라는 기슭에서, 분변의 모래밭, 낭자한 소변의 호수에서, 물고기들은 이

내 질식해 버릴 대기 중에서의 버려짐 — 죽음의 한숨을 따라 마지막 신생의 울음이 터져 나올 때까지 쉼 없이 지속될 일종의 울림의 가파르나움 안에서.

*

기묘하게도 음악은 소리들을 보호한다. 바로크 음악이라 불리는 초기 작품들은 소리의 야성으로부터 빠져나오려는 의지에 사로잡혀 있었다. 그리하여 인간 언어의 억양을 변화시키고, 감정 상태를 드러내는 몸짓 affetti을 조직했다. 오페라의 발명은 정동情動의 재생, 변성과 소리의 선별, 음성적 희생에 대한 의지의 결과였다. 나는 17세기 초부터 18세기 초중엽에 이르기까지 유럽에서 확립된 조성인 온음계를, 그것이 아무리 단순한 것이었다 하더라도 가장 아름다운 것 중의 하나라 생각한다. 절대적인 아름다움이란 그런 것이다. 그 발생이 아무리 우연적인 것일지라도, 또한 머지않아 없어지는 것일지라도 말이다. 나는 온음계를 다음의 것들과 같은 반열에 놓는다. 희랍에서 발명되어 로마에서 역사적 양식으로 자리 잡은 풍자시satura, 보르도 지역의 적포도주, 성 베드로의 격자무늬 그물, 부르주아의 개인주의, 셰익스피어의 비극들.

*

노년의 성 베드로는 더는 수탉의 울음소리를 참지

못했다고 전해진다. 수탉뿐만 아니라 가축용 개똥지빠귀, 작은 메추라기, 비둘기, 청둥오리, 누구도 겁먹지 않을 티티새 등 로마에 자리 잡은 그의 바실리카식 저택 안뜰에 있는 모든 노래하는 것들을 죽이도록 했다. 크네이우스 맘메이우스에 따르면, 베드로는 푸시아 카에렐리아에게 월귤나무vaccinia 열매를 짓이겨 물들인 적갈색 천으로 새들을 질식시키라 부탁했다. 이는 베드로가 마메르티노 감옥에 투옥되기 이전의 일이며, 세네카가 네로에게 자살을 명령받기 이전의 일이다. 성 베드로 Simo Petrus는 서기 60년 초에 얻게 된, 황폐하고도 광대한 저택에 살았다. 그는 조금씩 유명세를 얻기 시작하고 있었다. 시모 페트루스(성 베드로)는 루카누스와 세네카와 에스파냐 출신의 젊은 마르티알리스와 함께 저녁을 먹었다.[91] 그는 또한 퀸틸리아누스, 발레리우스 플라쿠스, 플리니우스의 집에도 갔다.[92] 크네이우스 맘메

---

91 루카누스Marcus Annaeus Lucanus(39~65)는 로마의 서사시인이자 철학자로, 네로 암살 음모에 가담한 것이 발각되어 살해되었다. 마르티알리스Marcus Valerius Martialis(40?~104?)는 루카누스와 세네카의 보호를 받으며 시작詩作 활동을 했다. 인간성의 본질을 파헤친 풍자시들을 남겼다.

92 퀸틸리아누스Marcus Fabius Quintilianus(35?~95?)는 로마의 웅변가이자 수사학자였다. 발레리우스 플라쿠스Gaius Valerius Flaccus(?~A.D. 90?)는 로마의 시인으로, 서사시『아르고나우티카』를 남겼다. 플리니우스Gaius Plinius Caecilius Secundus(61?~113?)는 로마의 문인이자 정치가로, 최고의 관직인 집정관에 올랐으며『서한집』을 남겼다.

이우스는 베드로의 말년에 대해 이렇게 말한다. 그는 더
는 장난치며 노는 아이들도, 미사의 성가도 견뎌 내지
못했다. 어느 날 베드로는 그리스도교로 개종하기 위
해 찾아온 한 무리의 나이든 귀족 여인들을 채찍을 휘
둘러 쫓아냈다. 여인들이 그의 안뜰에 머무르며 수다를
떨고, 크고 날카로운 소리를 냈기 때문이다. 저택은 침
묵에 잠겼다. 창문에는 휘장이 쳐져 있었다. 문 안쪽에
는 가로로 들보를 놓아 고정했다. 골족식 외투 여러 벌
을 꿰어 소리를 막았다. 푸시아 카에렐리아는 양털로
작은 마개를 만들었다. 성 베드로는 그것으로 온종일
귓구멍을 막고 있었다.

귀에는 눈꺼풀이 없다

모든 소리는 눈에 보이지 않으며 외피를 뚫는 송곳의 성질을 지닌다. 신체, 방, 건물, 성, 성벽으로 둘러싸인 도시를 뚫는다. 비물질적 성질을 가진 소리는 모든 장애물을 뛰어넘는다. 소리는 살갗이란 것을 모르고, 한계가 무엇인지도 알지 못한다. 내재하지도 외재하지도 않는다. 소리는 무한하여 장소에 국한되지 않는다. 만질 수도 없다. 포착 불가능하다. 듣는 것은 보는 것과는 다르다. 눈에 보이는 것은 눈꺼풀로 차단할 수 있다. 칸막이나 커튼으로 가릴 수 있으며, 장벽을 이용해 즉각적으로 접근을 금지시킬 수도 있다. 그러나 소리는 눈꺼풀도 칸막이도 커튼도 장벽도 인식하지 않는다. 경계를 나눌 수 없기에 누구도 소리로부터 자신을 보호하지 못한다. 소리에 조망이란 없다. 소리를 위한 테라스도, 창문이나 망루도, 요새도 전경도 없다. 청각에는 주체도 객체도 없다. 소리는 급류와 같이 밀려들어 우리를 겁탈한다. 청각은 인간 개인의 역사적 흐름에서 가장 오래된 지각이다. 후각이나 시각보다도 훨씬 앞서 어둠과 결탁한다.

*

끝없는 수동성(비가시적인 강제된 수신)은 인간 청력의 근간이다. 내가 '귀에는 눈꺼풀이 없다'고 요약한 것이 바로 이것이다.

*

듣는다는 것은 멀리서 와 닿는 것이다.

리듬은 떨림과 관련 있다. 음악이 부지불식간에 나란한 두 육체를 뒤엉키게 만드는 것도 이 떨림 때문이다.

*

듣는다는 것은 순종적 행위다. '듣다'라는 의미의 라틴어 동사는 *obaudire*이다. 프랑스어 동사 *obéir* 복종하다는 이 *obaudire*라는 단어에서 파생되었다. *l'audition* 듣기, 라틴어로 *audientia* 귀 기울임은 *obaudientia*, 즉 '복종'을 뜻한다.

갓난아이의 청취는 출생의 순간에 시작되는 것이 아니다. 소리를 낼 수 있게 되기 훨씬 전인 태아의 상태에서부터 아기는 어머니가 부르는 노래에 복종하기 시작한다. 그 노래는 태아보다 앞서 존재해 온 의미 불명의 소프라노이자, 태아의 귀를 멍멍하게 만드는 동시에 따뜻하게 감싸 안는 소나타다. 계보학적으로 — 개개인

104

의 계보적 범위에서 — 소리에 대한 복종은 자신을 있게 한 교미 행위, 즉 '성적 아타카'[1]로 이어진다.

신체는 '상이하고도 동시적인 리듬polyrythmie'을 발산한다. 심장 박동의 리듬, 그다음에는 울부짖고 호흡하는 리듬, 배고파서 소리치는 리듬, 가르릉대고 옹알이하는 리듬, 그리고 나서 발현되는 언어적 리듬. 이러한 폴리리듬은 본능적인 작용으로 보일 정도로 잘 습득된 것이다. 이것은 저절로 활성화되는 것이 아니라, 보다 모방적이고 빠르게 영향을 미치는 수업을 통해 학습된 결과다. 소리는 소리를 만들고 증폭시키는 신체와 그 움직임에서 온전히 자유로울 수 없다. 음악이 음악에 리드미컬한 활기를 불어넣는 춤과 완전히 분리되는 일도 결코 없다. 마찬가지로 청각은 성교와도, 태아의 "복종적" 형성과도, 아이와 부모 간의 언어적 관계와도 떨어질 수 없다.

*

소리는 소리를 막는 법을 알지 못한다. 소리는 '즉각적으로' 몸에 와 닿는다. 마치 나체이다 못해 피부까지 벗겨진 몸과 마주한 듯이, 소리는 육체 내부에 생생히 도달한다. 귀여, 너의 포피包皮는 어디 있는가? 귀여, 너

---

1 음악에서 악장의 마지막 또는 박자가 변하는 곳에서 다음 부분으로 중단 없이 계속 연주하라는 뜻이다.

의 눈꺼풀은 어디 있는가? 문은, 덧창은, 막膜이나 지붕
은 어디 있는가, 귀여?

남자와 여자는 탄생 이전부터 죽음의 순간에 이르
기까지 한순간도 쉬지 않고 무엇인가를 듣는다.

청각에 휴식이란 없다. 자명종이 귀에 호소하는 것
도 그 때문이다. 청각이 일시적으로 기능을 멈춘다는
것은 불가능하다. 음향적 풍경이란 없다. 풍경이란 눈에
보이는 세계에 대한 일정한 거리 두기를 전제로 하기 때
문이다. 소리에는 그러한 간극이 존재하지 않는다.

소리는 나라다. 서로를 응시할 수 없는 나라. 풍경이
없는 나라.

*

잠이 들기 시작할 때, 청각은 밀려오는 무의식적 무
기력에 가장 마지막으로 항복하는 감각이다.

*

음악에는 숙고도 응시도 없다.

음악은 연주자와 청자 모두를 리듬이라는 물리적
수송 수단 속으로 즉시 옮겨 놓는다.

*

언어에서 청자란 곧 대화자다. 자아 짊어지기égo-
phorie란, 청자에게 '자아'를 허용하여 언제라도 대답할

수 있다는 열린 가능성을 제공하는 것을 의미한다. 그러나 음악의 청자는 다르다.

그들은 스스로 덫에 빠진 먹잇감이다.

＊

음향적 경험은 언제나 사적인 것을 넘어선다. 그것은 선先내재적인 동시에 선외재적인, 망아 상태로의 옮김이다. 즉, 팔다리와 심장 박동, 폐호흡의 리듬을 압도하는 공포에 사로잡히는 경험이자 육체의 운동 감각에 대한 경험이며, 수동적이지도 능동적이지도 않은 것이다. 음향적 경험은 본질을 손상한다. 언제나 모방적이다. 기묘하고도 특징적이며 유일무이한 인간의 변신, 그것이 바로 "모母"어의 습득이다.

이것이 인간의 복종이다.

음악의 시련은 극도로 비자발적이다.

그리고 동시적이다. 목소리가 소리를 내고 또한 그것을 듣기 때문이다.

＊

만질 수 없고, 냄새를 맡을 수도 없으며, 도달할 수 없고, 눈에 보이지도 않으며, 비의소적이며, 비실재적인 음악.

음악은 세이렌들의 공포스러운 부름 속에 깃든 죽음보다도 더 무無에 가깝다.

*

청각은 눈에 보이지 않는 유일한 감각이다.

*

우리가 발산한 소리는 마치 거울 작용처럼 한정적이고, 대칭적이며, 반전된 이미지로 우리에게 다시 돌아온다. 그 음성 안에는 아무것도 담겨 있지 않다. 이 반영을 라틴어로는 *repercussio*라 부른다. 이미지는 국소화한 인형이며, 마네킹이자 허수아비다. 에코는 음향적 인형도 초상肖像도 아니다. 에코는 엄밀하게 '인간 앞에 던져진 반영objectus'[2]이 아니다. 그것은 듣는 이가, 자신이 들은 것을 파괴하지 않고는 다가갈 수 없는 음성적 반향이다.

소리의 거울 안에서 발신자는 자기 자신을 응시하지 않는다. 그 안에서 즉각 입을 여는 것은 짐승이자 조상이자 신이다. 보이지 않는 세계의 소리이자 해산을 앞둔 어머니의 목소리다.

동굴에서 시작하여 거석문화를 이루었던 도시를 거쳐 사원에 이르기까지, 모든 것은 에코 현상으로부터 전개된다. 소리의 원천을 알 수 없는 그곳에서. 마치 번

---

2 라틴어 명사 *objectus*는 본래 '앞에 놓는 행위'를 뜻한다. '객관', '객체'를 의미하는 명사인 *objet*는 여기서 왔다.

개와 천둥처럼, 시각과 청각이 비동시적인 상태로 존재하는 그곳에서. 눈과 귀의 불일치에 관한 최초의 전문가는 한 쌍의 샤먼이다.

그들을 말쟁이와 깃대잡이라 부른다.

*

나르키소스는 물에 비친 자신의 영상 속으로 뛰어들어 죽어 간다. 그는 시각이 허용한, 시각으로부터 가시 세계를 구분 짓는 거리를 무너뜨린다. 그 국한된 이미지에 죽음에 이를 정도로 몰두한다. 강은 그에게 흘러가는 어머니다.

죽어 가는 에코[3]는 해체된다. 암벽 곳곳에 몸이 튕겨 흩어진다. 에코는 죽음에 몰두하지 않는다. 산 그 자체가 되어, 산 어디에도 없게 된다.

*

모순성과 경계 없음은 신의 속성이다. 소리의 본성은 비가시적인 성질을 갖는 것에 있다. 그것은 분명한 윤곽이 없으며, 비가시적인 것에 말을 건네거나 한계 지을 수 없는 존재와 교통하는 전령이 될 잠재력을 지닌다.

---

[3] 그리스 신화에 나오는 숲의 요정이다. 헤라에 의해 남이 한 말만을 따라 해야 하는 벌을 받은 에코는 나르키소스를 사랑했지만 거절당했다. 슬픔으로 날로 여위어 가다가 마지막 남은 살점마저 없어지면서 목소리만 남았다.

청각은 신의 편재성을 경험하는 유일한 감각이다.
신들이 말씀으로 귀결되는 것은 바로 그 때문이다.

*

샤머니즘은 영혼 사냥을 뜻한다. 영혼들은 보이는
세계와 어둠의 세계, 즉 현실과 몽상이라는 이중의 광
대함 속에서 이 짐승에서 저 짐승으로 뛰어다닌다. 이
사냥은 반드시 돌아와야 하는 일종의 여행이다. 제 포
식자의 포식자였던 먹잇감을 소환하는 구석기 시대의
죄의식이다.

유능한 샤먼이란 곧 복화술사다. 샤먼은 짐승의 울
음을 흉내 내어 그 짐승을 자신의 육체 속으로 불러들
인다. 신이 사제의 몸속으로 들어간다. 짐승이 샤먼의
몸에 올라탄다. 짐승의 영혼이 자신을 사로잡은 샤먼을
최면 상태에 빠뜨린다. 샤먼은 짐승의 영혼과 싸운다.
그 영혼이 샤먼의 먹이가 된다. 샤먼은 신을 모시는 빈
그릇이 된다. 샤먼은 멧돼지를 흉내 내지 않는다. 멧돼
지가 샤먼 안에서 컹컹거린다. 야생 염소가 샤먼의 몸
에서 뛰어오른다. 들소가 춤추며 발을 구른다. 샤먼의
뱃속에서 그가 잡아먹어 치운 짐승이 말을 한다. 그 부
른 배가 곧 유능한 주술사다. 동굴 역시 복화술을 통해
드러난다. 복화술은 대지의 뱃속으로 야만의 입회자를
집어삼킨 입에서 나오는 에코다.

요나의 뱃속에서.

*

　동물적인 복화술, 즉 춤을 추며 동물을 흉내 내는 것은 짐승을 가축화하기 이전 시기에 행해졌다. 즉, 동물을 지배하는 것은 가축화 이전에도 가능했던 것이다. 최초의 전문적 사냥꾼은 샤먼이었다. 샤먼의 특기는 수렵이었다. 그들은 숨과 목소리와 환시와 영혼을 사냥했다. 샤먼의 전문화 과정은 극히 느리고 점진적으로 진행되었다. 먼저 동물의 언어를 장악하는 능력을 얻었다. 이어 젊은 사냥꾼들을 동물 언어로 입문시키는 권한을, 그다음에는 죽음과 재생을 지배하는 힘과 질병을 다스리고 치유하는 능력을 차례로 갖게 되었다. 샤먼은 환각 속에서 영靈을 찾는 여행을 떠난다. 그 영혼을 소환하여 음악적 망아에 다다른 무리 가운데에 떨어뜨린다.

*

　복화술, 방언, 동물 언어를 구사하는 것, 그리고 단순히 "언어langue"로 말하는 행위는 샤먼 커플 중 오직 한 명만이 할 수 있다. 조르주 차라시체[4]는 캅카스의 그루지야인들이 최면 상태에서 말하는 자를 "말쟁이

---

4 조르주 차라시체Georges Charachidzé(1930~2010)는 그루지야계 프랑스인으로, 언어학자이자 역사학자다. 그루지야어와 캅카스 지역의 토속 무속 신앙, 비교 신화학 연구에 매진했다.

linguiste"라 부르며, 시각적 능력을 지닌 이를 "깃대잡이 porte-étendard"라 부른다고 적었다.

망아 상태의 말쟁이는 짐승이나 인간, 혹은 원소나 식물의 영혼이 자신의 입을 통해 내뱉는 소리들을 어떠한 이해도 번역도 없이 고스란히 표현한다. 깃대잡이는 망령이나 새의 형상을 한 영혼을 본다. 그러나 그들의 말소리를 듣지는 못한다. 깃대잡이는 거리를 두고 앉아 있다. 그는 자신의 깃대 위에 앉은 새들과 ─ 누구도 깃대 위의 새들을 보지 못한다 ─ 침묵으로 대화를 나누는 듯하고, 새들은 여행 중 보았던 풍경을 깃대잡이에게 그려 보인다.

샤먼 커플은 말쟁이와 깃대잡이로서 맞선다. 그들의 관계는 단순한 한 쌍을 넘어 꼬리 잡기 놀이나 번갈아 앞으로 뛰어나오는 춤의 형태를 한다. 러시아 동화 『예민한 귀와 밝은 눈』과 같은 것이다. 그들은 가수와 예언자다. 복자卜者에 맞서는, 신탁을 전하는 사제다.

천둥과 번개다.

귀와 눈이다.

사로잡힌 귀는, 귀가 들은 것을 되풀이하여 말하도록 입으로 전달한다. 이 홀린 귀는 언어 너머에 있는 것과, 언어의 타자와, "짐승들이 말을 하던 시기", 즉 언어 이전 시기의 언어적 행위의 총체와 드잡이를 벌인다.

섬광을 본다는 것은 어둠의 세계로 여행을 떠남을 의미한다. 그 안에서 꿈속의 환영들과 동굴 벽에 그려진 그림들과 부활하는 망자들이 모습을 드러낸다.

*

폭풍우에 대한 경험은 매 순간 심오하다. 번개와 천둥의 사이에서, 육체는 매번 전율하고 심장은 떨린다.

엇박인 시각과 청각.

비를 부르는 것은 이중적이다.

먹구름이 내려앉은 한밤중, 내리치는 번개의 시각 작용과 어마어마한 천둥소리의 청각 효과는 서로 떨어져 있다. 이는 우리에게 기대감과 두려움을 갖게 하고, 시각과 청각 작용 사이의 시간차를 계산해 보게 만든다.

그리고 마침내 한 명의 샤먼과 같이 비가 대지를 적신다.

*

귀청을 찢는 외침. 심연의 부름이란 그런 것이다.

그 부름은 울리는 것과 보이는 것이라는 두 개의 기관을 가지고 있다. 거기에 탄생과 결합, 그리고 죽음을 덧대야 한다.

우리는 비탄에 젖은 순간적인temporelle 절박 속에서 산다. *temporelle*는 본래 '끊임없이 근원을 향하는'이란 의미다.

끝없이 순종하는.

신이 인간의 육신에 다양한 기관들을 부여한 이유

는, 곳의 심연이나 동굴의 샘으로부터 들려오는 부름에 응답하게 하기 위해서라고 고대 희랍인들은 주장했다. 핀다로스[5]는 『피티아 송가』 제12장에서 아테나 여신은 인간이 비탄을 발산할 수 있도록 그들에게 피리를 선사했노라고 말한다.

쿠자누스[6] 역시 그와 유사한 방식으로 말했다. "고통passio은 지식에 앞서 존재하며, 눈물은 존재론에 선행한다. 눈물은 알려지지 않은 것 때문에 흐른다."

음악은 무엇을 위한 수단인가?

음악의 본래 음조는 무엇인가? 어째서 악기가 존재하는가? 왜 신화는 자신의 탄생에 그토록 주목하는가?

어째서 인간은 1) 집단적으로 2) 원형 혹은 그와 유사한 형태로 음악을 들었는가? 이 마술적 원을 희랍어로 *orchestra*라 부른다. 이 청각적 원 혹은 원무는, '그때 그 시간in illo tempore'이 시간의 질서 안에 새긴 것을 공간 속에 구현한다.

---

5 핀다로스Pindaros(B. C. 518~B. C. 438)는 희랍의 서정시인으로, 신과 영웅을 칭송하는 축승가祝勝歌를 주로 지었다.

6 니콜라우스 쿠자누스Nicolaus Cusanus(1401~1464)는 독일의 철학자이자 신학자다. 모든 대립물은 신 안에서 일치하며, 이 일자를 통해 모든 사물의 모순이 발생한다고 생각했다. 유한한 인간이 이를 자각하고 자신의 무지를 깨닫는 것이 바로 지知라는 '무지無知의 지'를 주창했다.

*

베다어로 쓰인 문헌에는 희한한 계산법이 등장한다. 신들의 말에 더해진 인간의 말은 전체 언사의 4분의 1에 불과하다는 것이다.

마찬가지로 『베다』에서는 이렇게 단언한다. 신주神酒인 소마soma를 운반하는 수레가 신들에게 바친 영토로 진입하는 순간 들리는 삐걱거리는 바퀴 소리야말로, 혜안을 가진 현자들의 그 어떤 심오한 격언보다도 중요한 말이다.

말해지지 않은 말은 말해진 말보다 외연에서나 본질적으로나 더 위대하다.

단지 말해진 말의 밀도가 극도로 높아져서 종내 한숨의 형태로 무화하는 경우를 제외하고는 말이다. 왜냐하면 이러한 경우 희생이 언어 그 자체에 도달하였으며, 언어를 제물로서 해체했기 때문이다.

*

샤머니즘에서 음악은 한 가지 명확한 역할을 하며, 이는 말쟁이와만 관련되어 있다. 음악은 탄생의 순간 울음 속에서 개시되는 호흡과 마찬가지로, 최면의 시작을 알리는 외침이다. 인도네시아의 술라웨시 섬에서는 샤먼을 징 혹은 북이라고 불렀다. 얼어붙은 말들(일순 사제의 몸으로 침투하는 영혼들이 내는 짐승 같은 쉰 목소리)을 깨어나게 하는 것이 징이나 북의 역할이기 때문이다.

*

음악이 발휘하는 주관적이고도 객관적인 것, 청취에 속하면서 동시에 소리의 생성에 관여하는 것. 그것은 내재적이지도 외재적이지도 않으며, 누구도 명료하게 구별할 수 없는 것이다. 유년기 내내 따라붙는 불안은 육체가 내는 소리를, 즉 대단히 흥미롭지만 금세 부끄러워지고 마는 그 소리를 나의 것과 타인의 것으로 구별하는 데서 온다.

어디에도 경계 짓는 법이 없는 음향이라는 것은 인간들의 귀를 개인적인 것에서 벗어나게 함으로서 공동체를 이루는 데 기여했다. 이것을 '귀를 잡아당긴다'고 표현한다. 국가國歌, 시의 군악대, 찬송가, 가족 합창과 같은 것들은 집단에 정체성을 부여하고 원주민을 단결시키며, 국민을 예속시킨다.

순종자들.

비경계성과 비가시성. 음악은 만인의 목소리로 현현한다. 무리를 이루게 하지 않는 음악은 음악이 아닐지도 모른다. 호흡과 피를 순식간에 집결시키지 않는 음악은 없기 때문이다. 영혼(폐호흡의 생기)과 심장. 현대인들은 음악을 개인적으로 전파하고 수용할 수 있는 기회를 지녔음에도 어째서 점점 더 음악회나 드넓은 홀에서 그것을 들으려고 하는 것일까?

*

가장 정제되고 엄격하리만치 고독한 중국의 음악조차도 가장 오래된 전설 속에서 집단이라는 개념을 내세운다. 최소한의 집단인 영원할 두 벗의 만남을 통해서.

하나의 쌍.

*

이 이야기는『여씨춘추』에 실려 있다. 문인 유백아는 탁월한 고금古琴[7] 연주자였으나, 그가 만든 곡과 그의 연주가 표현하는 바를 이해할 수 있는 이는 오직 가난한 나무꾼인 종자기뿐이었다.

백아는 종자기를 만나러 숲에 왔다. 나무꾼은 나뭇가지와 그림자 사이로 들리는 벗의 고금 소리로 백아가 있는 곳을 알았다.

종자기가 죽자 유백아는 고금을 부수었다. 더 이상 자신의 곡을 들어줄 귀가 존재하지 않았기 때문이다.

*

7 중국의 현악기로, 일곱 개의 줄로 되어 있어 칠현금七絃琴으로도 불린다. 한국의 거문고와 유사하나 그보다 크기가 작으며, 통상 사각의 탁자 위에 올려놓고 손가락으로 뜯어 소리를 낸다.

조설근[8]의 『홍루몽』에서 임대옥은 사촌 오빠 가보옥에게 자신이 오래전 고금 타는 법을 배웠노라고 고백한다. 그러나 애석하게도 그만두었다. 이런 말이 전해진다. "사흘간 현을 뜯지 않으면 손가락 끝에서 가시덤불이 자란다." 임대옥은 가보옥에게 음악의 심오한 본성에 대해 설명한다. 음악의 대가인 광曠이 칠현금을 연주할 때면 바람과 천둥이 일어나고, 족히 2천 년은 됨직한 용과 열여섯 마리의 흑두루미를 불러들였다. 그러나 음악의 목표는 오직 한 가지로 귀결된다. 타인을 끌어당기는 것이다. 유백아의 고금 소리가 숲에서 종자기를 유인하듯. 타인을 부르는 이러한 음악은 터부와 맞닿아 있다. "칠현금이란 이름은 통상 터부를 지칭하는 단어들 중 하나로 발음된다. 고대 중국인들의 관습에 따르면, 이것은 본래 원기 왕성한 생의 정수를 보존하는 데 이용된 악기다." 이 악기를 연주하려면 장소를 선택하는 것이 중요했다. 누각의 고립된 내실이나 다층으로 이루어진 정자 꼭대기, 숲속 후미진 곳이나 산꼭대기, 드넓은 해안가가 적당했다. 모든 음악은 밤에 연주되어야만 했다. 연주자는 하늘과 땅이 완벽히 조화를 이루고 바람은 시원하고 달은 청명할 때, 양반 다리를 하고 앉아

---

8 조설근曹雪芹(1714?~1763)은 중국 청대의 소설가다. 『홍루몽』은 그가 10여 년에 걸쳐 쓴 작품으로, 주인공 가보옥을 중심으로, 한 가문의 흥망성쇠를 다룬다. 조설근은 책을 끝내지 못하고 죽었는데, 후대의 작가들이 이를 완성했다고 전해진다.

모든 고뇌에서 벗어나 차분하고 느린 맥박으로 야음을 누릴 줄 알아야 했다. 그래서 고대 중국인들은 음악의 색조를 진정으로 이해하는 사람을 만나는 것이 상당히 드문 일임을 인지하고 있었다. 이러한 음악적 앎에 들어선 청자가 없었기에 악공들은 숲의 원숭이와 늙은 황새 앞에서 음악적 기쁨을 누리는 것이 차라리 나을 것이라고 말하곤 했다. 악공들은 고악기에 예를 다하기 위해 비밀스러운 방식으로 머리를 매만지고 규율에 맞게 의관을 갖추어야 했다.

그들은 연주하고자 하는 마음이 억누를 수 없을 지경에 이를 때까지 기다려야 했다.

그 순간에 이르렀을 때, 악공은 손을 씻고 향을 피운 후 고금을 들어 장방형의 탁자 위에 올려놓았다. 정확히 자신의 심장 앞에 공명판의 다섯 번째 휘徽[9]가 오도록 했다.

가장 먼저 악공은 겸허한 자세로 침묵 속에서 곡조를 떠올렸다. 그는 달을 바라보았다. 그리고 시선을 어둠 쪽으로 돌렸다.

그제야 악공의 손가락이 유려하게 흐르며 춤추는 가운데, 악기의 심부에서 음악이 올라올 수 있었다.

---

9 고금의 몸체 앞쪽에 상감되어 있는 동그란 모양의 자개 조각을 가리킨다. 총 열세 개로, 현을 고르는 자리를 나타내기 위한 것이다.

*

　유럽의 현악 사중주단.

　목에 나비넥타이를 맨 채 연미복을 입은 네 명의 남성들이 말총을 댄 나무 활과 양의 창자 위에서 분투한다.

*

　음악은 인간이 시간에, 더 정확히는 리듬을 생성하는 죽음의 구간에 의존한 대가다.

　콘서트홀은 상시적 동굴이다. 그곳에서는 시간이 곧 신이다.

*

　어째서 청각은 지상의 것이 아닌 무언가를 위한 문구실을 하는가? 어째서 청각적 세계는 그 시초에서부터 다른 세계로 연결된 특권적 관문에서 이루어지는가? 존재는 공간보다 시간에 더욱 얽매여 있는가? 태양이 매일 선사하는 가시적이고 다채로운 세계보다도 존재는 언어와 음악과 밤에 더 깊게 관련되어 있는가? 시간이란 존재의 개화이자 그 어둠의 꽃에 대한 복종을 의미하는가? 시간은 존재를 겨냥하는가? 음악과 언어와 밤과 침묵이 그 화살인가? 죽음이 그 표적인가?

*

청취란, 파롤parole[10]의 본질로가 아닌 영혼으로 귀환하는 언어의 의미 작용(노에마들,[11] 사유들, 목소리가 불러일으키는 환영들)이다. 이 회귀는 그러므로 육신을 벗어난 파롤을 포기할 때에 태어나는 침묵이다. 언어적 청취는 침묵으로 귀결된다. 사유라는 형태로 모조리 불타 버린 파롤이 침묵 속에서 허물어진다.

청취가 주는, 불에 데인 듯한 쓰라린 고통 때문에 부재하는 것이 내는 소리인 언어는 제 스스로가 부재하는 것으로 변한다. 즉, 파롤을 둘러싼 물질적 외피가 벗겨지는 순간 그 파롤로부터 홀연히 나타나는 붙잡을 수 없는 환영으로 말이다. 그것은 더 이상 언어적 기호가 아니다. 인지적으로 감각되는 것이다. 이것이 바로 희생제의에서 유래한 노에시스적 희생이다(희생제의가 열리는 동안 인간들은 짐승을 도살한다. 짐승을 도축하

---

10 언어학자 소쉬르가 사회적 언어 체계를 가리키는 '랑그langue'와 상반되는 개념으로 제시한 것으로서, 개인의 발화 행위를 의미한다. 메를로퐁티는 언어 현상학적 관점에서 언어학의 목표는 언어를 본질적 틀에 맞추고 객관화하는 것이 아니라, '파롤로 회귀'하는 것이라 여겼다. 이때의 파롤은 신체적 지향성의 구체적 예이자, 말과 말하는 주체의 주관적 접촉으로 실현되는 자발적 행위를 의미한다.

11 현상학에서 의식이란 언제나 어떤 대상을 향하게 된다. 이러한 의식의 방향성을 '의식의 지향성'이라고 부르는데, 대상과 그것을 향한 의식 사이에는 일정한 상관관계가 존재한다. 후설은 '무엇에 관한 의식'으로서의 지향성을 '사유'라는 의미를 지닌 희랍어를 빌려 '노에시스noesis'라 불렀으며, 지향성의 대상적 상관자를 '사유된 것'이라는 의미의 희랍어를 따 '노에마noema'라 불렀다.

2장 귀에는 뚜껑이 없다

고 자르는 것으로 그 짐승의 힘을 얻을 수 있다고 믿는 동시에, 공물을 조각내어 분배하는 과정을 통해 사회적 사실을 조직한다). 적어도 언어를 듣는 동안, 언어는 자신의 물리적 소리의 집합을 확장하고 해체한다. 온전히 사회적인 영역에서 개개의 영혼을 뒤흔드는 내면적인 침묵의 소리 집합으로 변모하기 위함이다.

왜냐하면 언어는 의미를 표지하기 때문이다.

비의소적 언어, 즉 음악에서의 의미 작용이란 의미 작용 그 자체만을 위한 것으로, 피와 숨을 즉시 음악으로 불러들이는 행위다.

이처럼 언어적 복종은 개별적인 것이 될 수 있다. 그 결과인 생각은 소리로부터 떨어져 나간 것이다.

생각은 소리 없는 사유가 될 수 있다.

*

침묵하기는 먼저 귀먹음의 상태에서 빠져나오는 것이다. 그 들리지 않는 상태에 있을 때 우리는 우리 내부의 언어와 관련되어 존재하며, 화자는 관습적 리듬을 지닌 사회적 궤도circulus 속에 완전히 잠겨 있다. 말은, 말하고 있는 동안에는 전혀 들리지 않으며, 듣는 것에 앞서 발생한다. 화자는 숨을 소비하면서, 말을 만드는 입속의 작은 마스코트를 외면한 채로 입을 벌리고 있다.

청자는 입을 다문 채 귀를 열고 있다.

화자가 말을 하는 동안 언어는 자기 자신을 매혹하여 혼자 말하고, 어찌되었든 거의 듣지 못한다. 이것이 클라이스트[12]의 '독백'이라는 이름의 사색이고, 데 포레[13]가 『말꾼』을 통해 이야기하는 것이다. 화법에서 독백이란 언어의 신기루 같은 것이다. 말하기란 밖으로 드러나 주워 담을 수 없는 혼란이다. 언어는 화자와 화자의 사유를 사유한다.

청자는 귀 기울인다.

말하는 이가 몰락하지 않고서 완전한 청취란 없다. 화자는 자신의 내부에서 언어의 형태로 불쑥 솟아나와 이동하여, 결국 청자에게로 되돌아가는 말 앞에서 무너진다. 이러한 말의 회귀는, 한편으로는 그 소리의 원천이 공기 중에 소멸되었기 때문이고, 다른 한편으로는 화자 내부에서 모두 불타 버리는 말해진 것을 청자가 침묵으로써 움켜쥐려 하기 때문에 일어난다.

그리하여 듣는 이는 이전의 상태에서 벗어나 생각 속에서 진정 혼란스러워진다.

12 하인리히 폰 클라이스트Bernd Heinrich Wilhelm von Kleist(1777 ~1811)는 독일의 극작가이자 소설가다. 비극과 희극을 넘나들며 고전주의 미학을 부수는 등 선구적 작품 세계를 펼친 것으로 평가받는다.

13 루이르네 데 포레Louis-René des Forêts(1918~2000)는 프랑스의 소설가다. 1946년 출간된 그의 대표작 『말꾼』은 화자인 '나'의 독백으로 진행된다. 프랑스 문학사에서 내면 독백 소설의 효시로 알려져 있다.

나는 진정한 의미의 듣기에 관하여, 즉 진정한 귀 기울임audientia의 복종obaudientia에 대하여 언급하려 한다.

내 생각에 인간이 아는 '진정한 청취'는 두 가지뿐이다. 하나는 소설 읽기다. 왜냐하면 소론小論 읽기는 동일시도 불신도 수반하지 않기 때문이다. 다른 하나는 클래식 음악, 즉 내밀한 침묵의 언어를 전수한 자가 작곡한 노래melos를 듣는 것이다. 무언의 완전한 개방성을 띤 이 두 가지 청취 방식은, 그러나 개별적으로 영향을 미친다. 발화 행위가 사라지고 그 수신이 점차 약해지다가 소리의 근원으로 녹아들면 불안이 태어난다. 정체성 상실이 그 증거다.

*

겐코[14]의 단장이나 샤토브리앙[15]의 『랑세의 일생』을 읽을 때, 우리는 더 이상 논쟁하지 않는다. 영혼은 매료

14 요시다 겐코吉田兼好(1283~1350)는 일본의 승려이자 문학가로, 속명은 우라베 가네요시卜部兼好다. 대대로 신관神官을 역임한 귀족 가문에서 태어났으나, 서른 살 무렵에 출가했다. 속세의 덧없음에 대하여 수필 형식으로 기록한 『도연초』가 유명하다.

15 샤토브리앙François Auguste René de Chateaubriand(1768~1848)은 프랑스의 소설가로, 유년 시절에는 브르타뉴 일대를 떠돌며 불우하게 자랐다. 이후 군인, 정치가, 작가로서 생애를 보냈다. 『랑세의 일생』은 1844년 출간된 샤토브리앙의 유작으로, 실존 인물인 랑세 신부를 소재로 한 전기적 작품이다.

되고, 침묵 속에서 순종이 생겨난다. 인물이나 주제, 당대에 관하여 기술한 부분은 신화나 소설의 속성과도 닮아 있다. 우리는 아름다움에 대해 읽는다. 논지는 잊는다. 의미론적이고, 주제론적이며, 노에마적이고, 시각적인, 관조적 인식이 아니라, 심리적 동요만을, 노에시스적 지각aisthèsis만을 좇는다.

*

헤로도토스[16]는 다음과 같이 적었다. 여성들은 옷을 벗음과 동시에 수치심도 떨쳐 버렸다. 남편이 부인을 껴안으러 첫발을 떼기도 전에 에로스는 여자들을 장악했다. 청자들은 화자의 말이 전해짐과 동시에 정체성을 포기한다. 청자들은 침묵한다. 소설을 읽는 이와 마찬가지로 음악을 듣는 이에게도 그들이 딛고 있는 대지는 침묵의 장이다. 침묵의 바다에 잠긴 잠수사의 꿈 다문 입이다.

*

눈은 눈꺼풀을 내리면 보는 것을 멈출 수 있다가도 들어 올리면 다시 볼 수 있다. 그러나 겉귀는 듣지 않으

---

16 헤로도토스Herodotos(B. C. 484?~B. C. 430)는 희랍의 역사가다. 페르시아 전쟁사 중심으로 근동의 역사와 설화들을 풀어 낸 그의 저서 『역사』는 인류 최초의 역사서로 불린다.

려 해도 스스로 몸을 접을 수가 없다.

플루타르코스[17]에 따르면, "자연physis은 우리에게 두 귀와 하나의 혀를 주어 덜 말하고 더 듣도록 했다."

자연은 동물과 인간을 만들기 이전에 침묵을 "들었다".

우리는 입 속 혀의 수보다 하나 더 많은 귀를 갖고 있다.

끝으로 플루타르코스는 수수께끼처럼 다음과 같이 적었다. 귀는 금이 간 항아리에 빗댈 수 있다.

*

글을 쓰는 사람은 불가사의한 존재다. 들으며 말하는 자다.

*

복종하는 글쓰기.

예측 불능의 냉엄한 육체에 순응하기에 복종한다는 것이다.

언어에 사로잡힌 사람이란 제 먹잇감의 먹잇감이 되어 버린 샤먼이라 정의 내릴 수 있다.

---

17 플루타르코스Ploutarchos(46?~120?)는 희랍의 철학자이자 저술가로, 로마의 시민권자이기도 했다. 플라톤 철학을 기반으로 철학, 신학, 종교, 문학 등을 아우르는 방대한 저서를 남겼다.

*

플루타르코스는 디오니시오스 1세의 일화에 대해 전한다. 극장에서 한 키타라 명인의 연주를 들은 디오니시오스는 매우 만족했다. 공연이 끝난 후, 이 시라쿠사의 폭군은 악사에게 다가가 금과 의복과 호화로운 도자기를 약속했다.

다음 날 악사는 디오니시오스를 알현하기 위하여 궁을 찾았다. 그는 접견실로 안내받았다. 악사는 폭군에게 인사를 올리고, 왕이 말을 꺼내기를 기다렸다. 그러나 디오니시오스는 잠자코 있었다. 하는 수 없이 악사는 자신이 입을 열기로 마음먹었다. 그는 겸손한 자세로 참주에게 청원했다. 전날 공연이 끝난 후, 그에게 약속한 하사품에 대하여 말했다.

폭군은 자신의 황금빛 왕좌에서 몸을 일으키고는 미소를 머금으며 음악가를 바라보았다. 자신은 이미 약속한 것을 주었노라고 속삭이고는 악사에게서 시선을 거두었다. 그러고는 바닥 위에 멈추어 서더니 악사에게 등을 돌린 채 덧붙였다.

"네가 노래로 내게 행복을 준 것처럼 나 또한 너에게 희망을 준 것이다."

*

비코[18]가 말하길, 인간은 벼락의 공포에서 벗어난 짐승이다. 첫 시각적 표지는 섬광이다. 첫 음향적 신호는 천둥이다. 비코에 따르면, 이것이 언어의 기원이다. 벼락 불과 노호는 최초의 신학theologia이다. 기호들을 감추고 소리의 근원을 은닉한 숲, 그 숲의 빈터를 로마에서는 *lucus*, 즉 '눈目'이라 불렀다. 그리고 동굴을 '귀'라고 표현했다. 비코는 자신의 저서 『신과학』에서 다시 숲으로 돌아간 인류의 도시들을 '눈lucus'의 꺼풀이 닫히는 것으로 표현했다.

*

밤이 내리면 침묵의 순간이 찾아온다. 이 순간은 새들이 잠든 후에 불현듯 나타나, 개구리들이 울음을 터트리기 시작할 무렵까지 이어진다. 청개구리는 수탉과 마찬가지로 밤을 사랑한다. 대부분의 새들은 밝아 오는 빛 속에서 제 소리의 보금자리를 만든다. 빛은 "스스로" 일어서지는 않으나, 대지의 가시 세계를 "일으켜" 하늘로 감싼다.

소리가 가장 잦아드는 순간은 밤이 아니라 황혼녘

---

18 잠바티스타 비코Giambattista Vico(1668~1744)는 이탈리아의 철학자로, 자연의 세계를 중요시하는 관점에서 벗어나 인간이 만든 역사의 세계에 주목하여 인류 공통의 본성이 가진 규칙성을 파악해야 한다고 주장했다. 저서 『신과학』에서 역사 발달의 일반 법칙을 발견하고자 했다.

이다. 청각적 최소치의 순간이다.

판 신은 정오가 되면 기이한 침묵의 굉음을 낸다. 이 갈대 피리의 신은 정오라는 시각적 최대치의 순간에 입을 다문다.

이것이 세계의 원리다.

황혼은 자연의 질서 안에서 "소리의 영도零度"다. 사실을 말하자면, 완전한 영도나 침묵의 정점은 아니다. 그러나 자연이 이루는 소리의 최소치임은 분명하다. 인류는 복종을 멈추지 않는다. 존재론에서 소리의 최소치는 새의 지저귐과 개구리 울음소리의 경계를 통해 정의된다. 그것이 침묵의 시간이다. 침묵은 결코 소리의 부재로 정의되지 않는다. 침묵은 귀가 소리에 대해 가장 예민해져 있는 상태로 규정된다. 인류는 소리와 침묵이 발현되는 근원에서 아무것도 아니며, 더 이상 빛과 어둠의 기원에 머물지도 않는다. 밤의 문지방에서 귀는 가장 기민해진다. 그것은 내가 가장 좋아하는 시간이다. 그것은 나에게, 홀로 있기를 바라는 모든 시간 가운데 가장 홀로이고자 하는 때다. 내가 죽고 싶은 시간이다.

화장火葬 전에도, 동안에도, 후에도, 음악 없이.

철망에 매달린 매미조차 없이.

만약 좌중에 누군가 눈물을 흘리거나 코를 풀었다면 모두가 그에게 불편함을 느낄 것이며, 음악으로 감출 수도 없을 것이기에 불편은 더욱 커질 것이다. 나는 나로 인한 당혹에도 자리를 지킬 이들에게 용서를 구한다. 그러나 나는 여전히 음악보다도 그 불편이 더욱 마음에 든다.

그 어떤 끈질기게 괴롭히는 소리도 없이.

어떤 예식도 지켜지지 않을 것이다. 노랫소리가 드높아지는 일도 없다. 어떤 단어도 발음되지 않는다. 누구도 그 무엇을 전기를 이용해 재생할 수 없을 것이다. 포옹도, 먹을 딴 수탉도, 종교도, 윤리도 없이. 심지어 관습적 행동도 없이. 사람들은 침묵하는 것으로 나에게 작별을 고할 수 있을 것이다.

4 소리와 밤의 유대에 대하여

　　때로 어둠의 청자를 의심하는 일이 있다. 양막에 싸
인 수생水生의 존재이며, 그 먼 곳의 귀머거리인 키마이
라[1]들이 우리에게는 논쟁의 여지가 있는 것들로 보이기
도 한다. 우리는 우리가 이 세계를 생생히 기억한다고
느낀다. 그러나 회상이란 하나의 서사로서 꿈을 옮겨 놓
은 이야기와 같은 것이다. 우리는 이러한 이야기 혹은
서사의 발생을 통해 자기 존재를 의심한다. 우리는 하나
의 이름으로 둘러싸인 이야기의 갈등에 불과한 것이다.

　　우리는 어둠 속에 있던 청자의 고뇌를 입증하는 동
시에 모든 선입견에서도 자유로운 증거를, 역사 속에서
찾아낼 수 있을까?

　　증거는 이미 존재한다.

　　그 증거는 의미가 결여된 것이다. 그것은 증거들 중
가장 기묘한 것이고, 개중에 가장 불가해한 것이며, 선

1　호메로스에 따르면 키마이라는 신이 낳은 괴물이다. 머리는 사자
이고 꼬리는 뱀이며 몸통은 염소이고, 입에서는 불을 내뿜는다.

사 시대 생명체의 생체 리듬이 서서히 균형을 상실하는 과정에서 발생한 종의 분화라는 시간적 기원에 정확하게 위치한다.

*

추정하기를, 2만 년 전 인간들은 잡은 짐승의 가죽을 다듬기 전에 긁어낸 비계로 연기가 적은 기름을 내어 등불을 밝히고, 해안 절벽의 옆구리 틈이나 산속 동굴의 칠흑 같은 어둠 속으로 침입했다. 인간들은 등불을 이용하여, 불멸의 어둠에 잠길 그 드넓은 공간을 단색이나 두 가지 색의 거대한 동물 그림으로 채웠다.

*

왜 예술의 탄생은 지하 탐험과 관계되었는가?

어째서 그것이 예술이었으며, '어둠의' 모험인 채로 남았는가?

시각 예술(적어도 암흑 속에서 흔들리는 기름 등불을 통해 볼 수 있었던 예술)이 밤에 보는 행위visiones nocturnae인 꿈꾸기와 관계있음을 드러냈던 것일까?

2만 1천 년이 흘렀다. 19세기 말 인류는 은둔하기 위해 무리를 지어 어두운 영화관으로 발을 옮겼다.

*

중석기 시대까지의 유골들은 상당수가 같은 모습을

하고 있다. 그들은 웅크린 상태에서 순록의 힘줄로 묶여 있다. 태아의 모습으로 머리는 무릎에 파묻힌 채, 짐승의 목을 자르고 꿰매어 만든 가죽 속에 붉은 황토로 뒤덮인 알 모양을 하고 있다. 그것은 어째서일까? 인간을 최초로 재현한 회화에서 인간은 동물과 뒤섞인 공상적 들소인간으로 형상화되어 있다. 그들은 어째서 동물 머리를 뒤집어쓰고 노래를 부르는 샤먼의 모습으로 표현되어 있는가?

어째서 뿔로 뒤덮인 사슴은 울부짖고 있는가? 어째서 숫염소는 발정기에 이르러 매애 하고 울고 있는가?(예나 지금이나 희랍어인 *tragôdia*^{비극}는 의심의 여지 없이 '염소의 노래'를 뜻한다.) 왜 사자는 아가리를 벌리고 포효하고 있는가?

음악은 이 최초의 이미지들을 통해 재현되는 것일까?

샤먼들은 "환영을 보는 자들"이다. 깊은 동굴 속 어둠의 몽상가들이자 최초의 프레스코a fresca² 화가들이다. 이들이 뿔갈이나 변성과 같은 짐승의 변태變態와 특별한 연관이 있는 것일까? 보다 정확히 말하면, 신체나 목소리에 변화가 나타나면서 어린이에서 성인으로 넘어가는 소년들의 변성기와 관련 있는가? 다시 말해 사

---

2 이탈리아어로 '신선한 상태에서'라는 뜻이다. 여기에서 회화의 특수한 기법인 '프레스코fresco'가 유래했는데, 이는 회반죽을 바른 벽이 마르기 전인 신선한 상태에서 그림을 완수해야 했기 때문이다.

냥꾼의 비교秘敎(동물인간의 비밀)에 입문하는 때와, 그들이 추격하여 살점을 먹어 치우고 그 가죽을 걸치는 비밀스러운 동물 언어에 입문하는 때와 관련된 것일까?

야생 염소나 황소나 순록의 뿔은, 뿔의 주인인 짐승들을 희생제의의 제물로 삼은 후 그 피와 살을 나누는 용도로 쓰였는가? 그 도구는, 환영을 불러일으키고 짐승을 흉내 내는 춤을 추게 하는 발효주를 마시기 위한 것이었을까? 혹은 짐승의 영혼을 부르기 위한 것이었을까?

인간들은 마치 오스트레일리아의 부시맨이 그러하듯, 그림을 그리며 노래를 불렀을까?(위대한 희랍 화가 파라시오스[3]의 감동적인 전설에서 여전히 그가 노래하는 것으로 표현되듯이.)

어째서 기록된 모든 성소들은 천체의 빛이 완전히 숨어 버린 장소에서, 대지 아래의 암흑과 심연이 전적으로 군림하는 곳에서 첫발을 내딛는가?

왜 이 그림들을 보이지 않는 땅 밑에 숨겨야만 했는가?(그것은 단순한 그림이 아니라 매번 환영을 불러일으키던 것으로, 짐승의 기름으로 밝힌 불빛에 의지해

---

3 파라시오스Parrhasios(B. C. 5세기경)의 특출한 모사 능력과 관련한 일화가 있다. 파라시오스는 당대의 화가인 제욱시스와 누가 더 잘 그리는지 대결했다. 제욱시스가 그림을 덮은 천을 벗기자 포도 덩굴 그림에 속은 새가 날아와 앉으려 했다. 득의양양해진 제욱시스가 파라시오스에게 그림을 덮고 있는 천을 들추라고 하자 파라시오스는 바로 그 천이 자기 그림이라고 말한다.

어슴푸레 볼 수 있었다. 그것은 불현듯 나타나는 혼령들phantasmata이었다.) 그 후에 왜 감춘 곳의 표면을 긁어내었는가? 그림에 화살로 수차례 구멍을 낸 것은 어째서일까? 장터에서 열리는 전통 축제의 공 던지기 혹은 다트놀이를 할 때처럼. 혹은 성 세바스티아누스[4]가 당했던 것과 같이.

*

프랑스의 고고학자인 앙드레 르루아구랑은 『선사미술』이라는 저서에서 하나로 집약된 물음을 던진다. 어째서 들소나 염소 사냥꾼들의 사유는 빙하기가 물러갈 때 "땅 속에 잠겼"는가?

*

나는 이 장에 대한 사변을 다음과 같이 적으려 한다. '동굴은 그림을 위한 성소가 아니다.'

나는 구석기 시대의 동굴들이, 내벽이 그림으로 장식된 악기의 일종이라 믿는다.

동굴은 어둠의 공명기다. 그 안에서 그림은 풍경과

---

4 세바스티아누스Sebastianus(3세기경)는 디오클레티아누스 황제의 근위병이자 그리스도교도였다. 그는 박해받아 감옥에 갇힌 그리스도인들을 보살피다 발각되어 화살에 맞는 형을 받고 순교했다. 15세기 이탈리아의 화가인 안드레아 만테냐가 온몸에 화살이 박힌 성 세바스티아누스를 그린 그림이 잘 알려져 있다.

무관한 방식으로 그려졌다. 그들은 보이지 않는 곳에서 그림을 완성했다. 그림을 그릴 내벽 선택의 기준은 에코의 유무였다. 이중으로 소리가 울리는 장소가 에코의 공간이다. 동굴은 에코의 방이다(마찬가지로 이중적 가시 공간은 가면을 의미한다. 그것은 들소의 가면, 사슴의 가면, 부리 끝이 휜 맹금의 가면이거나 들소인간의 모형이다). 트루아 프레르[5] 동굴 깊숙이 막다른 곳에는 활을 든 사슴인간의 그림이 있다. 나는 궁수 아폴론과 악사 아폴론을 구별하지 않았듯이, 최초의 현과 사냥용 활을 구별하지 않을 것이다.

*

암각화는 얼굴 가까이의 손조차 볼 수 없는 곳에서 시작한다.

오직 검은색만 볼 수 있는 곳에서.

에코는 고요한 어둠 속의 안내인이자 표지다. 선사 시대 인간들은 그곳에 침투하여 이미지들을 좇는다.

*

에코는 보이지 않는 세계의 목소리다. 산 자는 한낮

---

5 프랑스 아리에주에 있는 구석기 시대 후기의 동굴 벽화 유적이다. 1914년 각각 막스, 자크, 루이라는 이름의 세 형제에 의해 발견되어 '세 형제 동굴Grotte des Trois-Frères'이라 불렸다.

에 죽은 자를 볼 수 없다. 그러나 밤, 꿈속에서는 만날 수 있다. 반향 속에서 소리의 발신자는 발견되지 않는다.

이것은 가시적인 것과 가청적인 것 간의 숨바꼭질이다.

*

최초의 인간들은 동굴 내벽의 음향적 인도에 몸을 내맡긴 채 어둠 속에서 본 것들을 그렸다. 아리에주의 동굴 속, 구석기 시대 샤먼이자 화가는 맹수의 콧망울과 아가리 바로 앞에서, 그 짐승의 포효를 여러 겹으로 덧대어진 선들로 표현한다. 선들과 패인 자국은 그 자체로도 맹수의 포효다. 그들은 새 유인용 피리나 활을 들고 가면을 쓴 샤먼을 그렸다. 거대한 공명기와 같은 성소에서 울림이 일면, 휘장 같은 석순 뒤로 환영이 모습을 드러냈다.

기름 등불의 희미한 빛에 하나씩 모습을 드러낸 그림들이, 그림자로 둘러싸인 그 짐승의 현현이, 방해석의 리토폰 연주에 호응했다.

*

몰타에 있는 히포게움[6]에는 손으로 파낸 공명 구덩

---

6 1902년 건설 공사 중 발견된 선사 시대 지하 무덤으로, 1904년 고고학자인 에마뉘엘 마그리에 의해 최초로 발굴되었다. 히포게움이란

이가 하나 있다. 그 진동수는 90헤르츠로, 공명 구멍의 증폭은 발산된 목소리가 낮을 때 어마어마한 진가를 발휘한다.

머레이 셰퍼[7]는 에코와 잔향을 일으키는 다성적 미로의 공간인 고대 바빌로니아의 신전과 사원과 지하 납골당과 성당을 모두 조사했다.

에코는 알터 에고alter ego[8]라는 세계의 신비를 낳았다. 루크레티우스는 간단히 말했다. '에코가 있는 모든 곳이 사원이다.'

*

1776년 프랑스의 고고학자인 비방 드농은 에코가 일어나는 시빌레[9]의 동굴을 방문하고는 자신의 여행기

고대 건축에서 지하에 파 놓은 넓은 방을 뜻한다.

7 머레이 셰퍼Raymond Murray Schafer(1933~)는 캐나다의 현대음악가다. 환경 운동의 음악적 대안으로 인간과 공간, 소리의 조화를 추구하는 사운드스케이프soundscape라는 개념을 제안했다.

8 라틴어로 '다른 나'라는 뜻이다. 1세기, 키케로가 '친구'를 '두 번째의 나'라고 표현하면서 처음 쓰였다. 그 후 19세기 심리학자들이 해리성 장애를 설명할 때 이 알터 에고라는 표현을 사용함으로써 널리 알려졌으며, 문학적으로는 작가의 분신인 페르소나의 의미로도 쓰이고 있다.

9 그리스 신화에 등장하는 무녀로, 아폴론에게 예언 능력을 받았다. 나중에는 여성 예언자를 총칭하는 말이 되었다. 나폴리 서쪽에 있는 쿠마이의 시빌레가 가장 유명하다.

에 이렇게 적는다. "이보다 섬세한 울림은 없다. 이곳은 아마도 현존하는 가장 아름다운 울림통일 것이다."

*

트루아 프레르 동굴에는 순록의 뿔과 귀, 말의 꼬리와 사자의 발을 가진 샤먼이 부엉이 눈을 하고 있다. 귀가 밝은 포식자의 눈이다. 동굴에 사는 존재들이다.

*

호주 원주민인 아란다인들의 언어로 '태어나다'라는 의미의 동사는 *alkneraka*다. '눈眼이 되다'라는 뜻이다.

*

고대 수메르 지역 거주자들은 망자가 가는 곳을 '돌아올 수 없는 나라'라고 불렀다.

수메르인의 문헌에는 '돌아올 수 없는 나라'에 대해 다음과 같이 묘사되어 있다. 망자들의 숨은 마치 "동굴에 사는 야행성 조류"처럼 잠든 채로, 잿빛 깃털로 뒤덮여, 불운하게도, 간신히 남아 있다.

*

고대 이집트인들에게 통곡의 원형이 된 이시스[10]가

10 이시스는 이집트의 모신으로, 남매이자 남편인 오시리스와 이집

울면서 말한다. 눈이 보이지 않을 때, 눈은 갈망한다.[11]

성가는 언어로써 망자를 부르는 것의 소용없음을 드러낸다. 목소리는 그저 망자의 이름을 부른다. 사랑했던 이를 빼앗긴 이들에게 고통을 안길 뿐이다.

신화는 다음과 같이 전한다. 이시스가 오시리스 — 그는 거세당하고, 성기를 잃어버리게 된다 — 의 시신 앞에서 통곡하자 비블로스 여왕의 아들이 죽었다.

*

최초의 서사는 수직 통로 깊은 곳에 위치한, 완벽히

트를 통치했다. 그들은 신이면서 현세에 내려와 백성들을 가르친 것으로 알려져 있다. 어느 날 그들의 형제이자 악의 신인 세트가 왕궁으로 찾아와 왕좌를 노리고 오시리스를 살해한다. 세트는 오시리스를 관에 넣어 밀랍으로 밀봉한 뒤 나일 강으로 떠내려 보냈는데, 그 사실을 안 이시스는 통곡하며 머리를 자르고 남편의 시신을 찾아 여행을 떠난다. 오시리스의 관은 비블로스(현재의 레바논 지역)로 떠내려가다 위성류나무에 걸쳐진다. 나무줄기가 관을 감싸고 위압적 크기로 자라게 되는데, 이를 본 비블로스의 여왕이 나무를 베어 왕궁의 들보로 쓰게 한다. 이 사실을 안 이시스는 비블로스 왕궁으로 잠입하여 여왕의 어린 아들의 병을 치료해 주며 환심을 산다. 그러고는 남편의 관을 되찾아 세트의 눈을 피해 숨긴다. 그러나 세트가 오시리스의 시신을 찾아내어 그의 몸을 열네 개로 나누어 강에 뿌렸는데, 이시스는 남편의 시신 조각을 찾아 다시 여행을 떠난다. 이시스는 오시리스의 모든 시신 조각을 찾았으나 성기만은 찾지 못했는데, 이는 물고기가 먹었다고 알려져 있다. 태양신인 라Ra에 의해 부활한 오시리스는 내세의 왕으로 영생한다.

11 오시리스는 희랍식 이름이며, 이집트어로는 아사르Àsâr다. 아사르는 '눈目의 위력'이란 뜻이다.

어두운 동굴 안쪽에 그려졌다. 그것은 뒤로 넘어져 발기한 채 죽은 한 남자, 창이 박힌 채 배가 갈라진 들소, 부리가 휜 새 머리가 달린 막대기다.

내가 살고 있는 세계에서 계속되고 있는 최근의 종교는 한 인간이 죽는 것을 재현한다.

신약성서에서는 이렇게 말한다. '그리스도는 두 눈을 가린 채 뺨을 맞았다.'

모든 신은 어둠 속에서 피를 흘린다.

신은 청각과 어둠 속에서만 피를 흘린다. 어둠 너머나 동굴 밖에서 그는 환히 빛난다.

이사악은 늙어 눈이 멀었다. 그는 어둠 속에 있다. 야곱이 아버지 이사악에게 말했다. "맹수들에게 찢긴 암양을 아버지께 갖고 오지 못했나이다."

야곱은 야수들에게 공격당한 암양을 갖고 오지는 않았으나, 그의 팔은 양털로 뒤덮여 있었다. 이사악은 야곱의 몸을 더듬으며 말한다. "말소리는 야곱의 소린데 손은 에사오의 손이라!" 그러고는 야곱에게 축복을 내린다.

이사악은 생각한다. "아직 변성이 오지 않았음에도 몸은 털로 뒤덮여 있구나."[12]

---

12 창세기 27장에 등장하는, 에사오의 축복을 가로챈 야곱의 이야기다. 눈이 멀어 살날이 얼마 남지 않은 이사악이 자신이 사랑하는 맏아들 에사오에게 이르길, 짐승을 사냥하여 별미를 만들어 가져오면 자신이 그것을 먹고 축복을 내릴 것이라 말한다. 이를 엿들은 이사악

어릴 적, 나는 노래를 불렀다. 사춘기에 이르자 여느 청소년과 같이 목소리가 산산조각 났다. 유년의 것은 잃었으나, 목소리는 둔탁한 채로 남았다. 그리고 나는 기악에 열렬히 빠져들었다. 음악과 변성은 직접적으로 연관되어 있다. 여성은 소프라노로 나고 죽는다. 결코 파괴할 수 없을 것만 같은 그 목소리는 하나의 절대적 세계다. 남성은 유년의 목소리를 잃는다. 열세 살이 되면 목이 쉰다. 염소처럼, 양처럼, 떨리는 목소리로 말한다. 우리의 목소리가 염소나 양처럼 떨림에도 혀는 여전히 말을 내뱉는다는 사실은 기이한 일이다. 남성은 변성 동물들 중에서도 손에 꼽히는 존재다. 그들은 두 개의 목소리로 노래하는 종이다.

우리는 사춘기 이후의 남성들을 뿔 갈이 하듯 목소리가 떨어져 나간 인간이라고 정의할 수 있으리라.

남성의 목소리는 태아기에 양수와 양막 속에서 모체와 긴밀히 연결되어 비언어적 시기를 거친다. 그리고 최초의 감정에 복종하면서 그것을 다듬어 간다. 유아기

의 아내 리브가는 편애하는 둘째 아들 야곱을 불러 아비를 속여 대신 축복을 받으라 꾄다. 야곱은, 형은 몸에 털이 많으나 자신은 매끈한 사람인즉 발각되어 저주를 받을까 두렵노라 말한다. 리브가는 짐승을 잡아 그 가죽을 야곱의 미끈미끈한 곳에 입히고는 에사오 대신 축복을 받게 한다.

에 이르러 어머니의 것을 닮은 목소리를 갖게 되는데, 이는 머지않아 허물을 벗을 뱀의 외피와도 같다.

그래서 어떤 남성들은 고환을 잘라 내어 변성 과정을 제거해 버린다. 영원히 어린아이의 목소리로 남는 것이다. 이것이 카스트라토다.

또한 어떤 남성들은 망가진 목소리로 곡을 짓는다. 우리는 그들을 작곡가라 부른다. 그들은 변치 않을 확고부동한 음향적 영토를 온 힘을 다해 다시 세운다.

점차 거칠어지는 목소리 때문에 노래를 포기할 수밖에 없는 이러한 일종의 신체적 장애를 누군가는 악기를 이용하여 극복한다. 그것으로 그들은 어린아이 같으면서 동시에 어머니의 것에 가까운 높은 소리를 다시 얻는다. 우리가 태어날 때의 감정과 음성적 모국을 되찾는 것이다.

우리는 그들을 비르투오소라 부른다.

*

인간의 거세는 신석기 시대 목소리의 길들임과 마찬가지로 정의될 수 있을 것이다. 신석기 시대부터 유럽의 18세기 후반에 이르기까지 동종 간의 길들임이 진행된 것이다. 이 길들임은 주술적인 동굴 지하에서 행해지던 할례를 상기시킨다. 그곳에서, 어린 나이에 죽음을 맞은 후 동물인간이나 사냥꾼으로 재생한다. 이 두 종류의 길들이기는 실상 한 가지로, 동일한 변태의 과정이다.

여자들이나 아이들의 목소리로는 히포게움의 암석으로 이루어진 악기를 소리 나게 할 수 없다. 그들의 주파수가 암석을 울릴 정도로 낮지 않기 때문이다.

오직 변성기를 겪은 소년들만이 히포게움에 소리가 울려 퍼지도록 한다.

변성, 죽음, 그리고 재생. 죽음과 같은 어둠의 여행은 젊은이의 입문과 분리할 수 없다. 프로프[13]는, 지상의 모든 마법담들은 이 입문 여행에 대한 이야기라고 말한다. 청년들은 수염이 나고 목이 쉬어 돌아온다.

영웅이란 무엇인가? 산 자도 망자도 아니다. 다른 세계로 침투했다가 되돌아오는 샤먼이다.

변성된 존재.

그들은 동굴에서 내보내진 존재다. 동물의 아가리가 그들을 삼켜서 갈기갈기 찢고 베어 낸 뒤, 햇빛으로 도로 내뱉은 것이다.

*

동물학의 출현 이래 3백만 년이라는 시간은 인류를 돌로 만든 '연장-무기'로부터 떼어 놓는다. 그 후 4만 년 동안 선사 시대가 이어진다. 마침내 끝없는 전쟁으로 점

---

13 블라디미르 프로프Vladimir Propp(1895~1970)는 러시아의 민속학자이자 예술 이론가다. 대표작으로 마법담(마법적 요소를 포함한 민담)을 역사유형론적 연구에 따라 분석한 『민담 형태론』이 있다.

철된 9천 년의 역사가 흐른다. 선사 시대를 거쳐 신석기 시대 초기에 이르자 인간들은 한 해를 조망할 수 있도록 시간을 나누고, 사육자처럼 식물과 동물과 인간을 건사하기 시작했다. 그들은 식물의 맏물과, 무리 중 처음으로 태어난 짐승과, 첫째 아이를 제물로 바쳤다. 거세했다.

오시리스는 몸이 찢기고 거세당한다. 열네 개의 조각으로 나뉜 그의 육체 중 성기는 끝내 발견할 수 없었다. 오시리스를 위한 예배 행렬에서 음악을 담당한 여성들은 오시리스를 닮은 음란한 모양의 꼭두각시를 만들었다. 그들은 인형의 줄을 움직이며 오시리스 찬가를 불렀다. 아티스[14]는 소나무 아래서 자신의 성기를 뽑아내고 그 피를 땅에 뿌린다. 의례에는 북과 심벌즈와 피리와 각적이 이용되었다. 아티스를 모시는 거세된 사제단의 성가는 동방 전역에서 엄청난 명성을 얻었다. 음악가인 마르시아스는 아테나가 버린 피리를 주운 이후, 소나무에 묶여 거세되고 가죽이 벗겨졌다.[15] 유사有史 시대의 그리스인들은 그의 가죽을 보기 위하여 케라이나이의

14 프리기아의 신화 속 미소년이다. 대모지신 키벨레에게 열렬한 사랑을 받았으나, 프리기아 왕인 미다스의 딸과 결혼하려다 여신의 분노를 샀다. 여신은 그를 미치게 만들었는데, 아티스는 미쳐 버린 상태에서 스스로 거세하고 죽는다.

15 아테나의 피리를 얻고 기고만장해진 마르시아스는 아폴론에게 누가 더 아름답게 연주하는지 가리자며 도전장을 낸다. 인간의 탈을 쓰고 신에게 맞선 마르시아스는 결국 아폴론에 의해 산 채로 가죽이 벗겨지는 형벌에 처하고 만다.

성채 아래에 있는 동굴로 갔다. 그들은 마르시아스의 연주가 대단히 훌륭했기에 그의 피부가 여전히 파르르 떨린다고 말했다. 오르페우스는 거세되고 몸이 찢긴다. 음악과 탁월한 목소리, 길들여진 목소리, 거세. 이 모두는 하나로 연결되어 있다.

*

죽음은 허기지다. 그러나 눈이 멀어 있다. *Caeca nox* 눈먼 밤. 칠흑 같은 밤을 '눈이 멀어 아무것도 볼 수 없는 밤'이라 말한다.

밤이 깊어지면 죽은 자들은 목소리만으로 상대를 알아본다.

어둠 속에서는 오직 소리로 방향을 탐지한다. 동굴 깊은 곳에서, 절대적이고 어두운 침묵으로 둘러싸인 동굴 깊은 곳에서, 리토폰의 음색을 지닌 금빛으로 빛나는 흰 방해석의 휘장이 인간의 키와 같은 높이에서 산산이 부서진다.

선사 시대 인간들은 부러진 석순과 종유석을 동굴 밖으로 옮긴 후 물신物神으로 섬겼다.

*

희랍의 지리학자인 스트라본은, 코리시안[16] 동굴의 입구로부터 200피에(약 65미터)가량 떨어진 깊은 곳에는 풍성하게 흘러내리는 모습의 종유석이 있으며, 그 아래로는 지하의 샘이 좁은 틈에서 솟아났다가 요란하게 울리며 이내 사라진다고 기록한다. 신심이 깊은 희랍인들은 그 완벽한 암흑 속에서 제우스의 손길이 닿아 울리는 심벌즈 소리를 들을 수 있었노라 전한다.

기원전 1세기 무렵의 여타 희랍인들은 그 소리를 곰의 힘줄을 훔친 티폰[17]의 두 턱이 부딪히는 소리라 믿었다고 스트라본은 덧붙인다.

*

18세기, '곰 인간 장'[18]은 제 팔에 밧줄을 단단히 감는다. 그는 우물 바닥으로 내려간다. 구덩이는 깊이를 헤아리기 어려울 정도로 수직으로 뻗어 있다. 우물의 내벽은 끈적거린다. 박쥐들이 어둠 속에서 소리 없이 도망친다. 내려가는 데 꼬박 3일이 걸린다.

---

16 그리스 파르나소스 산기슭에 있는 동굴이다. 님프 코리시안과 뮤즈에게 바친 동굴이자 판 신의 신전이기도 했다. 1969년 프랑스 고고학자들에 의해 발굴되었다.

17 대지의 여신 가이아와 어둠의 신 타르타로스 사이에서 태어난 반인반수의 거신巨神이다. 머리는 번개를 내뿜는 백 마리의 뱀의 모습을 하고 있고, 몸은 격렬한 바람을 일으킨다고 한다. 자신의 힘에 당할 자가 없다고 믿은 티폰은 제우스와 대결을 벌인다. 이 결투에서 티폰은 제우스의 힘줄을 잘라 내고는 곰 가죽에 싼 후 부하에게 맡겨 동굴에 숨기도록 한다.

18 곰 인간 장Jan de l'Ors은 프랑스의 전설 속 인물로, 야생 곰이 마을 처녀를 납치하여 낳은 아들이다. 반은 곰이고 반은 인간으로 알려져 있다.

3일째 되는 날, 그의 40퀸탈(약 4천 킬로그램)짜리 지팡이가 바닥에 닿는다. 곰 인간 장은 밧줄을 푼다. 이제 막 다다른 드넓은 동굴에서 몇 걸음을 떼어 본다.

거대한 뼈 무더기가 도처에 널려 있다.

그는 두개골들 가운데로 걸어간다.

그는 동굴 가운데 자리한 성으로 들어간다. 그는 걷고 있으나, 더 이상 발소리는 울리지 않는다.

장은 자신의 40퀸탈짜리 지팡이를 대리석 바닥으로 던진다. 그 소리가 눈 위로 새의 깃털이 떨어지는 듯하다.

장은 곧 이 성이 소리가 태어나지 못하는 장소임을 깨닫는다.

그는 방해석과 빛나는 유리와 크리스털로 만든 거대한 고양이 상을 향해 고개를 든다. 고양이는 어둠 속에서 타오르는 석류석을 이마로 받치고 있다. 황금 사과가 매달린 나무들이 소리 없는 샘을 에워싼다. 샘에서 물이 솟아나고 떨어졌으나, 아무 소리도 들리지 않는다.

새벽빛처럼 아름다운 젊은 여자 하나가 샘 가장자리에 앉아 초승달로 머리를 빗고 있다.

곰 인간 장이 그녀에게 다가갔으나, 그녀는 보지 못한다. 감탄할 만큼 아름다운 여자의 눈동자는 매혹적인 석류석의 불꽃에 저항할 수 없이 고정되어 있다.

장은 그녀에게 말을 걸려 한다. 그는 질문을 던졌으

나 울리지 않는다.

'여자는 홀려 있구나.' 곰 인간 장은 생각한다. '나 역시 이 죽음의 침묵에 둘러싸인 미친 자가 되겠구나.'

그리하여 장은 40퀸탈짜리 지팡이를 들어 휘두른다. 거대한 크리스털 조각상을 강하게 내리친다. 방해석들이 세상에서 가장 아름다운 소리를 내며 산산이 부서진다. 갇혀 있던 소리들이 일순 해방된다. 샘은 속삭인다. 대리석 바닥이 울린다. 나뭇가지에 매달린 나뭇잎들이 사각대는 소리를 낸다. 목소리가 말을 한다.

세이렌의 노래

『오디세이아』 제9권에서 오디세우스는 울음을 터트리며 자신의 이름을 고백한다. 음유시인은 키타라를 내려 두고 입을 다문다. 그러자 오디세우스가 입을 뗀다. 그는 일인칭으로 자신의 모험담을 늘어놓는다. 가장 먼저 동굴에 대해, 그리고 키르케의 섬에서 겪은 일들을, 마지막으로 저승 여행에 대해 이야기한다.

저승에서 돌아온 오디세우스는 세이렌들의 섬을 따라 항해한다.

'키르케'라는 이름은 맹금류인 '새매'를 의미한다. 키르케는 아이아이아 섬에서 노래를 부른다. 아이아이아 aiaiè는 희랍어로 '탄식'을 뜻한다. 키르케는 꿈꾸는 듯 애수에 젖은 노래를 불러 듣는 이를 돼지로 만든다. 가수인 키르케가 오디세우스에게 알린다. 세이렌들의 높고 꿰뚫는 듯한 ligurè 노래aoidè는 인간을 끌어당겨요 thelgousin. 노래를 듣는 사람들을 유혹하여 사로잡는 것이지요. 세이렌들의 섬은 인간의 뼈로 둘러싸인 물기 어린 풀밭이에요. 뼈 무더기 위로 인간의 살점이 썩어 간답니다. 이 새매이자 샤먼은 오디세우스에게 두 가지 계책을 알려 준다. 그 계책은 단순하고도 명확하다. 오디세우스는 자신의 청동 검으로 벌집을 잘라, 짓이기고, 작은 밀랍 조각으로 만들어 모든 전우들의 귀를 막아야 한다. 오직 오디세우스만이 몸을 밧줄로 세 번 단단히 묶어 두고서 귀를 열어 놓을 수 있다. 손과 발을 묶고, 돛대를 고정하는 받침대에 똑바로 선 채 흉부를 돛대에 단단히 고정해야 한다.

오디세우스가 자신을 풀어 달라 요청할 때마다 에우릴로코스와 페리메데스는 그를 더욱 단단히 조일 것이다. 그리하여 그는 어떤 인간도 죽지 않고는 듣지 못했던 것을 듣게 될 것이다. 그것은 세이렌이 부르는 비명 phthoggos[1]이자 노래aoidè다.

*

호메로스가 쓴 이 장의 마지막 부분은 더욱 모순적이다.

바다에 침묵이 돌아왔을 때, 세이렌의 노래가 멀어졌음을 깨달은 것은 필시 귀를 막고 있던 선원들이었다. 왜냐하면 오디세우스가 밧줄을 풀어 달라 요구하면 에우릴로코스와 페리메데스가 곧장 밧줄을 더욱 세게 조

---

1 '말' 혹은 '음악적 소리'를 뜻하는 희랍어 *phthoggos*는 '비명 소리를 내다phtheggomai'라는 동사에서 왔다.

일 것이었기 때문이다. 기실 밀랍으로 귀를 막고 있던 선원들은 아무것도 듣지 못한 상태에서 지체 없이 밀랍을 떼어 냈다. 오디세우스가 청동 검으로 잘라 짓이긴 그 밀랍을 말이다.

그때 에우릴로코스와 페리메데스는 오디세우스를 묶고 있던 밧줄을 푼다anelysan. 희랍 텍스트에서 "분석 analyse"이라는 단어가 최초로 등장한 순간이다.[2]

*

이 삽화를 단순히 전도시키는 것만으로도 의미가 좀 더 명확해질 듯하다.

새들은 초자연적인 노래를 불러 뼈가 널린 제 서식지로 인간을 유인한다. 인간은 인위적인 노랫소리를 통해 새들을 뼈가 산재한 제 거주지로 이끈다.

새를 유인하기 위해 인간이 고안한 노래를 미끼새라 부른다. 새는 자신의 노래에 속는다. 세이렌의 노래는 그 미끼에 대한 새들의 복수다. 가장 오래된 동굴의 고고학적 지층에서 호각과 미끼새를 확인할 수 있다. 구석기 시대 수렵인들은 짐승들의 울음을 흉내 내는 방식으로 사냥감을 유인했으며, 짐승들과 자신들을 구분하지 않았다. 그들은 어둠에 둘러싸인 동굴 내벽에 순록이나

2 '분석'을 의미하는 프랑스어 명사 *analyse*는 '분해', '해결'을 뜻하는 희랍어 명사 *analusis*에서 왔다.

야생 염소의 뿔을 그려 넣었다. 우리는 그것을 빛으로 가득 찬 책 속에 마치 삽화처럼 전시하고 있지만, 뿔이란 소리를 내기 위한 것임을 간과해서는 안 된다. 최초로 표현된 인간은 종종 손에 뿔을 들고 있다. 뿔 주인의 피를 마시기 위해서일까? 뿔이 곧 상징인 짐승을 부르기 위해서일까? 그 뿔로(비록 짐승이 뿔 갈이 시기에 숲에 버린 것이기는 하지만) 짐승에게 들릴 정도로 큰 소리를 내기 위함일까?

그리하여 이 사변을 다음과 같이 정리할 수 있다. 이 전도된 삽화에서 호메로스의 글은 음악의 기원에 관한 원형적 이야기를 들려준다. 사냥용 '호각-덫'에서 흘러나오는 소리가 최초의 음악이라는 것이다. 이 사냥의 비밀(동물 언어, 즉 동물이 지르는 것인 동시에 동물을 유인하는 비명)은 입문 과정에서 전수된다. 여신 키르케는 새매다. 콘도르와 매, 독수리, 부엉이와 같은 새들 역시 점차 신적 지위를 얻고 "숭배"되었다고 추측할 수 있다. 그렇다면 사냥꾼들은 희생제의 때 먹잇감을 도살하여 가죽을 벗기고 사지를 잘게 잘라, 그 내장과 살점을 나눈 후, 그 일부를 새를 위해 남겨 두었을 것이다. 따라서 새들을 유인했던 덫은 서서히 "신학적으로" 다루어지기 시작했다. 하여 음악은, 새를 사냥꾼에게로 유인했던 것처럼 신을 인간 곁으로 이끄는 노래가 되었다. 이는 훗날의 일이나 방식은 매한가지다.

*

귀는 새를 끈끈이 덫으로 끌어당긴다. 새 발이 끈끈
이 덫에 달라붙어 움직이지 못하게 한다. 귓속 밀랍은
그 부름이 들리지 않도록 막는다.

*

로마에서 사슴은 겁 많은 — 멧돼지를 선호했던 원
로원 의원들과는 격이 맞지 않는 — 짐승으로 통했다.
왜냐하면 사슴은 공격당했을 때 도망치기 바쁜데다가,
음악을 사랑한다고 알려졌기 때문이다. 사슴 사냥에서
는 피리나 미끼를 이용했는데, 전자는 번식기의 울음소
리를 흉내 낸 피리의 일종이었고, 후자는 미끼용으로
생포한 울부짖는 사슴이었다. 비천한 것으로 인식된 사
슴 사냥에서는 창이 아닌 그물을 이용했다. 사슴뿔이
그물망에 걸려 옴짝달싹 못했다.

*

모든 콩트는 청년이 입문 과정을 통하여 동물 언어
를 깨닫는 것을 이야기한다. 피리나 미끼새는 부르고자
하는 짐승의 울음소리를 낸다. 음악이란 인간을 인간이
만든 원 안으로 들여놓는 것이 아니다. 음악은 인간을
모사된 동물적 원 속으로 침투시킨다. 짐승을 모방하
는 행위는 상호적으로 이루어진다. 새들만이 인간처럼

163

유사 종의 울음소리를 흉내 낼 줄 안다. 흉내 낸 소리는 먹잇감의 모습을 한 음성적 가면이다. 이 소리는 날짐승과 육지 동물과 어류와 인간을 포함한 모든 포식 동물을, 그리고 천둥과 불과 바다와 바람을 포식의 원 안으로 끌어들인다. 음악은 춤추며 내는 짐승의 소리와, 그보다 오래된 동굴의 내벽에 그려진 천체, 그리고 짐승의 그림을 통하여 이 원을 순환시킨다. 음악은 원의 회전을 공고히 한다. 왜냐하면 세상은 돌아가기 때문이다. 태양과 별들도, 계절과 변성도, 개화와 결실도, 짐승의 발정과 번식도 마찬가지다.

포식은 필연적으로 길들임으로 이어진다. 피리는 이미 길들이는 주체다. 미끼새는 이미 길들여지는 객체다.

*

오디세우스의 일화는 아테네인의 풍습을 반영한다. 아테네의 안테스테리아 축제에서는 밧줄과 송진이 필수였다. 1년에 한 번씩 망자의 영혼은 도시로 돌아왔다. 아테네인들은 사원을 밧줄로 묶고 집 대문에 송진을 덕지덕지 발랐다. 조상의 떠도는 숨들이 자신들이 머물렀던 집으로 들어가려고 시도할라치면 마치 파리처럼 문간 바깥에 달라붙어 있어야 했다.

조상들을 위해 준비한 음식이 담긴 질그릇이 온종일 길 한가운데 놓여 있었다.

그 후 이 숨들psychè은 유령daimôn 혹은 마녀–흡혈

귀kères라 불렸다.

프레이저[3]는 불가리아인들이 20세기 초까지 다음과 같은 관습을 보존하고 있었노라고 전한다. 악귀가 집으로 들어오지 못하게 하기 위하여 그들은 대문 바깥쪽에 타르로 십자가를 그렸다. 한편 문지방 위에는 여러 가닥으로 헝클어 놓은 실타래를 매달아 놓았다. 유령들이 실 가닥을 모두 세기 전에 닭이 울 것이었다. 망령들은 빛이 사방에 이르러 소멸하기 전에 서둘러 제 무덤으로 돌아가야 할 것이었다.

*

돛대 받침대에 묶인 오디세우스의 모습은 포기할 줄 모르는 이집트인을 그린 이야기의 한 장면과도 닮아 있다. 저승을 빠져나오는 동안 오디세우스는 나트론과 송진으로 귀를 막은 미라들에 둘러싸여 있다. 그곳에서 그는 마술적 노래를 들으며 죽음과 부활을 체험한다. 태양의 쪽배에 오른 파라오가 천상의 대양을 건넌다.

피라미드의 무덤 벽에는 발기한 오시리스와 새의 형상을 한 이시스가 교합하는 모습이 그려져 있다. 이시스는 오시리스의 배에 올라타 새의 머리를 한 남자를

3 제임스 조지 프레이저James George Frazer(1854~1941)는 스코틀랜드의 민속학자로, 민속학과 고전 문학의 자료를 비교하여 주술과 종교의 기원과 진화를 연구했다. 대표 저서로는 『황금가지』가 있다.

수태한다. 그것이 매의 신 호루스다.

망자(검은 그림자)는 지옥의 문 앞에 자신의 '바ba'[4] (날개를 펼치거나 접고 있는 색색의 세이렌)를 앞세우는 모습으로 표현되어 있다.

미라를 제작할 때, 시체를 방부 처리하는 사람은 노래를 불렀다. 장례식 예산에서 가장 큰 부분을 차지하는 것은 아마포였으며, 둘째는 마스크, 셋째가 음악이었다. 무덤마다 적혀 있는 「하프 연주자의 노래」는 다음과 같은 후렴구를 반복한다.

"노래의 호소로는 무덤에 든 누구도 구원하지 못했다."

"그러니 삶을 행복히 여기고, 슬픔의 호소를 듣는 것에 지치지 말아야 한다."

"보아라! 누구도 제가 가진 것을 무덤에 가져가지 못했다."

"보아라! 떠난 자 누구도 되돌아오지 못했다."

*

'바'는 인간의 머리와 손을 가진 상상의 새로, 숨을 쫓는 존재다. 바는 육신에서 빠져나와 미라와 다시 만난다. 고대 이집트의 바는 희랍의 프시케와 유사한 개념

---

4 '바'는 이집트 신화에서 사람의 머리에 매의 몸을 한 영혼을 의미한다. 망자의 생전에는 육체에 있지만 사후에는 몸에서 빠져나가 죽은 이의 머리 위를 날아다니는 것으로 표현된다.

이다. 사실 인간의 머리를 한 새의 형상인 바 그림은 희랍 도기 제작자들에 의해 세심하게 모방되었다. 그들은 이집트의 그림을 본떠 도기에 오디세우스를 유혹하는 세이렌을 그려 넣었다.

우리가 고대 이집트의 「절망자의 노래」라 부르는 것의 원래 제목은 「인간과 바의 대화」였다. 무덤이라는 어둠의 안식처, 물과 양식을 제공하는 그 서늘한 공간은, 공중에 떠돌다 더위에 지쳐 목마르고 굶주린 숨들을 유인하는 미끼다.

*

오디세우스는 볏단처럼 묶여 있다. 그는, 피리나 요란한 소리를 내는 크레셸에 맞추어 춤추길 강요당한 뒤 강물로 던져질 사육제의 곰처럼 묶여 있다.

그 모습은 시베리아 야쿠트족의 샤먼을 상기시킨다. 샤먼은 나무 꼭대기에 매달려 독수리와 결혼한다. 그리고 까치밥나무 강둑 위, 죽은 자들의 뼈 무더기 속으로 무릎 깊이까지 들어간다.

그는 또한 새 형상의 이슈타르와 마주한 사르곤[5]이다.

---

5 기원전 23세기 수메르의 도시국가들을 정복한 아카드 왕국의 시조다. 수메르 신화에 따르면, 사르곤은 정원사와 이슈타르 신녀 사이에서 태어난 사생아로, 태어나자마자 광주리에 넣어져 강에 유기되었다. 그러나 훗날 여신 이슈타르의 눈에 띄어 사랑을 받으며 그녀의 비호로 왕위에 올랐다.

*

　모든 콩트는, 극에 맞는 고유한 플롯의 형태를 갖추기도 전에 이미 그 자체만으로도 이야기라는 형식의 인위적인 미끼(픽션이자 덫)이며, 이를 통해 기만당한 짐승의 영혼을 달랜다. 미끼를 이용한 모든 사냥은 공물을 바침으로써 속죄를 받는데, 이때의 공물은 미끼에 반대되는 것이어야 한다. 마찬가지로 피와 죽음에 물든 땅 위로 쓰러뜨린 육신들의 혼이 달라붙은 무기를 씻어내기 위해서는 노래와 단식이 필요했다.

　키르케의 섬에서 빠져나온 오디세우스는 동료들에게 계책을 털어놓는다. 이 사냥꾼은 제 역할을 교묘히 뒤바꾸어, 노래를 미끼 삼은 새들의 복수를 정화한다. 이 이야기는 (오디세우스를 묶었던) 밧줄마저도 정화한다. (영웅의 동료들의 귀를 막은) 아교까지도 정화한다.

　새를 마주한 오디세우스의, 밧줄로 뒤덮인 흉부(키타라)까지도.

*

　희랍어 단어 *harmonia*는 팽팽하게 현을 거는 방법을 설명한 것이다.

　희랍의 고어로 음악을 표현한 최초의 명사인 *sophia*는 선박 제조에 관한 탁월한 기술을 가리키는 단어였다.

*

그리스의 조각가 미론은 음악의 신을 재현하고자
했다. 그는 나무줄기에 묶여 산 채로 살이 벗겨지는 형
벌을 받고 있는 마르시아스를 조각했다.

*

매가 청둥오리를 습격한다.

급강하하는 비행에 바람 소리가 난다. 추락 속도 때
문이다. 그 휘파람 같은 소리에 먹잇감이 얼어붙는다.

*

하프와 플루트와 북은 모든 음악에서 화합을 이룬
다. 현과 손가락, 바람과 입, 손으로 두드리기와 발 구르
기. 모든 신체 부위가 음악에 따라 춤춘다.

일본의 전통 음악은 항상 세 부분으로 나뉜다. 조序,
하破, 큐急. 시작은 "들어감"이고, 중간은 "찢어짐"이
며, 끝은 "급함"이다.

침투, 찢김, 아주 빠르게.

이것이 일본의 소나타 형식이다.

*

새매인 샤먼은 영혼인 종달새와 마주서 있다.

샤먼은 포식자이자 영혼 사냥꾼이다. 그는 함정을

판다. 올무와 덫, 미끼, 끈끈이를 놓는다. 샤먼은 사로잡힌 영혼을 어떻게 붙잡아 두는지, 그리고 참수된 머리통과 그 머리카락으로 영혼을 어떻게 속박하는지 알고 있다. 그는 영혼으로 향하는 길(노래) 하나하나를 안다. 샤먼이 길odos(송가)이라 부르는 것은 절반은 낭송으로, 절반은 노래로 이루어진 서사다.

*

바다로 던져진 물고기의 이미지가 동종의 무리를 유인한다. 그것이 인조 미끼다. 이미지가 미끼이듯, 음악은 덫이다.

이미지가 미끼이기 전에 이미 색이 그러한 역할을 했다. 내벽에 피를 바르는 것은 곧 죽은 짐승으로 벽을 뒤덮는 것을 의미했다.

최초의 색은 검은색(밤의 어둠, 그리고 보다 완전무결한 동굴 속 암흑)이다. 그다음은 붉은색이다.

*

천둥은 뇌우를 부른다.
울림널[6]은 천둥을 부른다.

---

6 울림널bullroarer은 납작한 마름모꼴 모양의 나뭇조각 모서리에 구멍을 뚫어 긴 끈을 연결한 공명 악기다. 끈을 잡고 빙빙 돌려 울림소리를 내는데, 고대 종교 의식에서 사용되었다.

북을 울리는 샤먼은 비를 부르지 않는다. 북을 치는 자는, 뇌우를 부르는 천둥소리를 크게 외친다.

*

음악은 인간Homo 종 고유의 울음이 아니다. 인간 공동체의 특징적인 울음은 그 공동체가 가진 언어다. 음악은 인간이 제 먹이에게서 배운 것으로, 짐승들이 번식기에 내는 소리를 모방한 것에 불과하다.

자연의 음악회. 음악은 소처럼 울게 한다. 음악은 당나귀처럼 울게 한다. 음악은 코끼리처럼 울게 한다.

음악은 말처럼 운다.

음악은 샤먼의 뱃속에서 부재하는 짐승을 이끌어 낸다. 샤먼은 몸으로 짐승의 몸짓을 흉내 내고, 피부와 가면을 통해 그 모습을 보여 준다.

춤은 하나의 이미지로 '현존'한다. 마치 그림이 하나의 노래로 '현존'하듯. 시뮬라크르는 흉내 낸다. 제의는 이동metaphora(여행)을 반복한다. 현대 그리스에서는 여전히 *METAPHORA*라는 단어를 이삿짐 트럭 옆구리에 써 넣는다. 신화는 제의의 춤추는 이미지로 '현존'한다. 우리는 그것이 세계를 사로잡길 기대한다.

*

샤먼은 짐승의 울부짖음에 관한 전문가다. 이 영혼의 지배자는 누구로든, 무엇으로든 변신한다. 그것이 산을 넘고 바다를 가르는 가장 빠른 새일지라도 말이다. 새는 유랑하는 종들 중에서 가장 유목적인 종이다. 샤먼은 이동과 시간이라는, 즉 은유métaphore와 변신métamorphose에 관한 가속기다. 그리하여 샤먼은 소리를 내는 것들 중 가장 음향적인 존재다.

그들의 영토는 노랫소리로 경계 지어진 유한한 공중이다.

*

1) 음악은 음악이 발생하는 곳으로 불러들여 2) 신체 리듬을 춤추도록 강요하고 3) 환각의 원 안에서 땅바닥으로 쓰러져 나뒹굴게 하며, 샤먼의 몸 안에서 노호하는 소 울음소리를 내게 한다.

목소리가 염소처럼 떨릴 때, 몸은 깡충깡충 뛴다. 도약은 수동적 튀어오름과는 다르며, 기어가는 것 역시 미끄러지는 것과는 의미가 다르다. 잉어의 도약과 이탈리아의 타란텔라 춤과 무도회와 가면무도회는 모두 그 기원이 같다. '파닥거리다'라는 동사는 어디서 왔을까? '바들바들 떨다'는? '휘청거리다'는? 문법적 체계 속에서 목록화한 동물의 울음은 저항할 수 없는 매력을 내뿜는다. 우리는 어린 시절부터 어른이 된 이후까지도 영원히 경쟁적으로 이를 표현한다.

휘몰아치다, 부르짖다, 악쓰다, 짖어 대다, 흐느끼다, 지저귀다, 조잘대다, 우우 하고 소리치다…….

민속학자들은 자연 현상에 위압감을 주기 위한 음악적 기술의 목록을 작성했다. 그것은 회오리바람을 위협하고, 폭풍우를 후려치고, 불을 누그러뜨리고, 돌풍을 때려눕히고, 빗속에서 북소리로 공포를 흩뿌려 생산을 촉진하고, 발 구르는 소리로 짐승 무리를 불러 모으고, 주술사의 육체에 들어오도록 야수에게 주문을 걸고, 달과 영혼들과 계절이 복종할 때까지 겁을 주기 위한 것이었다.

*

생즈누에 가면 지금도 교회 벽에 조각된 새 모습을 한 여인들을 볼 수 있다. 두루미인 이들은 단단한 돌을 발로 움켜쥐고 있다. 그 목은 소리 지를 수 없도록 묶어 놓았는데, 이 새 여인들의 비명은 너무도 강력하여 듣는 모든 존재를 죽음으로 몰아넣는다고 알려져 있다. 그러나 그 목소리는 너무나 높아 이내 침묵 속에서 소멸하고 만다. 그 비명은 울음을 통한 언어 행위가 인간의 언어보다 선재했음을 상기시킬 뿐, 살아 있는 이들 중 그 누구도 그것을 듣지는 못한다.

*

저승에서 돌아온 인간들은 소리의 바다를 떠돈다. 살아 있는 모든 것들은 이 소리의 바다에 게걸스레 먹힐 위기에 처해 있다. 음악이 그들을 유인한다. 음악은 인간을 죽음으로 몰아넣는 피리새다.

인간이 상실한 목소리와 닮은 소리로 유인하는 것.

*

강 하구에는 수원이 지닌 섬세함이 더는 남아 있지 않다. 근원을 보존하는 것, 그것은 그러므로 나의 망상에 가까운 꿈이다. 샘이 솟아나고 강물이 불어난다. 그것이 강 스스로 제 원천을 지키는 방법이다. 우리는 트로이를 발굴하여 끝없이 파헤친다. 그러나 과거의 위대했던 도시들은 그들이 개척했던 숲의 상태로는 결코 복원되지 않으며, 앞으로도 그러할 것이다. 문명이 할 수 있는 최상의 것은 폐허인 채로 남겨 두는 것이다. 최악의 경우는 돌이킬 수 없는 불모지가 되어 버리는 것이다. 나는 내가 잃어버린 것 안에 있다.

　수도원장인 베녜는 음악가였다. 루이 11세는 그의 칸타타[1]를 높게 평가했다. 왕은 종종 플레시 성으로 그를 불러 음악을 연주하게 했다. 로베르 가갱이 수도회 총회장으로 있을 때였다. 왕은 때때로 가갱에게 잔을 내밀며 가장 젊은 신하의 피를 뽑아 와인에 섞어 달라 명했다. 어느 날 가갱이 배석한 자리에서 베녜 신부는 음악 본연에 존재하는 온화함에 대하여 왕과 이야기를 나누고 있었다. 왕은 그에게 돼지를 이용해서도 그와 같은 화음을 만들어 낼 수 있겠냐고 물었다.

　베녜 신부는 고민했다. 그리고 답했다.

　"전하, 전하께서 분부하신 것을 해낼 수 있는 능력이 제게 있다고 사료되옵니다. 그러나 세 가지 조건이 충족되어야 할 것입니다."

1　이탈리아어로 '노래하다'라는 뜻인 *cantare*에서 유래했다. '울리다'라는 의미의 *sonare*에서 유래한 기악곡의 형식인 소나타와 대응되는 개념이다. 바로크 시대, 이야기를 담은 가사를 바탕으로 하며 독창, 중창, 합창 등으로 이루어진 다악장 성악곡을 가리킨다.

왕은 거만하게 내려다보며 필요한 세 가지 조건이 무엇인지를 물었다.

베네 신부가 말했다.

"전하께서 제게 필요한 경비를 지원해 주셔야 할 것입니다. 또한 최소한 한 달의 시간을 주셔야 하며, 약속한 날짜에 노래를 지휘할 수 있도록 윤허해 주셔야 합니다."

왕은 그의 손을 잡고는 탁 쳤다. 그리고 돼지로 화음을 만드는 데 필요한 충분한 금액을 주겠노라 공언했다.

베네 신부는 그에 대한 답으로 자신 앞에 내밀어진 왕의 손을 툭 쳤다.

프랑스의 왕은 그가 말을 주워 담지 못하도록 곧장 재정 관리인을 불렀다. 필요한 금화를 지금 즉시 한꺼번에 내리도록 명했다.

궁정의 모든 이가 기뻐 날뛰며 웃었다.

다음 날이 되자 궁정 사람들은 이내 말을 바꾸어, 수도원장이 그런 위험천만한 도전에 응하다니 필시 파산하여 웃음거리가 될 것이라 수군거렸다.

궁궐에 나도는 뒷말을 전해 들은 베네 신부는 어깨를 으쓱해 보이며 말했다. 상상력들 하곤. 그것은 자신들이 할 줄 모르는 것까지도 모두 고려하여 내린 엉터리 결론으로, 자신들이 할 수 없는 일은 곧 불가능한 것이라 여긴 탓이라고 베네 신부는 평했다.

그는 서른두 마리의 돼지를 구입하여 그것들을 살

찌웠다. 암퇘지 여덟 마리를 테너로, 여덟 마리의 멧돼지를 베이스로 정한 뒤 이들을 한 우리에 가두어 밤낮으로 교미시켰다. 여덟 마리의 수퇘지는 알토로, 여덟 마리의 어린 수컷 멧돼지들은 소프라노로 정했다. 그는 소프라노 소리를 위해 작은 대야를 받치고는 돌칼로 직접 새끼 멧돼지들의 생식기를 잘랐다.

베네 신부는 세 대의 건반이 달린 오르간 모양의 악기를 제작했다. 구리선 끝부분에는 잘 벼린 침을 달아 놓았는데, 건반을 누르면 그것에 해당하는 돼지를 찌르도록 되어 있었다. 진정한 다성 음악을 창안한 것이었다. 그는 새끼 돼지와 암퇘지, 수퇘지와 거세한 수퇘지를 천막 아래 붙잡아 매었다. 등나무 줄기로 엮은 우리 안에 돼지들을 순서에 따라 빽빽하게 밀어 넣어 움직이지 못하도록 했다. 그래야 건반을 누를 때, 침이 너무 얕거나 깊지 않게 찌를 수 있었다.

대여섯 번 시도해 보았다. 완벽한 화음이라 판단되었을 때, 신부는 왕에게 서신을 보내어 마르무티에 수도원에서 열리는 돼지 음악회에 걸음을 해 주십사 청했다.

화음은 성 마르탱이 세운 수도원 안뜰의 야외에서 펼쳐질 것이었다.

왕이 정해 준 기한보다 나흘이나 앞선 때였다.

*

그때 루이 11세는 대신들, 신하들과 함께 플레시레

투르에 머물고 있었다. 왕이 돼지로 이루어진 합창단의 노래를 무척이나 고대하고 있었는지라 모두가 베네 신부가 준비해 둔 악기가 있는 마르무티에 수도원으로 향했다.

안뜰 한가운데에는 왕가의 색으로 나염된 천막이 펼쳐져 있었다. 천막 바로 옆으로는 페달과 두 대의 건반이 달린 오르간 같은 것이 있었는데, 모두가 이것을 보고 놀랐다. 이것이 어떻게 만들어진 악기인지, 기능은 무엇인지, 돼지는 어디에 있는 것인지 누구도 알지 못했다.

신하들은 수도원장 베네가 자리한 계단식 좌석에서 몇 미터가량 떨어진 곳에 멈추었다. 그 앞에는 왕을 위한 금빛 안락의자가 놓여 있었다.

돌연 왕이 연주를 시작하라 명했다. 베네 신부가 악기 앞에 서서 발과 손을 이용하여 건반을 누르자, 돼지들이 침에 찔린 순서에 따라 마치 물 오르간[2] 같은 나팔 소리를 내며 울었다. 신부가 건반들을 동시에 누를 때면 한꺼번에 소리를 질렀다. 그것은 결과적으로 들어 본 적 없는 음악이었으나, 또한 진정 조화로운 것이었다. 다성적이며, 무척이나 유쾌하고 다채로웠다. 탁월한 음악

---

[2] 오르간의 전신 악기인 히드라울루스hydraulus를 가리킨다. 물 hydro과 관aulos의 합성어로, 수압을 이용하여 관에 바람을 보내 소리를 낸다고 하여 물 오르간이라고도 불렸다. 깊고 울림이 큰, 바람과 같은 소리를 낸다.

가인 베네 신부는 카논[3]으로 시작하여, 대단히 아름다운 두 개의 리체르카레를 지나, 심혈을 기울여 작곡했으며 왕 또한 무척이나 흡족해했던 세 개의 모테트[4]로 마무리 지었다.

루이 11세는 한 번으로는 만족하지 못했다. 그는 이 음악 전체를 한 번 더 연주하길 원했다.

재차 연주한 후에도 그 화음이 모든 면에서 첫 번째 것과 일치하자, 귀족과 궁정의 모든 사람들이 왕에게로 몸을 돌려 베네 신부가 약속을 지켰노라 평하며 그에게 찬사의 눈빛을 보냈다. 프랑스 왕실에서 잠시 머물던 스코틀랜드의 귀족이 속삭였다. *"Cauld Airn!"*[5] 그는 단어를 발음하면서 칼집을 움켜쥐었다. 루이 11세는 마음을 정하기 전에 자신이 속은 것은 아닌지, 그것이 진정 돼지인지 확인하고자 했다. 왕은 천성적으로 의심이 많았다. 그는 천막 한쪽을 걷어 보았다. 그리고 잿빛 돼지와

---

3 희랍어로 '규칙'을 뜻하는 카논canon은 같은 선율을 일정한 간격을 두고 엄격하게 모방하는 대위법의 일종이다. 흔히 알려진 '돌림노래'도 카논의 한 종류다.

4 서양의 대표적인 성악 양식으로, 초기에는 종교적 가사로 쓰였으나 르네상스 이후에 세속적인 내용의 가사가 붙게 되었다. 리체르카레는 이 모테트의 양식을 기악에 응용하여 생겨난 것으로, 각 성부들이 서로 모방하며 진행된다.

5 *cold iron*이란 뜻의 스코틀랜드 단어다. 스코틀랜드 어부들 사이에서는 터부시되는 것을 말하거나 만져야 할 때, 그것을 대신하여 내뱉는 말이 존재했다. 이 단어는 '돼지'를 언급해야 할 때 대신 발음되었다.

멧돼지들이 어떻게 매어 있는지를, 갖바치가 쓰는 바늘만큼이나 날카로운 침이 달린 구리줄이 어떻게 배치되었는지를 눈으로 보았다. 왕은 비로소 베녜 신부가 주목할 만한 대단히 독창적인 인물이며, 그가 응수한 이 도전에서 의심할 여지 없는 승리자라 선언했다.

왕은 약속한 대로 돼지를 사고 천막과 계단식 좌석을 세우는 데 들어간 국고를 환수하지 않겠노라 말했다. 베녜 신부는 무릎을 꿇고 감사를 표하고는 고개를 들어 속삭였다.

"전하, 제가 24일 만에 돼지들에게 A아, B베.를 말하도록 가르쳤나이다. 왕들에게는 34년을 가르쳐도 불가능했던 것을 말이지요." ^{수도원장을 뜻하는 *abbé* 역시 '아베'라 발음한다. — 옮긴이}

루이 11세는 베녜 신부가 단지 허울뿐인 수도원장이 아니라 수도원에 대한 실질적인 소유권을 원한다는 것을 깨달았다. 그리하여 때마침 비어 있는 수녀원과 거기에 딸린 성직록을 베녜 신부에게 하사했다. 왕은 그의 대답을 무척 마음에 들어하며 종종 언급했는데, 단지 답변의 대담함 때문만은 아니었다. 그의 대범성은 돼지 오르간으로 이미 증명되었기 때문이다. 그것은 그 말의 절묘한 맞아떨어짐 때문이었다.

*

마르무티에 수도원을 나선 루이 11세는 마을로 내려

갔다. 왕은 베네 신부가 준비한 금빛 나뭇잎으로 뒤덮은 의자에 앉아 있었다. 그는 그곳의 모든 귀족과 마을 조직과 백성들 앞에서 공표했다.

"오래전 파시파에 여왕은 장인匠人 다이달로스에게 속이 빈 커다란 나무 암소를 만들라 명했다. 포세이돈이 보내 준 황소에 욕정을 느낀 여왕은 가죽으로 감싼 암소 안에 알몸으로 들어갔다. 황소의 욕구를 동하게 하여 정액을 받으려 했기 때문이다. 트로이인들 역시 거대한 나무 말을 만들었다. 유대인들은 이러한 것을 두 개나 가졌다. 하나는 자신들의 죄를 짊어지우고 광야로 내보낸 속죄의 염소이고, 다른 것은 이집트를 벗어난 이스라엘인들이 장막 가운데 두었던 금송아지 우상이다. 해안가의 도시 카르타고에 있는 바알 신의 청동상은 활활 타오르는 불쪽으로 두 팔을 비스듬히 벌리고 있다. 그 불 속으로 2백여 명에 이르는 아기가 제물로 바쳐졌다. 아크라가스의 폭군인 팔라리스 왕으로 말할 것 같으면, 그는 단단하고 기발한 관을 설치한 청동 황소를 만들게 했다. 청동 황소의 뱃속에 젊은이들을 넣고 불을 지피면 고통에 찬 비명이 청동 관을 통해서 음악처럼 아름다운 소리로 변했다. 불에 구워지는 형벌을 받은 청년들이 재가 되어 가는 동안 소의 울음이 잦아들었다. 그들이 한낱 추억이 되었을 때, 황소는 일순 침묵했다. 짐은 멧돼지가 어린 시절 추억과도 같이 노래하는 오르간을 가졌도다. 다이달로스가 미노스 왕에게 바친 것을, 수도원장 베네가 내게 주었다. 게라사 지방에서 우리 주 예수가 악령의 이름을 돼지의 몸 안으로 내쫓았다. 짐이 그것을 음악으로 꺼내 보였노라."

음악은 모든 예술 중에서, 1933년부터 1945년에 이르기까지 독일인에 의해 자행된 유대인 학살에 협력한 유일한 예술이다. 음악은 나치의 강제수용소Konzentrationlager에 징발된 유일한 예술 장르다. 그 무엇보다도, 음악이 수용소의 조직화와 굶주림과 빈곤과 노역과 고통과 굴욕, 그리고 죽음에 일조할 수 있었던 유일한 예술임을 강조해야 할 것이다.

*

시몬 락스는 1901년 11월 1일 바르샤바에서 태어났다. 바르샤바 음악원을 수학한 뒤, 1926년 빈으로 간 그는 생계를 위해 상영 중인 무성영화 옆에서 피아노를 연주했다. 그 후에는 파리로 갔다. 그는 폴란드어와 러시아어와 독일어와 프랑스어와 영어를 할 줄 알았다. 그는 피아니스트이자 바이올리니스트였고, 작곡자이자 오케스트라의 지휘자이기도 했다. 시몬 락스는 1941년 파리에서 붙잡혔다. 본과 드랑시와 아우슈비츠와 카우페링과

다하우에 수용되었다. 1945년 5월 3일에 풀려났다. 같은 해 5월 18일, 그는 파리에 있었다. 시몬 락스는 수용소에서 전멸한 사람들에 관한 기억과 고통을 반추해 보고자 했다. 동시에 유대인 학살 시 연주했던 음악의 역할에 대해서도 깊이 생각해 보려 했다. 그는 르네 쿠디의 도움을 받았다. 1948년, 시몬 락스는 르네 쿠디와 함께 『다른 세상의 음악』이라는 제목의 책을 메르퀴르 드 프랑스 출판사에서 출간했다. 서문은 조르주 뒤아멜[1]이 썼다. 책은 환영받지 못한 채 잊혔다.

*

역사가들이 "제2차 세계대전"이라 이름 붙인 시기, 즉 제3제국[2]이 학살 수용소를 만든 이후에 우리는 음악이 한껏 고조되는 시기로 진입했다. 최초의 악기를 발명한 이래로 지구라는 공간 전체에서 음악의 사용은 강력한 호소력을 발하는 동시에 혐오감을 유발하는 것이 되었다. 전기의 발명과 기술의 발전으로 무한히 확대된 음악은 밤낮을 가리지 않고 끊임없이 우리를 공격한다.

---

1 조르주 뒤아멜Georges Duhamel(1884~1966)은 프랑스의 소설가이자 의사다. 제1차 세계대전에 군의관으로 종군하며 전쟁의 비인간적 참상을 고발하고 근대 문명을 비판한 소설들을 발표했다.

2 나치가 통치하던 독일제국(1934~1945)을 가리킨다. 중세의 신성로마제국과 1871년에 세워진 통일독일제국을 계승하는 또 하나의 진정한 제국이라는 의미에서 히틀러가 명명했다.

음악은 도심의 상점가에서도, 쇼핑센터에서도, 파사주에서도, 백화점이나 서점에서도, 은행의 현금 인출소에서도, 수영장이나 해변, 개인 빌라, 식당, 택시, 지하철, 공항에서도 흘러나온다.

심지어 이착륙하는 비행기 안에도 음악이 있다.

*

죽음의 수용소에도.

*

'음악 혐오'라는 표현은 음악을 그 무엇보다 사랑했던 이에게, 그것이 얼마나 증오스러운 것이 될 수 있는지를 말하고자 한 것이다.

*

음악은 인간의 육체를 제 쪽으로 유인한다.

이것은 여전히 호메로스의 세이렌에 관한 이야기다. 오디세우스는 제 배의 돛대에 묶여 그를 유혹하는 음악에 포위당했다. 음악은 영혼을 붙잡아 죽음으로 이끄는 낚시 바늘이다.

이것이 자신의 의지와는 무관하게 몸을 일으켜야 했던 수감자들의 고통이었다.

*

우리는 벌벌 떨면서 음악을 들어야 한다. 벌거벗은 몸들이 방으로 끌려 들어간다. 음악 속으로 들어간다.

*

시몬 락스는 이렇게 적었다. "음악이 파멸로 몰아넣었다."

프리모 레비[3]는 다음과 같이 적었다. "수용소Lager에서 음악이 나락으로 끌고 갔다."

*

아우슈비츠 수용소에서 시몬 락스는 처음에는 바이올리니스트였다가 그다음에는 상임 음악 카피스트 Notenschreiber였고, 마지막에는 오케스트라를 지휘했다.

이탈리아의 화학자인 프리모 레비는 폴란드 출신의 지휘자인 시몬 락스가 이끄는 오케스트라의 음악을 들은 적이 있었다.

1945년 살아 돌아온 시몬 락스가 했던 것과 마찬가지로, 프리모 레비는 『이것이 인간인가』를 집필했다. 여러 출판사가 그의 원고를 거절했다. 1947년에 이르러 출간되었지만, 『다른 세상의 음악』이 그러했듯이 이 책 역

---

3 프리모 레비Primo Levi(1919~1987)는 이탈리아의 화학자이자 작가다. 1943년 아우슈비츠로 끌려갔다가 구사일생했다. 이후 강제수용소에서 겪은 참극을 증언한 책들을 썼다.

시 환영받지 못했다. 『이것이 인간인가』에서 프리모 레비는, 아우슈비츠에서 보통의 작업반Kommando에 속한 어떤 수감자도 살아남지 못했노라 기록했다. "의사와 재봉사, 제화공이나 음악가, 요리사, 여전히 젊고 매력적인 동성애자들이나 수용소 고위층의 친구들, 고위층의 동향인들, 특히 나치스 친위대의 명령에 따르는 반장Kapo, 막사의 최고참Blockältester, 냉혹하고 건장하며 비인간적인 몇몇 개인들만이 살아남았다."

*

피에르 비달나케는 말했다. "아우슈비츠에서라면 피카소는 불가능해도 바이올리니스트인 메뉴인은 살아남을 수 있었다."

*

시몬 락스의 사유는 다음의 두 질문으로 나눌 수 있을 것이다.

어째서 음악은 "수백만의 인간을 처형하는 데 연루"되었는가?

왜 음악은 이에 "가장 적극적으로" 관여했는가?

음악은 인간의 육체를 강간한다. 음악은 발기시킨다. 음악적 리듬은 신체 리듬을 사로잡는다. 음악이 들려올 때, 귀는 스스로 닫지 못한다. 힘으로서의 음악은 모든 종류의 다른 힘들과 결탁한다. 음악의 본질은 불평등이다. 청취와 복종은 서로 연결되어 있다. 지휘자와 연주자와 복종자. 이것이 음악이 연주되는 즉시 성립하는 구조다. 지휘자와 연주자가 있는 곳이면 어디에든 음악이 있다. 플라톤은 단 한 번도 규율과 음악, 전쟁과 음악, 사회 위계와 음악을 떼어 놓고 생각하지 않았다. 플라톤에 따르면 별 또한 세이렌이다. 우주와 이치를 만들어 내는, 소리가 나는 천체들이다. 리듬과 박자. 발걸음은 일정한 리듬을 지닌다. 곤봉으로 후려치는 것이나 인사하는 것 역시 규칙적이다. 수용소 군악대Lagerkapelle에 부여된 첫 임무이자 가장 일상적인 역할은 노역장에 들고 나는 수감자들의 행진에 리듬을 붙이는 것이었다.

*

청취와 수치는 쌍둥이다. 성경의 창세기에는 인간의 형상을 한 나체와 "신의 발소리"가 동시에 등장한다.

최초의 남자와 여자가 선악과를 먹었을 때, 그와 동시에 산들바람이 부는 한낮의 정원에서 산책을 하는 야훼 엘로힘의 발소리를 듣는다. 둘은 서로의 벌거벗은 몸을 발견하고는 나뭇잎으로 제 몸을 감추기 위하여 도망친다.

에덴에서 소리에 대한 망보기와 성적 수치는 함께 나타난다.

시각과 나체, 청각과 수치. 그것들은 모두 하나다.

보는 것과 듣는 것이 동시에 일어나는 순간. 그때 천

국에 종말이 온다.

*

수용소의 현실과 에덴 신화는 둘 다 비슷한 것에 대해 말하고 있다. 이는 최초의 인간과 최후의 인간이 기실 같은 것이기 때문이다. 그들은 동일한 세계의 존재론을 발견했다. 같은 알몸을 내보인다. 그들은 복종을 강요하는 부름에 귀를 내맡긴다. 섬광으로 발현하는 목소리는 폭풍우가 천둥 속으로 끌어들인 격노한 어둠이다.

*

신의 발소리는 침묵의 첫 지층이다.

*

신이란 무엇인가? 우리가 태어났다는 것이다.

우리가 우리 자신과는 다른 존재에게서 비롯되었다는 것. 우리는 동참하지 않았던 행위로 인해 우리가 탄생했다는 것. 우리가 벌거벗은 채 태어난 것과 같이, 나체인 서로 다른 두 육체가 뒤엉키는 동안에 우리가 만들어졌다는 것. 우리가 목도하고 싶은 것.

하나가 다른 것에게로 요동치면, 함께 신음한다.

우리는 서로의 앞에서 벌거벗은, 수치스럽고도 불완전한 두 골반이 요동한 결실이다. 그때의 결합은 요란하고 리드미컬하며 탄식에 젖는다.

듣다. 그리고 복종하다.

프리모 레비는 처음 수용소에 입소할 때 연주되던 「로자문데」[4]를 듣고는 밀려오는 조소를 참을 수가 없었다. 그때 그는 기이한 모양새로 행진하며 수용소로 들어오는 부대원들을 보았다. 오열 종대로 목을 뻣뻣이 세운 채 팔을 몸에 붙이고 나아가는 그들의 경직된 모습은 나무토막 같았다. 음악이 로봇 같은 육체를 옥죄며 다리와 그 아래 수만 개의 나막신을 들어 올렸다.

무력한 인간들의 다리는 자의와 상관없이 시몬 락스가 지휘하는 리듬의 강요에 복종하고 있었다.

*

프리모 레비는 음악이 "지옥 같다"라고 했다.

그는 비유를 자주 쓰는 편은 아니었지만 예외적으로 다음과 같이 적었다. "수감자들의 영혼은 죽어 있다. 마치 바람이 낙엽을 날리듯 그들을 떠밀고, 그들의 의지를 대신한 것이 바로 음악이었다."

---

4 슈베르트가 독일의 극작가인 헬미나 폰 셰치Helmina von Chézy의 희곡『키프로스의 여왕 로자문데』에 쓰일 무대 음악용으로 1824년에 처음 작곡했다. 이후 제3막의 간주곡을 현악 사중주곡(13번 가단조, D. 804)에서 재사용하면서, 이 작품이 「로자문데 사중주」라고 알려지게 되었다.

그리고 그는 아침저녁으로 이 불행의 안무를 보면서 미학적 즐거움을 느낀 독일인들에 대해 역설한다.

독일군이 죽음의 수용소에 음악을 편성한 것은 수감자의 고통을 달래거나 그들에게 환심을 사기 위함이 아니었다.

1) 그것은 복종을 강화하고, 음악이 야기하는 몰개성적이고 비개별적인 융합 안에서 모두를 결속시키기 위함이다.

2) 그것은 즐거움을 위한 것인데, 이 미학적 즐거움과 가학적 쾌락은 좋아하는 가곡을 듣거나, 한때 자신들에게 모욕을 주었던 사람들이 추는 굴욕적인 발레를 보았을 때 느끼는 것이었다.

그것은 의례적 특성을 지닌 음악이었다.

프리모 레비는 음악이 지닌 가장 오래된 기능을 폭로했다. 그는 음악이 "저주" 같다고 적었다. 음악은 "생각을 없애고 고통을 완화하는, 끊임없는 리듬의 최면 상태"였다.

*

이 글의 2장과 5장에서 이미 언급한 것을 재차 적는다. 복종에 기초한 음악은 죽음의 피리가 그 기원이다.

*

음악은 나치스 친위대의 호각 소리로 이미 사방에

자리하고 있다. 음악은 효과적인 지배력을 발휘하여 즉 각적인 태도를 유발한다. 마치 수용소의 종이 기상을 알리듯이. 그 종소리로 꿈속 악몽이 그치고 현실의 악 몽이 시작되듯이. 소리는 매 순간 "일어서게" 한다.

음악의 감추어진 기능은 소환이다.

이것이 베드로를 일순 눈물로 밀어 넣은 수탉의 울 음이다.

*

『아이네이스』에서 알렉토는 축사 지붕으로 올라가 끝이 구부러진 뿔cornu recurvo로 노래하여canit 목자들 이 모이도록 신호를 보낸다.[5] 베르길리우스는 이 소리를 "지옥의 목소리Tartaream vocem"라 부른다.

모든 농부들이 무장을 하고 달려온다.

*

어떻게 하면 어떤 음악이든 복종할 필요 없이 들을 수 있을까?

5 『아이네이스』 제7권에 나오는 이야기다. 아이네이아스와 트로이인 들이 약속의 땅 라티움에 도착한 뒤, 라티움의 왕 라티누스는 신탁에 따라 이방인인 아이네이아스에게 외동딸을 시집보내려 한다. 이를 탐 탁지 않게 여긴 라티움의 왕비와 헤라 여신은 복수의 여신인 알렉토 에게 도움을 청한다. 위의 장면은 알렉토가 원주민과 트로이인 사이 에 전쟁을 일으키는 장면이다.

어떻게 음악 바깥에서 음악을 들을 수 있을까?

어떻게 귀를 닫은 채 음악을 들을 수 있을까?

시몬 락스는 자신이 수용소에서 오케스트라를 지휘했던 이유에 대해, 더 이상 그 자신조차도 음악 "바깥"에 머물지 않았기 때문이라고 했다.

프리모 레비는 말을 잇는다. "음악이 의미하는 것이 무엇이었는지를 이해하기 위하여 복종하거나 감내하지 않고서 노래를 다시 들어 볼 필요가 있었다. 독일인들이 계획한 이 기괴한 의례의 목적이 무엇이었는지를 이해하기 위하여. 그리고 어째서 지금까지도 이 무해한 노래가 기억 속에 다시 떠오를 때면 우리 혈관 속 피가 얼어붙는 것이 느껴지는지를."

프리모 레비는 계속해서 몸 안에 각인된 행진과 노래에 대하여 말한다. "음악은 수용소에 관한 기억 중 가장 나중에 잊힐 것이다. 왜냐하면 음악은 수용소의 목소리였기 때문이다." 이것은 다시 떠오른 프르동이 강박적 소리의 형태로 변모하는 순간이다. 이 노래는 개별적인 소리의 원자들과 뒤섞여 신체적 리듬을 끈질기게 괴롭힌다. 그리하여 프리모 레비는 음악은 파괴한다고 말한다. 음악은 결정의 "감각적 표현"이 된다. 그것으로 인간은 인간 박멸을 감행했던 것이다.

*

아이와 어머니의 관계에서 서로를 알아보고 모어를

습득하는 과정은 무척이나 리드미컬한 음향적 알 품기 기간에 단련된다. 그 과정은 탄생 이전에 시작되어 출산 후에도 지속된다. 첫울음과 옹알이 시기를 지나, 동요 부르기, 낱말 놀이, 이름과 별명 짓기, 그리고 반복적이고 강제성을 띠며 명령화되는 문장들의 습득을 통하여 인식되는 것이다.

*

자연주의자들은 자궁 속에서의 청취를 먼 곳에서 들려오는 소리로 묘사한다. 태반은 내장이 내는 소리와 심장 박동을 가로막는다. 양수는 소리의 세기를 줄이거나 더 낮게 만들며, 큰 물결 위로 소리를 띄우고, 육체를 부드럽게 이완시킨다. 따라서 자궁 깊은 곳은 낮고 지속적인 잡음이 지배한다. 음향 전문가들은 이것을 "먹먹한 숨결"에 비유한다. 외부 세계의 소리는 "부드럽고, 낮고, 희미한 갸르릉거림"으로 감지된다. 그 울림 위로 어머니는 말하면서 강세가 있는 억양과 운율과 쉼을 반복한다. 그렇게 어머니의 노래melos가 태어난다. 이것이 개인적인 프르동의 뿌리다.

*

플로티노스[6]의 『엔네아데스』 제5권 8장 30절.
플로티노스는 "감각보다 앞서 존재하고 있던 음악이, 감지 가능한 음악을 낳는다"라고 말한다. 음악은 다른 세계와 연결되어 있다.

*

복중 태아의 심장은 어머니의 심장 뛰는 소리를 견디면서 그 소리를 제 리듬으로 변환한다.

*

영혼은 음악에 저항할 수 없다. 그 때문에 영혼은 어찌할 수 없을 정도로 고통받는다.

*

피할 수 없는 음향적 공격은 생 그 자체를 미리 계획한다. 인간의 호흡 작용은 온전히 인간의 것이 아니다. 판게아[7]가 출현하기 전, 생명체 이전에 존재했던 파도의 리듬이 심장과 폐호흡의 리듬을 그보다 먼저 구현했기 때문이다.

6 플로티노스Plotinos(205?~270)는 희랍 철학자로 플라톤 사상에 심취하여 영혼의 구원 문제에 천착했다. 그의 사상은 제자인 포르피리오스에 의해 집대성되어 총 여섯 권으로 출간되었다. 각 권마다 아홉 편의 논문이 수록되어 있다. 제목의 '엔네아'는 완성을 의미하는 숫자 9를 가리킨다.

7 1915년, 알프레드 베게너가 대륙 이동설을 주창하며 제안한 가상의 원시 대륙이다. 하나로 뭉쳐진 큰 대륙이라 하여 초대륙이라고도 부른다. 판게아는 3억 년 전 형성된 초대륙으로, 지금의 7대륙은 여기서 분리되었다.

24시간을 주기로 일어나는 조수의 리듬이 우리를
둘로 가른다.

모든 것이 우리를 둘로 나눈다.

*

출생 이전의 청취는 출생 이후 어머니를 알아보기
위한 준비 과정이다. 이 익숙해진 소리들은 어머니라는
미지의 육체 — 비록 아기는 태어나는 동시에 탈피하듯
버려 버릴 몸이지만 — 의 시각적 현현을 도식화한다.

갓난아기가 울음을 터트리면 어머니는 부드럽게 허
밍하며 아이를 향해 팔을 뻗는다. 어머니의 두 팔은 한
시도 쉬지 않고 아기가 여전히 물 위를 떠다니는 대상
인 듯이 앞뒤로 흔든다.

첫 탄생의 순간부터 신생아는 대기 중 소리의 영향
으로 소스라치듯 놀란다. 그 소리는 호흡의 리듬(즉, 숨
이자, 프시케psychè이자, 생명력animatio이자, 영혼)을 조
정하고, 심장 박동을 변환하며, 눈을 깜박이고 팔다리
를 아무렇게나 움직이게 한다.

신생아는 첫 순간 이후 다른 신생아의 울음소리를
통하여 자신만의 흔들림을 경험하고 자신만의 눈물을
쏟는다.

*

소리는 우리를 무리 짓게 하고 우리를 지배하며 조

직한다. 그러나 그 소리는 우리가 우리 내부에서 여는 것이다. 우리는 이 동질적이고도 규칙적인 간격으로 반복되는 소리에 주의를 기울일 때, 그것들을 각각의 소리로 인식하지 못한다. 우리는 그 소리들을 자연스럽게 두 개나 네 개의 음으로 묶는다. 때때로 세 개로, 혹은 아주 드물게 다섯 음으로 묶기도 하지만 그 이상은 없다. 우리는 이 소리들이 반복적이라기보다는 꼬리에 꼬리를 물고 이어지는 소리의 묶음이라고 생각한다.

시간은 그런 식으로 결집되고 분할된다.

*

앙리 베르그송은 기계적 시계를 예로 든다. 하지만 현재에도 여전히 우리는 전자식 시계 안에도 시계추라는 춤추는 유령이 내재해 있는 것처럼, 초침이 내는 소리를 둘씩 짝을 짓는다.[8]

프랑스 문화권 사람들은 이 소리 그룹을 '틱-탁'이라 부른다. 그리고 우리는 진지하고도 확실하게 '틱'과 '탁' 사이의 시간 간격이, 한 쌍의 초침 소리를 마무리하

8 앙리 베르그송Henri Louis Bergson(1859~1941)은 둘로 짝지어진 초침 소리의 간격을 공간적으로 인식하는 것을 '공간화된 시간'이라 불렀다. 그는 근세를 지배한 이러한 기계론적이고 수학적인 사고에 맞서 '지속durée'이라는 시간 개념을 제시하며, 삶 속에 깃들어 있는 비합리적이며 생동적인 것에 주목했다. 그는 우리의 삶은 계속적인 흐름 속에 있으며, 삶의 진면모를 파악하는 것은 지성이 아닌 직관이라고 생각했다.

는 듯한 '탁'과 뒤이어 새로운 소리 그룹이 시작하는 것 같은 '틱' 사이의 간격보다 짧다고 여긴다.

리듬의 그룹화도 시간의 분절도 물리적 사실이 아니다.

*

그렇다면 이 무의식적인 그룹화는 어째서 주의력의 파동과 일치하는 듯 보이는가? 왜 하필이면 억제할 수 없는 정신의 맥박과 관련된 것일까? 어째서 인간은 순간적인 방식이 아닌 최소한의 동시성과 연속성에 기반을 둔 방식으로 이 세계에 현존하는가? 왜 인간의 현재는 은연중에 언어의 자리를 남겨 두는가?

인간은 문장들을 곧장 귀로 듣는다. 일련의 소리들은 이해를 돕기 위해 즉시 멜로디의 형태를 띤다. 인간은 순간적이기보다는 동시대적인 것에 가깝다. 그런 식으로 언어는 내면에 자리하고, 마찬가지 방식으로 인간을 음악의 노예로 만든다. 우리는 인간이 한 발의 연속으로서가 아닌 다른 방식으로 먹잇감에게 걸어간다고 생각한다. 그리고 "한 발에 하나를 더한 것"을 통하여 인간은 춤추는 가운데 넘어지지 않고, 포식 행위를 흉내 내거나 강조하지도 강요하지도 않으면서 달려간다.

*

인간이란 무엇인가에 대해 묻는 것만으로도 누군가

는 부정맥에 이를 정도로 고통에 휩싸인다. 너무도 불규칙한 타격의 연속에서 벗어나지 못한다.

벗어나기는커녕 아무것도 들리지 않는다.

＊

1903년 발표한 논문에서 로버트 맥두갈은 인간의 귀에 두 개의 연속된 리듬 그룹으로 나누어 들리게 하는 매우 독특한 침묵을 "죽은 간격"이라 부를 것을 제안했다. 두 그룹을 나누는 침묵은 "끝남"에서 시작하여 "시작함"에서 끝을 맺는 모순적 시간이다.

인간이 귀 기울이는 이 침묵은 존재하지 않는다.

맥두갈은 이를 "죽은" 것이라 불렀다.

＊

음악에 두 "면"은 없다.

음악을 듣는 것과 마찬가지로 음악의 생산은 이 "죽음"과 맞닿아 있다. 시몬 락스의 생각은 프리모 레비와 다르지 않다. 소리의 발산에 저항하는 청취란 없다는 것이다.

저주에 맞서는 저주받은 이가 없듯이.

어떤 힘은 발산하는 동시에 힘 그 자체로 되돌아오게 하며, 그 힘을 생산한 이들을 리드미컬하고, 음향적이며, 신체적인 동일한 복종 상태에 몰아넣음으로써 그들을 균질적으로 변용시킨다. 시몬 락스는 1983년 12월

11일 파리에서 죽었다. 프리모 레비는 1987년 4월 11일 자살했다. 시몬 락스는 다음과 같이 아주 분명하게 적었다. "음악이 쇠약한 수감자들을 지탱시키고 그들에게 저항할 힘을 주었노라고 약간의 과장을 보태어 주장하는 출판물들이 상당수다. 한편으로는 그러한 음악이 정반대의 효과를 야기했다고 단언하는 이들도 있다. 음악이 불행한 이들의 용기를 꺾고 그들을 파멸로 이끌었다는 것이다. 나로 말하자면, 후자 쪽이다."

*

『다른 세상의 음악』에서 시몬 락스는 다음과 같은 이야기를 전한다.

1943년 아우슈비츠 수용소의 슈바르츠후버 사령관은 수용소의 연주자들에게 명령을 내렸다. 성탄절 전날 여성 병동의 환자들 앞에서 독일과 폴란드의 성탄절 노래를 연주하라는 것이었다.

시몬 락스와 연주자들은 여성 병동으로 향했다.

초반에는 모든 여성들이 눈물을 흘렸다. 특히나 폴란드 여자들은 음악이 울음소리에 묻힐 정도로 오열했다.

두 번째 연주가 시작되자 눈물은 비명으로 이어졌다. 환자들은 소리쳤다. "그만! 그만! 여기서 나가! 꺼져! 조용히 죽게 내버려 둬!"

시몬 락스는 연주자들 중 병든 폴란드 여자들이 소리 지르며 내뱉는 단어가 무슨 뜻인지 아는 유일한 사람이었다. 연주자들은 자신들에게 신호를 보내는 시몬 락스를 바라보았다. 그리고 물러났다.

시몬 락스는 그때까지 음악이 누군가를 그토록 고통스럽게 할 줄은 생각지 못했다고 말했다.

＊

음악은 고통을 준다.

＊

폴리비오스[9]는 다음과 같이 썼다. "떠돌이 약장수가 사기 치는 것과 같은 목적으로 사람들이 음악을 들여온 것이라는 에포루스[10]의 말을 믿어서는 안 된다." 에포루스는 그러한 표현을 쓴 적이 없었다. 대신 그는 이렇게 적었다. "음악은 유혹하고 사로잡기 위해 만들어진 것이다." 폴리비오스가 "음악의 사기술"이라 부르는 것은 음악의 기원을 가리킨다. 그 기원은 입문 의례에 관한 것이자, 깊은 동굴 속에서 동물의 형태를 지닌 것이며, 망아 상태에 빠진 취한 샤먼 같은 것인 동시에 오모파기아적이며 광적인 것이다.

9 폴리비오스Polybios(B. C. 200?~B. C. 118?)는 희랍의 역사가다. 각지를 여행하며 지중해 세계의 변천과 로마 발전의 원인을 논증한 『역사』를 저술했다.

10 에포루스Ephorus(B. C. 400~B. C. 330)는 소아시아 퀴메 출신의 역사가로, 『역사』를 저술했다.

　가브리엘 포레는 음악에 대해 말하며, 음악을 듣는
것과 마찬가지로 음악을 쓰는 행위는 "존재하지 않는
것에 대한 갈망"을 불러일으킨다고 했다.

　음악을 지배하는 것은 "죽은 간격"이다.

　닥쳐오는 것은 돌이킬 수 없는 것이다. "되돌아오는"
것은 지나간 것이다. 여기로 오는 것은 어디에서도 비롯
하지 않는다. 회귀 없는 회귀다. 한낮의 죽음이다. 언어
속 비의소다.

　플라톤의 『국가』 제3권 401d.

　음악은 몸속으로 침투하여 영혼을 지배한다. 피리
는 인간의 팔다리를 움직여 춤추게 한다. 저항할 수 없
는, 음란하게 골반을 흔드는 춤이다. 인간의 육체는 음
악의 먹잇감이다. 음악은 육체에 침입하고 그를 사로
잡는다. 음악은 자신이 지배하는 인간을 노래라는 덫
에 가두어 복종하게 한다. 세이렌들은 오디세우스의 시
odos를 굴절시킨다(일종의 서정시인 '오드ode'는 희랍어
로 '길'과 '노래'를 동시에 지칭하는 단어였다). 노래의
시조인 오르페우스는 돌을 무르게 하고 사자를 길들여
쟁기를 매달았다. 음악은 이목을 끌고 마음을 사로잡
아, 소리가 울리는 그곳에 붙잡아 둔다. 그곳에서 인류

는 리듬에 맞추어 발을 구른다. 음악은 최면을 걸어 무언가를 표현할 수 있는 인간이길 포기하게 만든다. 듣고 있을 때, 인간은 한낱 수감자에 불과하다.

*

가장 세련되고 난해한 음악을 사랑하는 사람들이 그 음악을 들으며 눈물을 흘릴 줄 아는 동시에 잔혹해질 수도 있다는 것에 사람들이 놀란다는 사실이 나는 놀랍다. 예술은 야만에 반대되는 것이 아니다. 이성은 폭력의 반대가 아니다. 우리는 자유의지와 국가를, 평화와 전쟁을, 피 흘림과 사상을 대립시킬 수 없다. 왜냐하면 자유의지와 죽음, 폭력, 피, 사상은 어떤 논리로부터 자유롭지 못하기 때문이다. 그때의 논리는 설사 그것이 이성을 거스른다 하더라도 여전히 하나의 논리로서 머물러 있는 것이다.

사회 공동체는 사회의 기원인 혼돈의 엔트로피를 벗어날 수 없다. 그것이 사회의 숙명이다.

음향적 충격은 죽음으로 이끈다.

*

노래라는 미끼는 대상을 조준하고 죽인다. 이러한 기능은 가장 클래식한 음악 안에서도 여전히 작동한다.

수백만 명에 이르는 유대인을 학살할 당시, 독일군은 음악의 기능을 적극적으로 이용하여 수용소를 조직했다. 바그너, 브람스, 슈베르트가 그들의 세이렌들이었다. 블라디미르 장켈레비치[11]는 독일 음악을 듣는 것도, 해석하는 것도 거부했다. 그의 이러한 반응은 민족주의적인 태도였다.

제재당해야 하는 것은 음악 작품의 국적이 아니라, 음악의 기원일지도 모른다. 본래의 음악 그 자체 말이다.

*

오래전 문헌학자들은 '종'을 뜻하는 *bell*이 '전쟁'을 의미하는 *bellum*에서 유래했다고 생각했다. 즉, 소리가 울리는 순간 대상을 돌로 만들어 버리는 종이 전쟁에서 비롯된 것이라고 믿었다.

머레이 셰퍼는 제2차 세계대전 동안 독일군이 전 유럽에서 3만 3천 개의 종을 압수하여 대포 제작을 위해 모두 녹여 버렸노라 전한다. 평화를 되찾은 후에 사원과 성당과 교회는 빼앗긴 자산을 요구했다. 부서진 대포들이 그들에게 양도되었다. 목사와 신부들은 대포를 녹여 다시 종으로 만들었다.

종이라는 단어는 동물에서 비롯되었다. 종은 *bellam*,

---

11 블라디미르 장켈레비치Vladimir Jankélévitch(1903~1985)는 프랑스의 철학자이자 음악 이론가다. 유대인 지식인 가정에서 나고 자랐으며, 1940년에는 나치에 대항해 레지스탕스에 참여했다. 전쟁 후에는 철학 교수로 대학에 몸담았다. 대표작으로 『죽음』(1966)이 있으며, 음악에 관한 저서를 다수 남겼다.

즉 '소처럼 울다'라는 의미의 단어에서 왔다. 종은 인류의 높고 긴 울음소리다.

*

일흔다섯 살의 괴테는 다음과 같이 썼다. "군악이 주먹 쥔 손을 펴듯 나를 펼친다."

*

피렌체의 산마르코 수도원 경내에는 불청객 같은 종이 하나 있다.

그것은 부러진 검붉은 나무 보가 얹어진 청동 종으로, 너무도 평온한 수도원 안뜰의 참사회실 문 바로 앞, 땅바닥에 놓여 있다.

사람들은 그 종을 피아뇨나Piagnona라 부른다. 수도원을 포위한 군중이 종소리를 듣고는 몰려들어 사보나롤라[12]를 붙잡았다.

종은 속죄의 의미로 산 살바토레 알 몬테로 추방되

---

12 지롤라모 사보나롤라Girolamo Savonarola(1452~1498)는 이탈리아의 사제로, 1491년 이래 산마르코 수도회의 원장을 지냈다. 종교를 기반으로 검소하고 금욕주의적인 삶의 태도를 설파했다. 그는 과격하고 급진적인 언술로 도덕적 시민 개혁을 주창했으나, 1498년 화형당했다. 마지막 순간, 사보나롤라는 자신의 지지자들에게 도움을 청하기 위해 수도원의 종을 울렸으나, 역으로 성난 군중이 종소리를 듣고 몰려가는 바람에 붙잡혔다고 알려져 있다. 사보나롤라의 추종자를 지칭하던 '피아뇨나'라는 말은 이후 종을 가리키는 이름이 되었다.

었다. 가는 내내 매질을 당했다.

*

뉘른베르크 전범 재판정 역시 1년에 한 차례 독일 도시의 모든 거리에서 리하르트 바그너의 모형을 때리도록 해야 했다.[13]

*

애국심을 고취하는 음악은 유아기적 흔적을 보여준다. 그것은 충격적인 소스라침과 등을 오싹하게 만드는 전율을 안기며, 놀랄 만한 지지와 격렬한 감정으로 마음을 가득 채우도록 유도한다.

카지미에시 귀즈카는 다음과 같이 기록했다. "노역에 지친 아우슈비츠 수용소의 수감자들이 대열에서 비틀거리며 행진하고 있을 때, 멀리 철책 부근에서 연주하고 있는 오케스트라의 음악을 들었다. 그 소리가 수감자들에게 마음의 평안을 안겼다. 음악은 살아남을 수 있는 특별한 용기와 힘을 주었다."

반면 로마나 두라초바는 이렇게 말했다. "우리는 작업장에서 돌아오고 있었다. 막사가 가까워졌다. 비르케

13 뉘른베르크는 나치의 전당대회가 개최된 곳이자, 종전 이후 전범 재판이 열린 곳이다. 히틀러는 바그너의 작품에 드러난 독일 민족주의적 성향에 심취했다. 그의 음악을 나치당의 선전에 적극적으로 이용했으며, 유대인 학살 시 연주하도록 명령했다고 알려져 있다.

나우 수용소의 여성 오케스트라가 당시 유행하던 폭스
트롯을 연주하고 있었다. 오케스트라는 우리를 약 올리
고 있었다. 어쩌나 그 음악이 증오스럽던지! 연주자들
이 얼마나 혐오스럽게 느껴지던지! 그 인형들은 하얗고
작은 깃이 달린 네이비블루 원피스를 입고 앉아 있었
다. 그냥 앉아 있는 것이 아니라, 의자에 앉을 수 있었던
것이다! 그들은 음악이 우리에게 활기를 불어넣어 준다
고 생각했을 것이다. 그것은 전쟁통에 울리는 나팔소리
처럼 우리를 결집시킨다. 죽어 가는 늙고 병든 말에게
조차도 채찍질을 한다. 음악이 연주되는 동안, 그 춤곡
의 리듬에 발굽을 맞추게 하는 것이다.

*

핀다로스의 『피티아 송가』 제1장 1절.
"황금빛 리라 소리에 발을 맞춘다."

*

시몬 락스는 음악이 극단적 불행을 겪는 이들을 더
욱 침잠하게 만드는 것 같다고 적었다. 그가 지휘를 할
때면 음악이 그 스스로 수동성을 부가하는 것 같다고
생각했다. 다른 수감자들의 정신과 신체를 쇠약하게 만
들고, 굶주림과 죽음의 냄새를 통해 수감자들을 음악
에 바치도록 유도하는 것 같았다. 시몬 락스는 덧붙였
다. "물론 주일 연주회 동안 우리를 둘러싼 몇몇 관객

은 우리의 연주를 들으며 기뻐했다. 그러나 그것은 참여
도 반응도 없는 수동적 만족에 불과했다. 우리를 저주
하고, 우리에게 욕설을 퍼붓고, 눈을 흘기고, 우리를 자
신들과 한배를 탄 사람들이 아닌 불청객을 보듯 대하는
사람들 또한 존재했다."

*

투키디데스[14]는 핀다로스의 『피티아 송가』의 첫 장
을 되풀이하며, 음악적 기능으로서의 행군에 대해 정의
했다. "음악은 인간을 망아 상태로 이끄는 것이 아니라,
발맞추어 행진하고 밀집 대형을 유지할 수 있도록 한다.
음악이 없다면 돌격의 순간에 전열이 흐트러질 수도 있
다." 엘리아스 카네티[15]는 리듬의 기원은 두 발로 걷는
행위이며, 이것으로부터 고대 시의 운율이 탄생했다고
되풀이했다. 두 발을 이용한 인간의 걸음이, 짐승이 다
져 놓은 발자국을 추적한다. 순록의 무리를, 들소와 말
을 뒤쫓는다. 짐승의 발자국은 그것을 쫓는 인간에게는
최초의 해독된 문자나 다름없었다. 그 흔적은 발소리의

---

14 투키디데스Thucydides(B. C. 460?~B. C. 400?)는 희랍의 역사가
다. 실증적 자료에 근거하여 역사를 기술한다는 원칙하에 『펠로폰네
소스 전쟁사』를 집필했다.

15 엘리아스 카네티Elias Canetti(1905~1994)는 유대계 불가리아 태
생의 소설가이자 사상가다. 빈에서 생활하다 나치를 피해 1938년 영
국에 정착했다. 주요 작품으로는 『군중과 권력』(1960)이 있다.

리듬이 기호화된 것이다. 집단적 발 구르기는 최초의
춤이다. 그것의 기원은 인간이 아니다.

우리는 여전히 발을 구른다. 음악회나 발레 공연을
보기 위해 한 무리의 인간이 입구에 들어서며 발 구르
는 소리를 낸다. 그리고 모두가 입을 다물고 모든 신체
적 소음을 자제한 채 공연에 몰입한다. 그런 다음에는
리드미컬하게 박수를 치고, 소리치고, 관례적인 소란을
피운 후에 모두가 함께 자리에서 일어나 음악이 발생한
그곳에서 다시 한 번 무리 지어 발을 구르는 것이다.

음악은 죽음의 무리와 연관되어 있다. 죽음에 박차
를 가한다. 이것은 프리모 레비가 수용소에서 음악이
연주된다는 사실을 처음 알았을 때 깨달은 것이다.

*

이것은 톨스토이의 말이다. "그곳에 노예를 두길 원
한다면 가능한 한 많은 음악이 필요하다." 이 말은 막심
고리키를 사로잡았다. 고리키는 이 말을 『야스나야폴랴
나에서 나눈 대화』[16]에서 인용한다.

*

16 막심 고리키Maxime Gor'kii(1868~1936)는 톨스토이 가까이에
서 머물며 말년의 톨스토이와 그의 작품에 관한 에세이를 썼다. 한국
에는 『톨스토이와 거닌 날들』이라는 이름으로 출간되었다.

죽음을 좇는 무리는 발소리로 통합된다. 춤은 음악과 분리되지 않는다. 실용적 울음인 호각 소리 — 새를 유인하기 위한 피리의 잔재 — 는 대량 살상을 일으킨다. 음악은 죽음의 무리에게 기립을 명령하는 것으로 그들을 응집한다. 침묵은 무리를 분산한다. 나는 음악보다 침묵이 더 좋다. 인간 언어와 음악은 언제나 완고하고 혐오감을 일으키는 계보에 속한다.

명령은 언어 행위의 가장 오래된 뿌리다. 개는 인간과 마찬가지로 명령에 복종한다. 명령은 희생자들이 복종하고 나서야 깨닫는 죽음의 선고다. 길들이기와 명령하기는 동일한 행위다. 인류의 자손은 무엇보다도 명령에 집요하게 공격당하는 자들이다. 언어로 치장된 죽음의 외침에 괴롭힘 당하는 자들이다.

*

노예는 사물은 아니지만 늘 짐승으로 취급된다. 개는 더 이상 야생 동물이 아니다. 이미 가축화되어 온순해졌기 때문이다. 개들은 미끼와 같은 목소리를 듣고 반응하며, 그 목소리가 한갓 멜로디로 받아들여질 뿐이라 할지라도 의미를 이해하는 것 같다.

*

음악은 영혼을 돌처럼 굳게 한다. 파블로프가 개에게 보낸 신호처럼 박자에 맞추어 행위를 유도한다.

지휘자는 연주에 앞서 조율 중인 악기들 간의 불협화음을 지휘봉으로 신호를 주어 멈춘다. 지휘봉에 맞추어 음악을 예비하는 침묵이 내려앉는다. 죽음과도 같은 침묵의 심연에서 일순 첫 소절이 떠오른다.

인간 집단이나 동물 혹은 개들조차도 늘 야생적이다.

이러한 무리는 명령을 받들 때나 호각 소리에 몸을 곧추세울 때, 그리고 공연장에 밀집할 때만 길들여진다.

*

아이와 개는 파도의 끝자락에 서서 껑충껑충 뛴다. 둘은 파도 소리와 바다의 일렁임에 놀라 동시에 소리 지르고 낑낑거린다.

*

개는 익숙하지 않은 소리가 들려오는 곳을 향해 고개를 돌린다.

귀를 쫑긋한다.

개는 그 자리에 서서 코를 킁킁대며 시선을 겨누고, 낯선 소리가 들리는 방향으로 귀를 곤두세운다.

*

오케스트라의 지휘자는 음악을 지휘하고, 청중은 그가 지휘하는 모든 음악에 복종한다. 청중은 홀로 높은 곳에 선 한 남자를 보려고 자리에 앉는다. 그는 제 마음대로, 자신에게 복종하는 무리를 말하게도 침묵하게도 할 수 있다.

지휘자는 지휘봉으로 비를 내리게도 할 수 있고 맑게 개게도 할 수 있다. 그는 손에 황금가지[17]를 들고 있다.

복종하는 무리는 가축 떼를 의미한다. 가축 떼는 곧 인간 사회다. 타인의 죽음 위에 결성된 군대다.

그들은 지휘봉에 따라 행군한다.

인간 집단은 가축화된 무리를 보기 위해 운집한다. 보로로족[18]은 그들 중 노래를 가장 잘하는 사람을 부족장으로 선출했다. 실효성이 있는 노래와 명령은 구별되지 않는다. 공동체의 수장은 자연의 지휘자Kapellmeister다. 오케스트라의 지휘자는 길들이는 사람이자 총통 Führer이다. 사람들은 모두 두 손을 제 얼굴 앞에 두고 열렬히 박수를 치며 발을 구르고 소리친다.

그리하여 무리는 지휘자를 다시 무대로 불러들인다. 지휘자가 그에 응하여 모습을 드러내면 무리는 광희한다.

---

17 고대 이탈리아의 전설에 따르면, 네미의 신성한 디아나의 숲에 황금가지를 가진 나무 한 그루를 사제이자 왕이 칼을 들고 밤낮으로 지켰다. 이 사제직은 나무를 지키던 전임자를 살해하고 황금가지를 꺾는 것으로 계승되었다. 제임스 조지 프레이저는 이러한 독특한 사제직 계승 규칙을 이용하여 주술과 종교, 농경의례, 속죄양 등의 주제로 심화했다.

18 브라질 마토그로소 주에 사는 토착 인디오 소수 부족이다.

*

테레지엔슈타트[19]에서 한스 귄터 아들러[20]는 수용소에서 부르는 오페라의 아리아를 견딜 수 없었다.

테레지엔슈타트에서 헤다 그라브케른마이어는 "기데온 클라인[21]이 수용소에서 어떻게 자장가Wiegenlied를 작곡할 수 있었는지 모르겠다"라고 말했다.

*

메조소프라노인 헤다 그라브케른마이어는 테레지

---

19 테레지엔슈타트 강제수용소 혹은 테레지엔슈타트 게토로 불린다. 프라하 북서쪽에 위치한 이 강제수용소는 나치가 서방 세계의 대외 선전용으로 기획한 중산층 유대인 수감 시설이자, 아우슈비츠로 가는 중간 기착지였다. 독일과 체코, 오스트리아의 지식인과 예술가들이 대거 수용되었으며, 이곳에서는 음악을 포함한 문학, 그림 등 다양한 예술 활동이 이루어졌다. 기데온 클라인을 비롯하여 이곳에 수용된 유수의 작곡가와 연주자들은 테레지엔슈타트 오케스트라를 조직하여 활동을 이어 나갔다.

20 한스 귄터 아들러Hans Günther Adler(1910~1988)는 체코의 시인이자 소설가다. 프라하의 유대인 가정에서 태어나 1942년 가족과 테레지엔슈타트 수용소로 보내졌다. 그곳에서 2년 반을 머무른 뒤 가족과 아우슈비츠로 강제 이송되었는데, 그곳에서 대부분의 가족을 잃었다. 1955년 『테레지엔슈타트: 1941~1945』를 출간했다.

21 기데온 클라인Gideon Klein(1916~1945)은 체코의 유대계 피아니스트이자 작곡가다. 스물다섯 살에 테레지엔슈타트로 끌려가 그곳에서 음악가로서 활동하며 생애 대부분의 곡을 작곡했다. 1944년 11월 아우슈비츠로 강제 송환되기 2주 전, 현악 삼중주곡인 「현을 위한 파르티타」를 완성했다. 이듬해 1월 아우슈비츠에서 사망했다.

엔슈타트에 수용된 이후, 곧 노래를 부르기 시작했다. 1942년 3월 21일, 드보르작의 「성서의 노래」를 불렀다. 곡은 4월 4일 퓌르글리처에서 행한 작별 연주에 포함되었다. 5월 3일, 헤다 그라브케른마이어는 카를로 타우베의 「게토의 자장가」를 불렀다. 6월 5일과 6월 11일에는 함부르크의 건물 안뜰에서 노래했다. 11월 28일에는 올리비에 메시앙의 가곡 「사라진 약혼녀」의 초연에 참여했다. 1943년에는 루이지 아르디티의 「입맞춤」을, 1944년에는 조르주 비제의 「카르멘」을 불렀다. 1945년 4월 24일, 전염병인 티푸스가 돌았다. 5월 5일, 나치스 친위대가 철수했다. 10일에는 붉은군대가 수용소로 들어왔다. 수감자들의 격리가 시작되었다. 1945년 6월에서 7월 사이에 수감자들은 테레지엔슈타트를 떠날 수 있었다.

헤다 그라브케른마이어는 수용소를 나온 이후 다시는 노래를 부르지 않았다. 그녀는 미국 서부에 정착했다. 음악에 대해서 더는 언급하길 원하지 않았다. 마리안느 자디코프메이에게도, 에바 글라제에게도, 뉴욕의 커트 베일 박사에게도, 런던의 아들러 박사에게도, 바이올리니스트 조자 카라스에게도 그녀는 음악에 대하여 말하길 거부했다.

*

죽음의 수용소에서 작곡되고 연주된 음악에 관한

표현 중 가장 이해하기 어렵고도 근원적이며 곤혹스러운 발언이 아우슈비츠의 생존자인 바이올리니스트 카렐 프뢸리히의 입에서 나왔다. 1973년 12월 2일, 뉴욕에서 조자 카라스가 기록한 대화에서였다. 카렐 프뢸리히는 별안간, 테레지엔슈타트 수용소는 작곡하거나 연주하기에 "이상적인 조건"을 갖추고 있었노라고 말했다.

불안정성이 수용소를 압도했다. 다음 날에는 죽음이 기다리고 있었다. 예술은 생존과 같은 것이었으며, 시간의 시련은 다름 아닌 끝없이 길고 비어 있는 시간을 통과하는 것이었다. 카렐 프뢸리히는 이 모든 조건에 한 가지 "주요인"을 덧붙였다. 그것은 일반 사회에서는 불가능한 일이었다.

"우리는 진정으로 대중을 위해 연주하지는 못했습니다. 왜냐하면 그 대중이 계속해서 죽어 갔으니까요."

연주자들은 곧 죽을 사람들을 위하여 연주했다. 연주자들 역시도 그 임박한 죽음의 열차에 합류할 것이었다. 카렐 프뢸리히는 말을 이었다.

"그것은 이상적인 동시에 비정상적이며 비상식적인 것이었지요."

빅토르 울만[22]은 카렐 프뢸리히의 말에 동의하며 정

---

22 빅토르 울만Viktor Ullmann(1898~1944)은 중부 유럽 슐레지엔 출신의 작곡가이자 피아니스트이자 지휘자였다. 나치가 체코를 점령하면서 테레지엔슈타트에 수감되었고, 나중에 아우슈비츠로 옮겨졌다.

신의 단순성이란 요소를 추가했다. 그러한 상태에서 현대 음악가가 자신의 영혼을 끊임없이 괴롭히는 음들을 종이에 옮기는 것은 불가능했다. 빅토르 울만은 1944년 10월 17일 아우슈비츠 수용소로 이감되자마자 사망했다.

*

빅토르 울만은 수용소에서 작곡한 마지막 작품에 「소나타 제7번」이라고 이름을 붙였다. 그는 그 곡을 제 아이들인 막스와 장과 펠리스에게 헌정했다. 1944년 8월 22일이라고 날짜를 적었다. 카렐 프룈리히는 악보에 저작권 표시를 하자는 의견을 냈다. 빅토르 울만은 악보 첫 페이지 하단에 저작권에 대해 다분히 풍자적으로 써 넣었다. 그것은 궁극의 농담이었다. 자신의 한계를 넘어섰을 때 발현되는 언어였다. 그 말은 다음과 같았다.

"연주 권한은 작곡가가 사망할 때까지 그에게 귀속된다."

레스는 바리살프의 목동이었다. 여름이면 그는 알프스 고지대의 방목장에 올라 산에서 밤을 보냈다. 매일 밤 산장 문에 달린 나무 자물쇠를 단단히 채웠다. 어느 날 그는 여느 때처럼 난롯불을 끄고 깜부기불을 흐트러뜨린 다음 재로 덮었다. 그런데 잠들기 직전, 갑자기 난로 주변이 환해졌다. 레스는 빛 가운데 두꺼운 손과 붉은 뺨을 한 거인과, 양 손에 양동이를 든 창백한 얼굴의 하인과, 손에 나뭇가지를 쥐고 초록색 옷을 입은 사냥꾼이 서 있는 것을 보았다.

창백한 얼굴의 하인은 우유로 가득 찬 세 개의 양동이를 하나씩 거인에게 주었다. 거인과 초록빛 사냥꾼이 치즈를 만드는 동안, 창백한 얼굴의 청년은 열려 있는 산장 문 근처로 가 왼편 기둥에 등을 기댔다. 레스와 소떼의 흥취를 돋으려 뿔피리를 연주했다.

뺨이 붉은 거인이 유장乳漿을 양동이에 모두 붓자, 첫째 양동이의 유장이 마치 피처럼 붉은색을 띠었다.

둘째 양동이의 것은 숲 같은 초록빛을 띠었다.

셋째 양동이의 유장은 눈처럼 희었다.

이윽고 거인이 레스를 향해 소리쳤다. 그는 세 양동이 중 하나를 선택하게 했다. 거인은 쩌렁쩌렁 울리는 목소리로 말했다.

"빨간색을 택하라. 내가 너에게 주겠다. 이것을 마셔라. 너는 나처럼 강해질 것이다. 누구도 너를 이기겠노라고 고개를 쳐들지 못할 것이다. 너는 이 산에서 가장 힘이 센 남자가 될 것이며, 백 마리의 수소와 암소에 둘러싸일 것이다."

초록빛 사냥꾼은 자신의 차례가 되자 레스에게 침착한 목소리로 말했다.

"힘이란 무엇인가? 보살피고, 젖을 짜고, 몰아서 풀어 놓고, 짝짓기를 시키고, 새끼를 낳게 하고, 겨우내 먹여 살리는 소떼들이란 게 다 무슨 소용이란 말인가? 초록 양동이를 택하게. 자네 오른손으로 잡는 모든 것이 금이 될 것이며, 왼손으로 만지는 것은 은이 될 걸세. 금과 은은 방목장의 소떼들보다야 자네 주머니를 덜 차지하지 않겠는가? 자네는 원하는 곳이면 어디든 갈 수 있게 될 걸세. 부자가 될 거란 말이네."

사냥꾼은 말을 마치자마자 레스의 발밑에 금과 은 한 무더기를 던졌다.

레스는 거인과 초록빛 사냥꾼 사이에서 대답하길 망설이고 있었다. 난감해진 레스는 왼쪽 기둥에 등을 기댄 채 아직 말이 없는 하인에게로 몸을 돌렸다. 청년은 손에 뿔피리를 쥐고 있었다. 창백한 얼굴의 청년은 레스를 향해 파란 눈을 들었다. 그는 문에서 떨어져 레스를 향해 다가갔다. 청년은 말했다.

"내가 너에게 주려는 것은 무척이나 보잘것없어서 네가 이미 들은 힘이나 부유함과는 비교할 수가 없다. 나는 너에게 요들송을 가르쳐 주겠다. 또한 뿔피리를 연주하는 법을 알려 주겠다. 짐승과 인간, 너의 아내와 자손이 너에게 복종할 것이다. 피리 소리에 의자와 탁자까지도 춤을 출 것이다. 네가 뿔피리를 불면 너의 소들은 뒷발로 서서 울타리를 뛰어넘을 것이다. 이 모든 것이 네가 매일 마시는 것과 같은 하얀 유장으로 가득한 이 양동이 안에 있다."

바리살프의 목동인 레스는 하얀 양동이와 그에 해당하는 선물을 선택했다. 그리하여 음악이, 창백과 복종을 데리고 인간에게로 왔다.

*

아일랜드를 통치한 첫 왕의 이름은 오하드였다. 그는 페들레크Feidleach라는 별명을 갖고 있었다. 백성들은 그가 정의롭기에feidil 그러한 별명을 얻었으리라 생각했다. 그러나 그 별명은 전혀 다른 의미를 갖고 있었다.

먼 옛날 오하드에게는 네 명의 아들이 있었다. 왕이 늙자 네 아들은 왕위를 찬탈하기 위하여 그들끼리 동맹을 맺었다. 아들들은 드로임크리아크라는 곳에서 왕과 전쟁을 치렀다. 오하드는 우선 아들들에게 휴전을 제안했지만 막내만이 이를 받아들였다. 막내는 다른 형제들과 싸우길 원치 않았기에 드로임크리아크를 떠났다. 남은 세 아들은 협정을 거절했다. 그러자 오하드는 아들들에게 저주를 퍼부었다.

"저들의 운명이 저들의 이름처럼 되리라!"

그리하여 오하드는 전투를 개시했다. 그의 명령을 따르는 병사는 3천뿐이었지만, 왕은 7천의 병사를 죽였다. 세 아들은 전장에서 스러져 갔다. 그들은 참수되어 해가 미처 지기도 전에 드로임크리아크에 전시되었다. 오하드는 그것을 바라보았다. 밤이 찾아와 그와 세 아들이 어둠 속에 묻힐 때까지 한마디 말도 하지 않았다. 거기에서 그의 별명이 유래했다. 그의 별명인 페들레크는 긴 한숨 fedil uch을 뜻했다. 그의 세 아들이 드로임크리아크에서 목숨을 잃은 이후로 그 고통이 왕의 가슴에서 한 번도 떠나지 않았기 때문이다.

어떤 병사들도 감히 전시된 아들들의 머리 앞에서 왕이 느낄 괴로움을 의심하지 않았다. 왕이 자신의 고통을 떨쳐 내려 하지 않았기에 모두가 그에 탄복했다.

왕은 아주 작은 신음 소리조차 내지 않았다. 그 때문에 사람들은 그에게 긴 한숨이라는 별명을 붙였다.

*

말하는 것은 곧 잃는 것이다.

왕은 제 아들들을 가슴에 묻고자 했다.

밤의 동굴과 동물의 주둥이와 인간의 입은 같은 것이다.

그림이 있는 방과 가면이 있는 방, 제의의 방과 식인의 방, 금지된 비밀의 방은 모두 한가지다.

*

오하드는 드로임크리아크에서 전쟁을 치른 뒤, 황혼 속에서 세 아들의 잘린 머리통 위로 어둠이 내려앉을 때까지 고통 속에 머물렀다. 그는 그 고통에 대하여 죽을 때까지, 죽는 순간조차도 입 밖에 내지 않았다.

*

긴 한숨이라 부른 것은 왕이 무덤에 들어 그곳에서 세 아들을 다시 만날 때까지 한숨을 붙들고 있었기 때문이다.

*

입술로 새어 나오는 긴 한숨, 흘러나오는 깊디깊은 탄식, 참지 않고 모든 고통을 쏟아 내어 소리쳐 부를 정도로, 그래서 고통을 사랑하는 듯 보일 지경인 끝도 없는 흐느낌. 오하드의 반의어 같은 이것이 19세기 유럽 음악의 전체를 나타내는 것이다. 나는 1789년부터 1914년 사이[1]에 작곡된 곡들을 유럽의 낭만주의 음악이라 부른다. 음악은 지독히 감상적이며 차마 들을 수 없는 추문 같은 것이 되었다. 그 후 전기의 도움으로 세계로 퍼져 나가 특히 전쟁을 선동했다. 조상이 누렸던 영토에 대한 향수 어린 눈물이 프레데리크 쇼팽과 리하르트 바그너와 주세페 베르디의 눈에서 흐른다. 로맨틱한 유럽이 발명한 것은 무엇인가? 끔찍한 전쟁이다. 민족주의는 낭만주의자들의 강력한 요구 사항이었다. 그들은 민족주의를 전쟁을 벌일 권리로 해석했고, 그 전쟁을 정의로운 feidil 행위로 간주했다.

고대 아일랜드 왕들에 관한 책에서 온 이 전설은 오하드의 별명인 페들레크가 '정의롭다'는 의미가 아니라 '긴 한숨'을 뜻한다고 말한다.

전쟁은 뜻하지 않게도 낭만주의자들에 의해 '해방'으로 정의되었다.

*

마이스터 에크하르트[2]는 성 아우구스티누스의 글을

---

1 1789년 프랑스 대혁명과 1914년 제1차 세계대전의 발발을 의미한다.

2 마이스터 에크하르트Meister Eckhart(1260?~1327?)는 중세 독일의 신비주의 사상가다. 자신과 세계를 내려놓고, 버리고, 떠나 있음의 상태에 도달하는 것이 신과 인간의 신비적 합일의 경지이며, 내적 자유를 주는 행위라 설파했다.

주해한다. 4세기 후반, 성 아우구스티누스는 카르타고에서 수사학을 가르치던 시절을 회상하며 글을 적었다. 로마가 침략당하기 12년 전이었다. 『고백록』 제4권이다. "내 영혼아, 네 마음의 귀 안에서 너는 귀머거리일지니."

튀링겐 출신인 에크하르트는 10세기가 지난 후에 의문을 품는다. "어떻게 *in aure cordis*마음의 귀 안에서 귀머거리가 된단 말인가." 그는 덧붙인다. "나는 가시나무와 나무딸기의 씨를 뿌린다."

그리고 적는다. "나는 소리가 나는 모든 것으로부터 떠나기를 권한다. 이사야는 '광야에서 외치는 이의 소리'를 말했다. 너는 네 안에서 광야의 흔적을 찾았는가?"

에크하르트는 주석을 단다. "또한 네 마음의 귀에서 그 목소리가 들리고 외치도록, 네 자신이 네 마음속에서 그 목소리가 소리치는 광야가 되어라. 광야가 되어라. 소리의 광야를 들으라."

이것이 에크하르트가 제시한 첫째 논증이다.

*

에크하르트는 둘째 논증을 제시한다. "듣는다는 것은 시간을 전제로 한다. 만약 듣는 행위가 시간을 전제로 하는 것이라면, 그러므로 신을 듣는 것은 결코 듣는 것이라 할 수 없다."

"아무것도 듣지 말라."

"음악으로부터 멀어지라."

에크하르트는 셋째 논증을 제시한다. "바다로 나가는 사람들이 있다. 미풍의 도움으로 그들은 바다를 건넌다. 그들이 그러할지라도 진실로 바다를 건넌다 할 수 없다."

"바다는 단지 표면이 아니다. 바다는 그 모든 것이 심연이다."

"네가 바다를 건너고자 한다면 물에 빠지라."

저주를 풀다

소리와 소음은 공중에 얇은 원형의 막을 형성하여 그 영향권의 경계를 설정하는데, 그 두께는 지구 반경의 100분의 1 이하다. 이 외막은 다음의 것을 포함한다. 1) 수면 위로 드러난 지표면 2) 바다 수심의 일부 3) 이두 요소의 경계를 이루는 대기권.

바람과 화산과 태양, 그리고 물 밑에서 올라와 땅 위로 나타난 생명들이 내는 소리와 소음의 집합은 실로 다양하다. 이 집합은 세상의 모든 청자들에게 종 특유의 울음을 강요한다.

지구에서 동물적 소리의 영역은 보잘것없다.

인간 언어의 영역은 그보다도 작다.

*

1914년 이전까지 유럽에서 수탉은 여명을, 개는 낯선 존재의 출현을, 뿔피리는 사냥꾼의 등장을 일컬었다. 교회 종탑에 매달린 크고 작은 종들은 시간을, 경적은 역마차의 출발과 도착을, 조종弔鐘은 죽음을, 사람들의 왁자지껄함은 과부의 재혼을, 피리와 북은 사육제에서 공여로 쓰이는 허수아비의 등장을 알렸다. 떠돌이 연주자는 드문 바이올린 재간으로 해마다 열리는 축제의 시작을 알렸고, 선사 시대부터 이어진 놀이판의 천막 주위를 돌았다.

음악은 일요일 장엄미사에 참여해야만 들을 수 있었다. 오르간의 파이프가 예배당 중앙의 긴 홀을 따라 음악이 울려 퍼지도록 화음을 불어넣었다.

청중의 등이 일순 가볍게 흔들렸다.

그토록 드물었던 것이 단순히 흔한 것 그 이상이 되었다. 가장 진귀했던 것이 도시에서 농촌에 이르기까지 사람들을 끝없이 공격하는 소리의 근거지가 되었다. 제한된 지역의 언어였던 조성 음악과 관현악은 사회적 음조tonos가 되었다.

이러한 독일 제3제국의 총력전과 음악 재생 기술의 발달로 말미암아, 우리는 음악에 대한 사랑과 증오의 감정이 음향적 지배를 기반으로 하는 음악 고유의 근원적인 폭력성에서 비롯된 것임을 비로소 알게 된다.

*

파시즘은 확성기와 관련 있다. 파시즘은 "무선의 소리radio-phonie"에 힘입어 증식했으며, 곧 "원격 영상télé-vision"으로 대체되었다.

20세기를 지나는 동안 역사, 파시스트, 산업, 전기

에 바탕을 둔 논리는 — 그 어떤 수식어를 붙인다 하더라도 — 위협을 가하는 소리들을 독점해 왔다. 음악의 실천이 아닌(음악의 실천은 점차 희박해졌다) 음악의 기계적 재생과 청중의 증식으로 인해, 음악은 소음과 구별되지 않게 되었다. 도시에서 멜로디는 장총을 휘갈기는 퇴폐한 영웅주의적 방식으로 전파되었다. 사람들은 이에 병적 공포를 드러냈다.

시골에서는 그러한 소음의 습격(비행기, 트랙터들, 전기톱, 총성, 군용 오토바이, 드릴, 전동 드라이버, 잔디 깎는 기계, 쓰레기 수거차, 1킬로미터 이상 떨어져 있는 곳까지 바람을 타고 들려오는 텔레비전이나 레코드 플레이어의 소리)이 드물었기에, 점차 음악을 소음이 아닌 것으로서 재구성할 수 있게 된다.

시골에서라면, 이 오래되고 이례적이며 사람들을 불러 모으고 혼을 빼놓는 매혹적인 것, 바로 음악이라는 것을 짧은 시간이나마 기쁜 마음으로 다시 연주할 수 있다.

*

제2차 세계대전 이래로 음악은 달갑지 않은 소리가 되어 버렸다. 그것은 옛 프랑스어의 의미대로 말다툼 noise 소리가 되었다.

*

서양에서는 교회나 미사를 집전하는 성당에서도, 기도를 위한 공간이었던 그 침묵의 보고寶庫에서조차도 낮게 음악이 흐르게 했다. 그것은 방문객을 환대하는 의미와 더불어 침묵이 주는 불안감을 잠재우는 동시에, 역설적이게도 기도를 올려야 할지도 모른다는 부담감으로부터 그들을 구제하기 위함이었다.

*

헤시키우스[1]는 말했다. "기도는 움직이지 않은 채 성찰하는 것이다."

이 광야의 수도자는 또한 말했다. "기도를 한다는 것은 개들에게 포위되어 움직이지 못하는 들짐승이 된다는 것이다."

헤시키우스는 다음과 같이 말을 맺었다. "기도란 침묵 속에서 밤을 지새우는 죽음의 상태다."

*

광야의 고행자들은 비밀스러운 예수의 이름Ichtys[2]

---

1 헤시키우스Hesychius(?~380) 혹은 시나이의 헤시키우스라 부른다. 시나이 산에 위치한 수도원의 수도사였다고 알려져 있다. 금욕주의적인 고행 수덕 격언집을 남겼다.

2 흔히 '익투스'라 발음한다. 초기 기독교인들이 비밀스럽게 사용했던 기독교의 상징으로, 두 개의 곡선 끝부분이 교차한 물고기의 모양을 하고 있다. 예수의 물고기로도 불린다.

을 끝없이 되뇌며 심장 박동의 리듬을 겹겹이 쌓는 행위를 "수금[3]과 북으로 노래한다"라고 표현했다. 이 끊임없는 호칭 기도의 타당함을 증명하기 위하여 그들은 다음과 같이 말했다. "의미를 넘어선 곳에 말의 실체가 있다."

의미를 띠는 것 저편에 언어의 실체가 머무른다. 이것이 음악의 정의다.

*

증거자 성 막시모[4]는 말했다. "기도는 문이라, 언어가 그 문을 통과하면 이내 발가벗겨지고 잊힌다."

*

음악이 드문 것이었을 때, 음악의 소환은 대단히 놀라운 것이었다. 정신을 어지럽히는 유혹 같은 것이었다. 음악이 끊임없이 흐르게 되자 그것은 혐오스러운 것이 되었다. 침묵이 모두가 부르짖는 장엄한 것의 자리에 놓였다.

---

3 수금竪琴은 히브리인들이 최초로 사용한 현악기로, 예배 때 사용했다. 오늘날의 하프와 유사하다. 일곱 개의 양의 창자를 연결하여 현을 만들었으며, 손가락이나 작은 막대로 연주했다.

4 증거자 성 막시모St. Maximus Confessor(580?~662)는 비잔틴 귀족 출신의 신학자다. 근엄 수덕학, 성서 해석학 등에 관한 저서를 남겼다.

침묵은 근대에 들어 현기증을 일으키는 것이 되었다. 거대 도시에서 이례적인 사치품이 된 것이다.

그것을 처음으로 감지한 사람은 미군의 총성에 스러진 베베른[5]이었다.

자기를 희생한 음악은 그 후로 미끼새처럼 침묵을 끌어당긴다.

*

'마법을 풀다désenchanter'란 무슨 의미인가?

노래chant의 위력으로부터 벗어나게 한다는 뜻이다. 마법에 걸린 이를 저주받은 복종 상태에서 구해 낸다는 의미다. 악령을 몰아내고 죽음의 얼룩과도 같은 고통을 씻어 내는 것이다. 이때 샤먼 앞에 놓인 선택지는 단순하다. 악한 영혼은 자신이 택한 육체에 들어가 몸을 병들게 하는데, 샤먼은 악령이 더는 견디지 못하도록 괴롭히거나, 육체를 빠져나가도록 유인한다.

마법을 푼다는 것은 악을 악하게 대하는 것을 말한다. 그렇게 악령을 밖으로 나오게 한다. 다른 곳으로 마법을 걸어enchanter 악령을 결박한다.

---

5 안톤 베버른Anton Friedrich Wilhelm von Webern(1883~1945)은 오스트리아의 작곡가다. 스승 쇤베르크의 영향으로 조성을 버린 무조 음악과 그것을 조직화한 12음 기법을 사용했다. 1945년 잘츠부르크에서 점령군이던 미군의 오해로 사살되었다.

*

   18세기 앙투안 갈랑[6]은 "침울"에 대해 표현할 때면 언제나 "마법에 걸린"이라는 단어를 썼다. 우울은 새매인 키르케나 세이렌이 보낸 저주였다. 신경쇠약 역시 앙투안 갈랑의 눈에는 "풀어야 할" 마법이었다.

*

   인간은 더는 자연이 내는 소리에 육체적으로 복종하지 않는다. 대신 전기로 재생되는 유럽의 향수 어린 멜로디에 사회적으로 복종한다.

*

   고대 중국인들은 다음과 같은 믿음을 갖고 있었다. "한 시대의 음악은 그 나라의 상황을 대변한다."

*

   우리 사회를 복종이라는 마법에서 벗어나게 하는 것. 우리 사회에 만연한 명령과 추종의 취향은 히스테리로 눈을 돌렸다. 가장 잔인한 전쟁이 우리 눈앞에 있다. 그 전쟁은 평화로운 시대가 우리에게 제공하는 사회적,

---

   6 앙투안 갈랑Antoine Galland(1646~1715)은 프랑스의 동양학자다. 『천일야화』를 번역하여 유럽에 최초로 소개한 것으로 알려져 있다.

의료적, 법적, 도덕적, 물리적 보호망에 대해 우리가 치를 대가다. 그 대가는 날이 갈수록 무시무시해질 것이다.

*

무한히 증식된 음악은 마치 책이나 잡지, 엽서나 영화 혹은 시디롬에서 복제된 그림처럼 음악이 가진 유일함에서 멀어져 버렸다. 유일성을 상실하며 음악은 그 실재와도 멀어졌다. 그러면서 음악은 제 진실성을 포기했다. 음악의 증식은 음악의 출현에서 그 실재를 제거해 버렸다. 음악의 발생에서 본질을 없애는 이러한 행위는 음악이 지닌 고유한 매력과 아름다움을 빼앗는 결과를 낳았다.

이 유서 깊은 예술은 거울에 반사된 눈부신 반짝거림, 근원을 잃은 에코의 속삭임이 되었다.

복제물들. 마법의 악기도, 주물呪物도, 사원도, 동굴도, 섬도 아닌 것들.

루이 14세는 쿠프랭[7]이나 샤르팡티에[8]가 왕의 예배당이나 침실에서 연주해 보이는 음악들을 단 한 번만

---

7 프랑수아 쿠프랭François Couperin(1668~1733)은 명문 음악 가문인 쿠프랭가 출신으로, 루이 14세 시기에 왕실의 오르가니스트를 지냈다.

8 마르크앙투안 샤르팡티에Marc-Antoine Charpentier(1643~1704)는 교회 음악가로 파리에서 태어나 로마에서 음악을 배웠다. 생트 샤펠 성당의 음악감독을 지냈다.

들었다. 다음 날이면 최초이자 마지막으로 연주될 다른 작품이 준비되었다.

루이 14세가 음악을 즐긴 이래로 왕은 때때로 특별히 만족스러운 작품은 두 번 연주하길 명했다. 신하들은 왕의 명령에 놀라며 재차 입에 올렸다. 회고록의 저자들은 저서에서 그에 대해 기이한 일이라고 언급했다.

*

음악은 지난 수천 년간 유일하고 옮길 수 없으며 예외적이고 엄숙하며 의례적인 것이 되었다. 음악은 가면 집회나 지하 동굴이나 성소에서, 왕족이나 귀족의 성에서, 혹은 장례식이나 결혼식에서 존재할 수 있었다.

*

하이파이 장치는 클래식 음악의 종말을 뜻하게 되었다. 우리는 음악 재생의 물리적 충실도를 듣는다. 더는 죽음의 세계에서 온 아연실색케 하는 울림을 듣지 않는다. 실재를 극단적으로 모사한 것이 진짜 소리를 대신하게 되었다. 실재의 대기 속에서 펼쳐지고 사그라지는 소리의 자리를 차지한 것이다. 실황 공연의 환경은 기술적 지식으로 무장한 청중들에게 충격을 주는 것에 점점 더 집중한다.

이것이 음향학적 청취다. 우리가 완벽히 장악한 소리를 듣는 것이다. 소리를 줄이거나 키울 수도 있으며,

중지할 수도 있다. 손가락이나 눈짓 한 번으로 전능을 발휘하는 것이다.

우리 시대의 관습과는 반대로 프랑수아 쿠프랭은 할 수 없이 하프시코드를 사용한다고 말했다(망자들의 세계에서 마법의 악기를 가져올 수 없기 때문이다. 다시 말해 태양이 지는 세계에서, 곳에서, 눈에 보이는 모든 것이 어둠에 잠기는 대지의 혀 끝에서 악기를 불러들이지 못하는 탓이다). 쿠프랭은 악기가 울리는 공간 저 너머에서 곡을 쓰며 음악을 듣노라 주장했다.

그는 악기란 본질적으로 불완전하다기보다는 부적합한 것이라 말했다.

*

고대 사회에서 멤논의 거상[9]은 붉은 규암으로 만들어졌다. 거상은 부서진 후에도 동틀 무렵이면 여전히 울음소리를 내었다. 모든 희랍인들과 모든 로마인들이 이집트인들이 숭상하는 이 석신石神이 내는 소리를 듣기 위하여 바다를 건넜다. 로마의 황제 셉티미우스 세베루스가 석상을 보수했다. 그러자 멤논의 거상은 더는 울지 않았다.

---

9 이집트 제18왕조의 파라오가 건축한 거대한 석상을 말한다. 기원전 27년 발생한 지진 이후 아침이면 종소리 같은 것이 났는데, 이를 본 그리스 여행객들이 새벽의 여신 에오스의 아들 멤논의 이름을 따 '멤논의 거상'이라 불렀다. 멤논은 '새벽의 통치자'라는 의미다.

*

셸락 재질의 레코드판에 나 있는 가는 홈의 지속 시
간(3분)은 현대음악에 몹시도 피곤한 '짧음'을 강요했다.

*

청취가 주는 고통에서 무감해지고자 하는 바람과
음악의 포식성으로부터 탈출하려는 행위가 음악의 최
면 기능을 회복시켰다.

교향악단과 앰프를 이용한 "테크노" 음악의 낮은 주
파수의 소음이 만들어 내는 진동수는 ― 오래전 오르
간에서 저음을 내던 봉바르드처럼 ― 역설적으로 청취
의 한 부분을 통증으로 전환시켰다.

*

알베르티 베이스 주법[10]은 화음을 분해하여 개개의
음들을 구슬이 굴러가듯 명료하게 반복하여 연주하는
것을 말했다. 멜로디는 최면을 거는 파도 소리 같았다.
알베르티 베이스 주법은 견딜 수 없는 것이 되었다.

---

10 도메니코 알베르티가 주로 사용한 건반 악기의 주법으로, 왼손
반주 부분의 화음을 깨뜨리고 단순하게 반복 사용하여 주제부를 부
각시키는 기법이다. 모차르트 피아노 소나타의 왼손 반주에서 그 용
례를 찾아볼 수 있다.

옛 노래가 노인들에게 마법을 건다. 노인들은 때 지난 노래에 지나지 않는다. 그들은 더는 인간이 아닌 후렴구에 불과하다. 한 세기가 그보다 앞선 세기의 음악을 이토록 되풀이하는 일은 없다.

*

장엄 미사를 알리는 교회 종탑의 종소리가 이슬람교도들에게 그러했듯이, 기도 시간을 소리 높여 알리는 이슬람교도의 목소리가 유대인들을 속박한다.

오직 무신론자들만이, 강요할 수 없는 침묵을 예찬한다.

*

내가 중세 시대 롤랑[11]이 부는 뿔피리 소리를 달가워하지도 않았겠지만, 현재의 전화벨 소리는 더더욱 싫다.

*

쿠자누스의 말이다. "우리는 생목生木과도 같다. 우리 내부의 불은 빛을 일으키기보다는 연기를 발산한다.

---

11 중세의 무훈시인 『롤랑의 노래』에 나오는 주인공 기사다. 롤랑은 올리판트olifant라는 커다란 뿔나팔을 항상 지니고 다녔다.

그 불은 이글대거나 주변을 따듯하게 덥히기 전에 타닥 타닥 소리를 낸다. 인류는 신성한 광경보다도 소리가 주는 고통 가까이에 존재한다."

*

역사 시대, 즉 서사적 시간 이래 최초로 인간은 음악을 회피한다.

*

나는 피할 길 없는 음악에서 도망친다.

*

옛집이 소나타를 연주한다. 몇 대가 그곳을 거쳤는지 알지 못한 채로, 대대로 이어지는 거주자들의 기억을 느릿느릿 가로지른다. 마룻바닥이 삐걱거린다. 덧창이 덜컹거린다. 계단마다 제 음이 있다. 장롱 문짝이 금방이라도 부서질 듯한 소리를 내고, 오래된 긴 가죽 소파 용수철이 화답한다. 여름의 건조함이 나무를 바싹 마르게 할 때면, 집 안의 모든 나무들이 규칙적이면서도 무질서한 소리를 내는 하나의 악기가 된다. 악기의 연주가 너무도 더뎌 설령 그곳에서 거주하는 인간들의 귀에는 온전히 감지되지 않을지라도, 악기는 파괴될수록 위력을 발휘하는 쇠락이란 이름의 작품을 연주한다.

옛집은 신성과 무관한 노래를 부른다. 인간은 제 음

계 안에서 자라고 죽음을 맞이한다. 새벽녘이나 한밤중
에, 이미 알고 있던 그 음계 위에 제 울음을 덧대고 또
덧댄다. 옛집의 노래는 인간의 음계와도 무관하다. 그것
은 느린 서사적 노래다. 여러 세대의 결집체처럼 보이는
가족에게 건네는 말이다. 지금도 여전히 이어지는 이 노
래의 그 어떤 한시적 요소도, 개별적이고 일시적인 원
자들도 진실로 알 수는 없다. 노래는 예견된 폐허 위에
서 끝없이 삐거덕거리며 이어진다.

*

오직 언어적 규칙에만 따랐던 단어들이 아리아의 선
율에 맞춰 쓰이게 된 것은 언제쯤부터일까?
말, 노래, 시 그리고 기도는 더딘 것들이다.
2만여 년 전 작은 규모의 인간 집단은 사냥을 하고
그림을 그리고 동물상을 빚었으며, 짧은 문구를 반복하
여 흥얼거리고, 미끼새나 공명기, 혹은 뼈로 만든 피리
를 불어 음악을 연주했으며, 그들과 다를 바 없이 야생
적이었던 짐승의 가면을 쓰고서 비밀한 이야기를 춤으
로 추어 보였다.

*

유마힐은 붓다 시대의 사람이었다. 붓다는 페르시
아를 건설한 키루스 대왕 치세기에 살았다. 그 시기는
아테네인들이 아직 디오니소스 제전의 비극 경연 대회

를 개최하기도 전이었다. 그때 아이스킬로스[12]는 어린 아이에 불과했다. 유마힐은 바이샤리에서 살았다. 그는 부자였다. 어느 날 걸식 승려 하나가 그가 가진 것을 비난하자 지혜로운 상인 유마힐은 쓰러져 가는 은자의 처소에서 머문다 하여 호화로운 궁에서보다 미망이 덜 하지는 않노라 답했다.

속세의 불자였던 그의 이해가 승려를 능가했던 것이다. 그가 말을 이었다.

"재가 신자의 새하얀 의복도, 승려의 승복도 눈에 보이지 않습니다. 도처의 모든 것이 눈으로 볼 수 없는 것이기 때문입니다."

"신 곁에서는 조각상도 우뚝 솟지 않으며, 악공도 노래하지 않습니다. 악공이 비파의 세 현을 켠다 하여도 아무것도 울리지 않습니다. 도처의 모든 것이 귀로는 들을 수 없는 것들인 탓입니다."

"나는 사원의 조각상을 알지 못합니다. 눈에 보이지 않는 것이 현현할 리 없기 때문입니다. 나는 설법하는 목소리를 알지 못합니다. 그토록 침묵하는 것에 설파란 있을 수 없기 때문입니다. 그곳에 도道란 없습니다."

---

12 아이스킬로스 Aeschylus(B. C. 525~B. C. 456)는 희랍 3대 비극 작가 중 하나로, B. C. 499년 디오니소스 제전의 비극 경연 대회에 참가하기 시작하여 열세 번이나 우승했다고 알려져 있다.

상인 유마힐은 말했다.

"듣는 사람이라는 단어는 터무니없는 것입니다. 당신은 청자라는 것을 어디서 보았습니까?"

"우리에게 건네는 말이란 없습니다. 그러므로 말을 멈추게 하는 침묵 또한 없습니다."

상인 유마힐은 말했다.

"불佛, 법法, 승僧, 이 삼보三寶의 전통은 어디에 있습니까? 그것은 아이가 쫓는 붉은 공에 불과합니다."

"불상은 어디에 있습니까? 그것은 덤불숲에 쭈그리고 앉아 힘을 주느라 얼굴을 잔뜩 찡그린 여자의 밑에서 나온 똥 덩어리 같은 것입니다."

"음악은 어디에 있습니까? 음악은 노인 입 속의 작별 인사 같은 것입니다."

상인 유마힐은 말을 이었다.

"악공의 가슴에서 음악이 여물도록 하는 것은 무엇입니까? 여인을 바라보는 사내의 음경을 부풀리는 것은 또한 무엇이겠습니까? 그것은 사내가 여인을 염탐하며 바라보는 풍만한 젖가슴이나 불그스름한 유륜이 아닙니다. 사내가 여인에게 다가갈 때, 그를 유혹하는 여인의 겨드랑이와 머리칼에서 나는 냄새도 아닙니다. 사내가 여인의 몸으로 들어갈 때, 그의 남근linga을 에워싸는 여인의 애액도 아닙니다."

"사내는 여인 곁에서 자신이 갈구하는 것이 무엇인지 알지 못합니다."

"그것은 환영입니다. 바로 그것입니다. 환영이, 그가 그토록 구걸하는 것입니다."

"바로 그것이, 연인들이 서로의 손을 잡는 이유입니다. 그들은 서로를 구걸하기에 서로의 손을 부여잡습니다."

"그것은 눈에 거의 보이지 않으며, 만져도 무엇인지 알 수 없는 것입니다. 거의 들리지도 않으며 만져지지 않는 것입니다. 그것은 성별에 형용사를 일치시키는 것처럼 미세한 것입니다. 또한 음색과 음역의 차이처럼 미묘한 것입니다. 그것은 옛날 옛적에 들었던 높은 목소리입니다. 모든 어린아이들이 지녔던 것이자, 사내아이들은 잃어버리고 계집아이들조차도 온전히 보전하지 못하는 목소리입니다. 살아남은 높은 목소리인 것입니다. 변성기 소년들의 입술에서 빠져나와 악기로 옮아간 바로 그 목소리에 대한 환상입니다. 음악의 환상인 것입니다. 사막에서 길 잃은 자와, 여자와 남자를 신뢰하는 자의 눈에 비치는 신기루가 바로 그것입니다. 사는 것과 죽는 것의 차이를 확신하는 자들, 조상의 존재를 믿는 자들, 땅 밑에 다른 세계가 있어 그곳에서 먹고 마시고 노래 부르고 신음하고 눈물 홀릴 것이라 믿는 자들의 감은 눈꺼풀 아래에서 벌어지는 꿈입니다."

"다른 세계는 없습니다. 왜냐하면 세계란 존재하지 않기 때문입니다."

*

그들은 열쇠로 나무를 팬다. 그들은 도끼로 문을 연다.

*

그들의 귀에 굳은살이 박였다.

*

인간의 삶은 떠들썩하다. 우리는 그것을 소란 혹은 도시라 부른다. 인간들이 집적된 거대한 큐브형 집합체다. 소음noise은 인간 종이 지닌 체취와도 같다. 나폴리, 뉴욕, 로스앤젤레스, 도쿄. 이러한 도시들이 바로 현대의 끔찍한 음악이다.

*

베이징의 거친 소음. 베이징 시를 가로지르는 대로의 거대한 소음들. 쉰 목소리들, 빽빽한 문짝에서 나는 날카로운 소리, 녹슨 철제의 둔탁한 소리, 수레가 물건을 실어 나르는 소리, 느리게 멈추어 서는 소리.

*

시장을 뜻하는 *bazar*와 소란을 의미하는 *vacarme*는
같은 단어다. 페르시아어 *bazar*는 *wescar*에서 왔다. 아
르메니아어인 *vacarme*는 *waha-carana*로 분해된다. 둘
다 상점가 rue marchande를 뜻한다(글자 그대로 도시에서
"물건을 사기 위해 걷는 marche 장소"를 의미한다).

수메르의 문헌에는 아카드의 신들이, 인간이 너무도
심하게 소란을 피우는 탓에 잠을 이룰 수 없었노라고
적혀 있다. 천상의 신들은 시간이 갈수록 힘과 광채를
잃어 갔다. 신은 인간을 멸종시키려 대홍수를 보냈다.
인간이 부르는 노래를 그치게 하기 위함이었다.

*

관객의 침묵이야말로 연주자들이 추구하는 목표 지
점이다. 연주자들은 침묵의 강력함을 원한다. 그들은 음
악 듣기의 전제 조건인 무無의 청취라는 극단적 상태로
관객의 주의를 몰아넣으려 애쓴다.

이 특별한, 인간적 침묵이라는 지옥으로 옮아가기
위하여 이미 존재하는 세상의 소리에 구멍을 낸다.

샹젤리제 극장에서 모차르트의 소나타 마단조[13]를

---

13 모차르트의 「바이올린과 피아노를 위한 소나타 21번 마단조」(K.
304)를 가리킨다.

연주하고 난 클라라 하스킬[14]은 제라르 바우어[15]에게 토로했다.

"나는 그와 같은 침묵을 만난 적이 없어요. 그러한 침묵을 다시 만날 수 있을지 모르겠군요."

엿새 뒤 클라라 하스킬은 브뤼셀 미디 역 계단 난간에서 손이 미끄러져 고꾸라졌다.

*

무언가를 구현하는 자들은 정당하다. 장인의 기술은 어떻게 장인임을 증명해 보이는가? 아직 실재하지 않는 것을 실현하기 위해 노력하는 자들은, 오래전 자신이 만든 것을 바라보며 느끼는 돌연한 감정을 통해 증명된다.

우리가 무언가를 발명하면 발명에 대한 놀라움은 곧장 사라져 버린다. 왜냐하면 우리는 이미 놀라움을 준비하고 이내 적응하기 때문이다. 그러나 시간이 흐르고, 그 고된 작업의 기억을 더는 간직하지 않게 되었을 때, 우리는 비로소 놀라움을 느낀다. 각종 기원들이 뒤

14 클라라 하스킬Clara Haskil(1895~1960)은 루마니아 태생의 피아니스트다. 일찍이 신동으로 이름을 알려 일곱 살에 빈에서 데뷔했으나, 평생을 척추 장애로 고생하다 불의의 사고로 죽었다. 모차르트의 초기 소나타를 즐겨 연주했다.

15 제라르 바우어Gérard Bauer(1888~1967)는 프랑스의 에세이스트이자 비평가다.

섞인 운명이란 것이 우리를 근원의 격렬함 근처로 데려 간다. 그것이 우리를 심판하는 카오스 언저리다. 우리의 유일한 심판관이다. 우리가 우리에게 되돌아온 기쁨을 실제로 누리는 것은 아니다. 우리가 행한 것들 안에서 우리를 위로하는 것은 세간의 평가도, 판매나 그로 인 해 발생한 이윤도, 다른 이들이 보내오는 찬사도 아닌, 우리가 만든 것들이 불시에 우리에게로 귀환하리라는 기대감이다. 그것은 수세기에 걸쳐 우리에게 동기를 부 여하는 또 다른 세계나 미래에 대한 비전이 아니라, 우 리가 이룬 것을 망각하는 것이며, 새로운 빛과 같이 우 리에게로 되돌아오는 것이자, 우리의 삶에, 우리를 경악 케 하고 우리 자신을 소멸시키는 충격 같은 것이다. 이 것이 황홀경이다. 우리는 우리가 만든 작품 안에서 사 라지는 것으로 기쁨을 얻는다. 그리하여 날들은 내리치 는 벼락과 같은 속도로 지나간다. 그리하여 우리는 귀 먹은 신들이 일으킨 대홍수 속에서 사라지고 마는, 더 이상 개인의 것이 아닌 눈물을 흘린다. 우리는 물에 잠 긴다.

*

사회 규범은 예술 작품을 두려워한다. 갈매기는 망 망대해를 무서워한다. 갈매기들은 인구가 밀집된 도시 시궁창에 사는 쥐와 같다.

심판하는 것들은 언제나 해안에 머문다. 배가 뒤집

히길 소원하며 크게 운다.

그것이 바다의 검은 파도, 부서지는 흰 거품 위를 나는 바닷새의 날카로운 울음소리다. 새의 울음은 비탄으로 가득 차 있다. 새들은 배고픔을 달래려 시신을 찾는다. 내려앉을 만한 난파의 잔해를 찾는다.

*

호메로스의 서사시에 등장하는 전설의 새를 가리켰던 세이렌이라는 단어는, 어째서 19세기 산업 공장들의 끔찍하고도 요란한 호출의 형태로, 소방차와 경찰차와 앰뷸런스를 재난의 현장으로 불러들이는 형태로 등장하게 되었는가?

*

새들은 내려앉을 표류물을 찾는다.
말하자면, "죽음은 허기지다."
재난을 이용한 사업이다.

*

도덕과 미학, 정치와 종교, 그리고 사회의 수호자는 언제나 옳다. 그들은 집단의 상징적 통제를 감독한다.

*

안나 아흐마토바[16]는 신문 비평가와 문학 교사들을
"교도소의 간수들"이라고 불렀다.

*

나는 내가 증오했던 모든 사람들이 차려 자세를 하
고 있다는 사실을 깨달았다.

*

나는 언제 음악이 내게서 떨어져 나갔는지 끝내 알
지 못할 것이다. 어느 날, 모든 울리는 것들에 대해 일순
무심해져 버렸다. 타성에 젖어, 혹은 외양적 아름다움
에 이끌려 악기에 다가갈 뿐이었다. 간신히 악보를 펼쳐
보아도 더는 어떤 노래도 울리지 않았다. 음이 희박해졌
다. 나는 음악을 다른 것과 마찬가지의 것으로 받아들
였다. 권태로웠다. 책을 읽는 것은 책에 담긴 넘치는 탐
욕과, 그 리듬과, 내 내면의 결핍을 고수하는 행위일 뿐,
노래에 대한 욕망 탓은 아니었다.
　나에게 가장 절실했던 것이 지긋지긋한 심심파적에
불과해져 버렸다.

16　안나 아흐마토바Anna Akhmatova(1889~1966)는 소련의 시인이
다. 부르주아적이라는 소련 당국의 비판으로 활동의 위기를 맞았으
나, 스탈린 사후 본격적으로 활동을 재기하여 국제적 명성을 얻었다.

*

　우리 또한 기이하게 뻗어 나가는 수수께끼다. 그것
은 제 뿌리를 미래를 향해 내리고, 과거라는 하늘로 줄
기를 뻗어 올린다.

　우리는 죽음보다도 기원에 사로잡혀 있는지도 모른
다. 우리는 송장 같은 몸과 부패한 침묵보다는 동굴과
양막의 어두운 물과 유년기의 새된 목소리를 더 자주
만난다.

*

　내 손은 비어 있다.

　나는 명령도, 의미도, 평화도 견딜 수 없다. 나는 시
간의 여파를 그러모은다. 나는 내가 납득할 수 없었던
과거와 현재의 규율들을 찢어발긴다.

　로고스logos는 본래 "수집"을 뜻하는 단어였다. 나
는 이내 사라지고 마는 빛의 틈새와 파편들을,

　"죽음의 구간"을,

　불청객과 헤매는 이를,

　동굴 속 비천한 자들sordidissima을 모은다. 밤은 세
상의 밑바닥이다. 그 속에서 모든 것이 비언어적인 것을
향한다. 나는 규칙도, 노래도, 언어도 없이 세계의 근원
을 향해 떠돌아다니는 것들을 복원시키려 했다. 무가치
한 포식 행위에서 빠져나올 길이 없다는 사실에 대해

생각해 보아야 했다. 아우구스투스가 피의 대가를 치르며 제국을 세웠을 때나, 로마시와 성직자들과 왕이, 역사가들이 세워 준 이미지들을 어지럽히면서까지 은자들을 뒤쫓고 척결하기 위해 기이한 모양새의 추방을 일삼았을 때, 로마에서는 은둔 생활이 성행했다. 나는 나역시도 달리 선택의 여지가 없었을 그 은둔의 삶을 되살리고자 했다. 일종의 신화적 행위에 다시금 몰두하고 싶었다.

탄생에는 어떤 원인도 없으며, 그 끝도 알 수 없다. 그러나 죽음은 다르다.

끝이란 없다. 왜냐하면 죽음은 끝을 내는 것이 아니기 때문이다. 죽음은 종식시키지 않는다. 다만 중단시킨다.

*

죽음의 구간은 우리를 향해 내민, 시간이라는 손이다. 죽음이 중단시킬 때, 이 중지는 우리 안에서 일어난다. 그것은 두 개의 성으로 나뉜 우리의 육체와 우리의탄생과 외침 속에, 우리의 잠 속에, 숨과 사유 속에, 두발로 걷는 걸음과 언어 행위 속에 있다.

우리가 불안정하게 종속되어 있는 죽음의 구간이모든 것을 폭발시킨다.

*

빛은 자신만의 노래를 가지고 있다.

내가 불빛을 사랑하는 것은 불빛이 내는 소리 때문이다.

수세기 동안 촛불의 심지가 타닥타닥 소리를 낸 반면, 전선은 웅웅거린다.

*

우리는 전기 불빛의 웅웅거림을 세상 어디에서나 발견한다.

이것이 세계의 "음조"다.

*

텔레비전 방송들은 작가에게 흥미를 갖는데, 이는 고압선이 새들에게 관심을 기울이는 것과 같은 이유에서다. 즉, 동시에, 우연히 죽이기 위해서다.

*

북유럽인들의 멜로디는 사람들이 모이는 곳이면 어디든 눈에 보이지 않게 지속적으로 에워싼다. 오래전, 여름을 재촉하던 매미의 울음소리 같다.

한여름, 미끼새의 노래.

귓가를 맴도는 태양의 소리.

*

플라톤은 그것들을 음악가들이라 불렀다. 고대 희

랍인들은 매미의 울음소리를 대단히 좋아하여, 매미를
새장에 가두고 집 안에 매달아 둘 정도였다.

*

　트로이의 왕 라오메돈의 아들이자 프리아모스의 형
인 티토노스는 지상에서 가장 아름다운 남자였다.
　새벽의 여신 에오스가 그를 보았다. 여신은 티토노
스를 납치했다. 여신은 사랑에 빠졌다. 에오스는 제우
스에게 자신의 연인에게 불멸의 육신을 내려 달라 간청
했다. 제우스는 세상에서 가장 아름다운 남자에게 불
멸을 선사했다. 그러나 너무 성급히 간청하는 바람에
에오스는 불멸의 육체에 젊음을 언급하는 것을 빠뜨렸
다. 에오스는 변함없이 젊은 채로 머물렀으나, 티토노
스는 늙어 가면서 쪼그라졌다. 그녀는 옹알이하는 어린
아이에게 하듯 그를 버들 바구니에 담아 두어야 했다.
그리고 연인의 육체가 너무도 늙어 버려 손가락보다도
작아졌을 때, 에오스는 그를 매미로 변신시켰다. 그를
새장에 넣어 나뭇가지에 매달아 두었다. 에오스는 끝없
이 우는 자신의 작은 남편을 바라보았다.
　남편이 너무도 작은 인형처럼 변해 버린 탓에 욕망
을 채울 길 없었던 여신은 아침이면 눈물을 흘렸다. 에
오스의 눈물은 새벽녘에 맺히는 이슬방울이 되었다.

*

에피쿠로스의 제자인 타렌툼의 시인 레오니다스는
다음과 같이 적었다.

거미줄 끝에 벌레 한 마리
검은 물 쪽으로 늘어져 있다. 수금 소리를 내며
거미줄이 흩어진다. 미끼는
거미 손아귀의 미라가 된 파리보다도 말라붙었다.
인간이여, 매 새벽이면, 너는 어느 갈대로 피리가 되
는가?

*

우리의 조상인 개구리(유럽참개구리rana esculenta)는
웅덩이나 수류가 약한 하천에 살면서 물 위에 뜬 풀잎
에 앉아 볕을 쬐었다. 나는 그것이 얼마나 기분 좋은 일
이었는지를 기억하고 있다.

쉰 목소리라고 하면 보통 수컷 개구리의 절규에 가
까운 울음을 말했다. 널리 퍼져 나가는 울음 속에서 개
구리는 길게 찢어진 입 양 옆으로 난 울음주머니를 부
풀렸다. 쉰 목소리는 요컨대 소란한 짝짓기를 뜻하는 것
이었다.

나는 사제였던 스팔란차니[17]가 매일 아침 전기를 이
용한 결정적인 실험을 앞두고서 수컷 개구리의 울음주
머니 모양을 한 짧은 호박바지를 입었다는 사실을 알고
있다.

그것은 비를 부르는 피리와 같은 것이다. [17]

캐비어를 능가하는 풍미를 지닌 개구리 알sperma ranarum을 그 누가 마다하겠는가?

멧돼지는 개구리 알을 즐긴다. 그것은 자연이 은둔 자에게 선사하는 최고의 식도락이다.

물가에서 사는 뜸부기는 개구리 그 자체를 선호한다.

오비디우스는 수컷들이 암컷의 뒤를 따라 제 욕망을 헛되이 외치며, 목구멍이 찢어질 듯 개구리처럼 부르짖는다고 적는다. 오비디우스는 그것이 바로 변성을 겪는 수컷과 거절하느라 영원히 목이 쉬어 버린 암컷의 기원이라고 주장한다.

*

트리말키오는 어린 시절 쿠마이에 갔노라 이야기한다. 그는 단지 안에 보존된, 죽지 않는 시빌레[18]의 말라붙은 육신을 보았다. 작은 단지는 아폴론 신전의 돌 모퉁이에 걸려 있었다. 의식에 따라 아이들은 사원의 어

---

17 라차로 스팔란차니Lazzaro Spallanzani(1729~1799)는 이탈리아의 박물학자다. 개구리 등을 이용한 동물 실험을 통하여 생명체가 무생물로부터 생겨난다는 자연발생설을 반박했다.

18 희랍 신화에 등장하는, 쿠마이 지역의 무녀다. 아폴론 신에게 불멸을 간청했으나, 아폴론의 구혼을 거절한 탓에 불멸을 얻는 대신 젊음을 받지 못했다. 시빌레는 세월이 흘러도 살아남았으나 끝없이 쪼그라졌다.

둠 속으로 들어갔다. 아이들은 매달린 유리 단지 아래서 소리쳤다. "시빌레, 너는 무엇을 원하지?" 마치 동굴에서 들려오는 듯한 목소리가 돌 모퉁이에 부딪혀 메아리처럼 울렸다. 변함없이 시빌레는 답했다. "죽고 싶어."

*

이것이 노래다.
*Apothanein thelô*나는 죽고 싶다.

*

밤의 침묵으로 난 길들.
크레타의 팀네스는 맹금류에게 잡아먹힌 새에게 바치는 매우 짧은 시에서 다음과 같이 묘사한다.

네 숨결이 내는 너무도 감미로운 트릴과 꾸밈음
그들은 밤의 침묵으로 난 길을 따라갔다siôpèrai nyktos odoi.

*

밤이 눈을 위한 것이듯, 침묵은 귀를 위한 것이다.

*

은자 허유가 요임금이 제안한 천하 경영을 거절하고 두 해가 지난 뒤의 일이다. 허유는 물을 긷는 데 쓰던 표주박을 버려 버렸다. 누군가가 어째서 표주박을 버렸는 가 물으니 허유가 답했다.

"나뭇가지에 매달아 놓은 표주박 속으로 바람이 들이치며 내뱉는 한탄이 견딜 수 없었기 때문이라오."

후일 허유는 자신은 그 어떤 음악보다도 물을 긷느라 늘어뜨린 팔 끝자락 손에서 나는 소리를 더 좋아한다고 말했다. 그는 무릎을 꿇었다. 상체를 둑 위로 구부렸다. 손을 조개껍질처럼 오므렸다.

*

한스 안데르센의 인어공주는 자신의 목소리를 마녀에게 주고, 죽음을 맞이하여 파도의 물거품이 된 이후, 목소리를 되찾고는 말한다.

"나는 누구에게 가지?"

*

이슈타르는 바위에 기댄 채 하프를 들고서 바다를 마주보았다. 잠잠한 바다로부터 거대한 파도가 밀려와 그에게 말을 건다.

"그대는 누구를 위해 노래하는가? 인간은 귀머거리인 것을."

*

내가 어디에서 이 콩트를 읽었는지는 기억나지 않는

다. 한 벙어리 남자가 꿈에서 어머니를 본다. 그러나 제비참함을 어머니에게 토로할 수가 없다.

*

나는 첼로 현이 느슨해지도록 내버려 두었다. 더는 오르간석에 오르지 않는다. 관에 바람을 불어넣지 않는다. 더는 그 누런 건반 앞에 앉지도 않는다.

나는 플라스틱 의자 위에 지금 쓰고 있는 이 책의 원고를 올려 둔다. 나는 이 의자를 나와 마주 보게 풀밭 위에 놓고는, 그 위에 발을 올려 둔다. 노간주나무 아래, 나 홀로 있다.

침묵 역시도 귀를 멀게 하는 일종의 소란이다.

쏟아지는 흰 빛이 다리를 뒤덮는다. 서서히 달아오른다. 빛의 열기가 마치 다리를 물로 뒤덮은 것만 같다.

나는 잔디 위에 놓은 플라스틱 의자를 뒤로 물린다. 삶이란 무척이나 피로한 것이다. 머리가 어지럽다. 그러나 기실 머리를 어지럽히는 것은 나 자신이리라. 정원에 꽃이 줄었다.

계절이 지난다.

오래된 벽을 따라 장미 덩굴이 마지막 꽃송이를 피운다. 그러나 가지에 달린 잎들은 이미 시들었다. 강가의 무성한 개암나무조차도 더는 생생한 초록이 아니다. 잎이 거무죽죽하다. 그 아래로 강물은 더디게 흐른다. 흐르는지조차 알 수 없다. 수류도, 바람도, 어느 것도 강물에 물결을 만들지 않는다. 바다가 여전히 강물을 제 쪽으로 유인하고 있는지도 알 수 없다. 아주 긴 두 개의 쐐기풀이 강물 위로 몸을 구부리고 있다. 풀들은 검은 물 위로 비치는 제 모습 쪽으로 얼굴을 들이민다. 잠자리 한 마리가 오래된 거룻배의 고리 위에 앉아 있다. 사람들은 이제 거룻배를 가리키는 이름을 듣고서 배에 사슬을 달아 물고기를 날랐던 때의 기억을 떠올리지는 않는다. 그것은 오래된 수송 방식이었다. 고요한 옮김이었다. 오리들은 강으로 이어지는 마른 풀밭을 따라 줄지어 잠을 잔다. 현관 아래에 핀 인동초 향내를 제외하고는 정원에서 어떠한 냄새도 나지 않는다(사실대로 말하자면 인동초 향기도 자그마한 집 주변에서만 맡을 수 있다). 단지 몸의 열기만을 느낀다. 때때로, 한두 번씩, 어디서 오는지 알 수 없지만, 죽음에 가까운 썩은 내가 밀려온다. 아무것도 움직이지 않는다.

아무것도, 그 무엇도 움직이지 않는다.

나를 살아 움직이게 하는 숨소리조차도 들리지 않는다. 바람은 멈추었다. 드넓은 대나무 숲은 바르르 떨기보다는 좌우로 몸을 흔든다. 그 앞의 금작화가 검고 메마른 깍지를 부수고는, 짧고 노란 잎과 꽃 위에 툭 하고 씨앗을 떨어뜨린다. 인간은 이 세계에 그 무엇도 가져오지 않았다. 인간은 강이나 꽃에게 어떤 흥미의 대상도 되지 않는다. 태양의 불길이 빛의 열기에 더해져 모든 것이 일렁이는 아지랑이 입자 속에서 희미해진다.

정오의 태양이 지기 시작한다. 망자들의 강물은 스스로 잠들었다. 인간은, 고여 있어 생기를 잃은 물에 그 어떤 역할도 하지 못한다. 인간은, 자는 동안 찾아오는 꿈에 대해 아무것도 할 수 없다. 환영은 인간의 감은 눈꺼풀 아래에서 나타나 그를 현혹한다. 환영은 자신을 바라보고 또한 외면한 채 잠든 그의 성기를 거칠게 세운다. 그 환영에 대하여, 인간은 아무것도 하지 못한다.

발몽 자작[1]은 생망데 목초지의 푸른 잎들을 바라본다. 그의 셔츠 소맷자락이 찢어져 있다. 팔에 칼을 맞은 탓이다. 자작은 말없이 기사 당스니의 시신에게서 등을 돌린다. 호화로운 자신의 사륜마차에 오른다.

자작은 침대 커튼을 난폭하게 걷는다. 침대에는 투르벨 법원장 부인이 누워 있다. 이마가 온통 땀에 젖어 있다. 부인의 거친 숨결이 입술을 통해 고요한 방 안으로 흘러나온다. 자작은 시종을 부르고는 부인의 상체를 일으켜 그녀의 목을 죄고 있는 새틴 재질의 잠옷을 아주 조심스레 찢는다. 희미한 촛대 불빛에 드러난 투르벨 부인의 하얗고 가느다란 팔다리가 자작의 마음을 뒤

---

1 육군 장교였던 피에르 쇼데를로 드 라클로Pierre Choderlos de Laclos (1741~1803)가 1782년에 쓴 소설『위험한 관계』의 작중 인물이다. 프랑스 혁명 전, 구체제 귀족 사회의 사랑과 욕망의 사회상을 서간체 형식으로 담아낸 작품이다. 발몽 자작은 희대의 바람둥이로, 사교계에서 명망 높은 메르퇴유 후작 부인의 한때 정부이기도 했다. 그들은 발몽이 정숙하기로 소문난 투르벨 법원장 부인을 유혹할 수 있는지를 두고 내기를 벌인다.

269

흔든다. 자작은 콜마르 지방의 배주梨酒를 큰 잔에 따라 부인의 입에 흘려 넣는다. 부인은 이내 의식을 되찾는다. 그를 바라보고, 그의 이름을 부르며, 그에게 매달렸다가, 끌어안는다. 부인이 그를 껴안자 자작도 그녀를 안는다. 그의 품에서 투르벨 부인은 살아난다. 다음 날 아침, 두터운 새벽안개 속에서 매서운 추위가 몰아칠 때 그들은 파리로 돌아온다. 발몽은 상당한 재력가가 된다. 투르벨 법원장 부인은 발몽이 주최하는 저녁 파티를 준비한다. 그녀가 그의 밤을 구원한다.

*

완전한 침묵에 잠겼던 당스니 기사의 육체는 생망데 목초지를 지나던 이들에 의해 발견된다. 그들은 당스니를 들것에 실어 뱅센에 위치한 외과 의사에게 조심스레 데려간다. 그는 가까스로 살아난다. 6개월 후, 당스니는 '아홉 뮤즈Neuf Sœurs'라는 이름의 프리메이슨 지부에 입회한다. 그곳에서 그는 로안 왕자와 미국인 벤저민 프랭클린, 화가인 그뢰즈와 의사 기요틴, 당통, 위베르로베르와 친분을 맺는다. 대혁명 시기, 그는 왕의 처형에 찬성표를 던진다. 과거의 조각상에서 "구체제Ancien Régime의 역겨운 유물인 남성의 생식기"를 모두 부숴 버리자는 제헌국민의회를 지지한다.

*

센 강의 우안, 오페라 극장에서 메르퇴유 부인은 발몽 자작과 법원장 부인에게 미소를 지으며 인사하고는 한마디 말도 하지 않은 채 지나친다. 메르퇴유 부인의 정부가 칸막이 커튼을 들어 올려 준다. 메르퇴유 부인은 이제 막 천연두에서 회복되었다. 얼굴에는 흉이 지지 않았다. 그녀는 소송 중이던 재판에서 승소했을 뿐만 아니라, 1만 8천 리브르에 대한 권리도 인정받았다. 발몽 자작이 그녀와 주고받은 서신을 세간에 폭로해 버렸음에도 불구하고 그녀는 파리에 머무른다. 메르퇴유 후작 부인의 명성은 땅에 떨어졌지만, 그래서 더욱 매혹적이다. 사교계에서도, 극장에서도 어찌나 사내들이 부인의 환심을 사려 애쓰는지 일상생활이 불가능할 정도다. 그녀는 여행을 떠나기로 마음먹는다. 고독하고 긴 여행을. 르아브르드그라스 항구에서 승선하여 영불해협을 건너 햄프셔의 전원 지대를 마차로 유람한다. 마차의 덜컹거림과 소란에 넋이 나간 메르퇴유 부인은 별안간 마부에게 마차를 멈추게 한다. 이곳 딘이라는 이름의 제법 큰 마을에 있는, 방 스무 개가 딸린 소박한 저택을 사들인다. 회색 자갈이 깔린 구불구불한 오솔길이 길게 이어져 있다. 저택 뒤편으로 풀밭이 펼쳐져 있다. 풀밭 한가운데 제법 큰 연못이 있다. 연못 주변으로 작은 숲이 경계를 이룬다.

멀리 낮은 언덕과 안개가 한데 뒤섞여 있다. 공기는 축축하고, 하늘은 푸르다.

고요하다.

*

메르퇴유 부인은 오후마다 가난한 이들의 거처에 들른다. 부인은 그들 중 두 여인을 눈여겨보았는데, 마을 변두리 스티븐턴의 작은 교구 목사관에서 지내는 커샌드라와 제인이다. 그녀는 그들과 함께 엑서터 출신의 오르가니스트인 윌리엄 잭슨의 곡을 노래하며 즐거워한다. 후작 부인은 왕실 부대에서 궁수로 있었던 남자에게 베이스 비올라를 배운다. 두 아가씨를 집으로 초대해 헨델과 케 데르벨루아[2]의 삼중주를 함께 연주한다. 갑자기 터져 나오는 웃음에 자주 연주를 멈춘다. 제인은 그들이 연주하는 것과 비슷한 양식의 낡은 퍼셀[3]의 악보를, 진주색 리본을 달아 후작 부인에게 선물한다. 케케묵은 곡이었음에도 후작 부인은 무척이나 놀란다. 후작 부인이 베이스를 맡아 발로 박자를 센다. 커샌드라는 플루트를, 제인은 하프시코드를 맡는다. 그들은 이 오래된 필사본 전체를 초견으로 연주한다. 연주가

---

2 케 데르벨루아Caix d'Hervelois(1670~1759)는 프랑스의 실내악 작곡가로, 비올라를 위한 곡을 주로 썼다.

3 헨리 퍼셀Henry Purcell(1659?~1695)은 17세기 영국을 대표하는 작곡가이자 오르가니스트다. 음악가의 집안에서 태어나 서른여섯의 나이로 요절할 때까지 「디도와 아이네아스」와 같은 가극과 교회 음악을 비롯하여 다수의 트리오 소나타를 남겼다.

끝난 후에 야회가 무르익는다. 그들은 와인을 마시며 말 장난을 주고받는다. 후작 부인은 둘이 바보 같은 짓을 해 보이도록 부추겼지만, 오스틴가의 젊은 아가씨들은 질색을 한다. 그때 수탉이 운다. 제인은 얼굴이 새하얗게 질린 채로 소파에서 벌떡 일어난다. 제 언니를 손으로 잡아끈다. 둘은 치마를 붙들고 목사관으로 달려간다. 후작 부인은 제인의 머리를 어지럽힐 요량으로 스티븐턴 목사관의 공부방에 40기니 상당의 진짜 피아노를 사 주도록 한다. 공부방은 100년 전에는 돼지우리였다. 후작 부인은 불안하고도 감상적인 피아노 소리를 달가워하지 않지만, 제인은 뛸듯이 기뻐한다. 후작 부인은 런던에서 헨리 퍼셀의 이름으로 남아 있는 모든 작품을 찾아내어 사들인다. 그것들을 비올라로 직접 연주하려 한다. 그녀는 먼저 노래를 불러 두 아가씨가 노래를 부르게 하려 하나, 그들은 더 이상 부인을 거들고 싶어 하지 않는다. 그들에게 퍼셀의 음악은 지나치게 과장되어 보이기 때문이다. 상관없다. 후작 부인은 크리켓에 취미를 들인다. 그 후로 그녀는 승마복을 입고 다니며, 유행 중인 주름 장식이 요란하게 달린 치마에 대해 통렬히 비판한다. 제인의 조언에 따라 부인은 크래브의 시에 열광해 본다. 그녀는 점점 더 자주 저택을 따라 이어진 숲으로 산책을 간다. 시냇물이 숲을 가로질러 가느다란 수로를 통해 연못으로 흐른다. 수로는 느릅나무에 가려져 잘 보이지 않는다. 그녀는 자신의 농부들 중에서 젊은 남자들 서넛을 뽑아 크리켓을 시킨다. 불현듯 배 아래가 성적 욕망으로 불타오를 때면 후작 부인은 그들을 부른다. 젊은 남자들에게 동물 가면을 씌운다. 그것은 후작 부인이 그들의 활기만을 느끼고자 하는 까닭으로, 그들의 겉모습에서 가장 솔직하고 감동적인 단 한 가지를 보기 위해서다. 그녀는 곧 젊은 남자들에게 싫증을 낸다. 젊은 처녀들과 나누는 대화도 지겹다. 퍼셀의 음악을 알려 준 것이 바로 그들이었음에도 그의 작품을 완전히 경멸하는 둘의 태도가 날이 갈수록 실망스럽기만 하다. 제인의 가시 박힌 말에도 불구하고 후작 부인은 2백 년이나 지난 그 오래된 울림에 감동받으면서 단 한순간도 시대에 뒤쳐진다는 느낌을 받아 본 적이 없다. 그녀는 햄프셔를 떠나기로 마음먹는다.

나이가 들자 엉뚱한 공상들이 문득문득 그녀의 머리를 스친다. 그러나 이 고장에서 놀라운 공상이란 없다. 그녀는 캥거루가 되고 싶었을 것이다. 그녀는 그린란드가 존재하지 않는다고 믿는다. 동시에 신 또한 더 이상 없다고 믿는다. 그녀는 인간이 하늘을 날 수 있다고 확신한다. 가장 강력한 냄새가 이 세계에서 사라지는 중이라 믿어 의심치 않는다. 봄철 꽃밭에 노니는 작은 날벌레가 되고 싶다고 말한다. 그녀는 여인들의 시선에 담긴 정기를 좋아한다고 말한다. 그것은 두 명의 음악 친구들 중 보다 어린 처녀의 눈에 담긴 것이며, 후작 부인이 알고 지낸 한 남자의 시선에 깃든 것이고, 개들과,

햄프셔에서는 흔하디흔한 청설모를 잡아먹는 올빼미의 시선에서 느껴지는 것이기도 하다. 그러나 그 모든 것들보다, 심지어 성적 쾌락보다도 그녀는 7월의 울창한 밤나무 그늘을 사랑한다. 후작 부인은 이제 풀밭에 긴 의자를 끌어다 놓는 것을 좋아하기 시작한다. 그녀는 또한 으깬 딸기 요리와 마장조의 음계를 사랑한다. 그녀는 샘으로부터 멀어지기 위하여 창문을 닫는다. 샘은 떨어지는 나뭇잎이나 누군가 던진 자갈 하나에 파문이 일었다가도 태연하게 뒤따르는 고요한 순간에 의해 이내 복원된다. 물의 아름다움, 물 흐르는 소리의 아름다움, 그녀의 모습을 비추는 자연의 반영으로서의 아름다움. 그 아름다움에서 벗어난 후에야 비로소 울리는 베이스 비올라의 소리를, 그녀는 사랑한다.

*

1798년 3월, 메르퇴유 후작 부인은 자신의 여자 친구들과 크리켓 선수들을 남겨 둔 채 프랑스로 돌아왔다. 디에프에서 하선하여 파리를 거치지 않고서 차를 이용해 오를레앙 부근 자르고의 저택에 도착했다. 성은 루아르 강가에 있었다.

그녀는 황폐해진 성을 본다. 3개월 내에 성을 복구하도록 지시한다. 긴 망설임 끝에 그녀는 대리석과 먼지와 소음을 인부들에게 맡겨 두고서 용기를 내어 파리로 돌아가기로 결심한다.

1798년 9월, 메르퇴유 후작 부인은 뇌동에서 미국인 벤저민 프랭클린을 만나 저녁 식사를 함께한다. 그녀에게는 그가 얼간이로 보인다. 후작 부인은 감히 자신의 무릎을 더듬는 벤저민 프랭클린의 손을 밀어내 버린다. 그녀가 샹드마르스에서 열리는 산업박람회에 지대한 관심을 보이자 미국인이 이에 찬사를 보낸다. 벤저민 프랭클린이 그녀에게 말한다.

"자코뱅 수녀원 식당에서 자크 당통이 축배를 외치는 소리를 들어 본 적 없는 사람은 진짜 남자다운 목소리란 게 어떤 것인지 알 수 없지요."

다음 날 아침, 그녀는 날이 밝기 전에 마차를 준비시킨다. 뇌동을 벗어난다. 마차는 세브르 다리를 건넌다. 들판과 부두를 지나 오래된 도시에 도착한다. 후작 부인이 이 도시에서 받은 첫인상은 다름 아닌 경악이다. 광장의 조각상들이 모조리 떼어졌다. 도시의 외관은 내전으로 피폐해져 버렸다. 그녀가 한때 드나들던 많은 호텔들이 무너졌다. 종교 단체의 건물과 정원들은 훼손되었다. 남겨진 가옥들 역시 오랜 시간 방치된 탓에 곧 쓰러질 것 같다. 오물 냄새가 역겹다.

센 강 우안의 공원들은 버려졌다.

하늘이 하얗다. 온통 백색인 부슬비가 고요히 내린다. 노르망디를 닮은 풍경이 그녀의 눈앞을 가린다. 마차는 센 강을 따라 돌로 포장된 길을 달린다. 후작 부인은 불현듯 이방인이 된 듯한 기분을 느낀다. 마치 다른 세계를 발견한 영혼이 된 것 같다. 양쪽 강기슭에 비탄에 젖은 사람들이 옹송그리며 모여 있다. 마르고 창백한 아이들이 벌거벗은 채 뛰노는 것을 본다. 그녀는 속이 울렁거린다.

강기슭 끝에서 그녀는 칼로 새긴 뒤 목탄으로 덧칠한 다섯 단어를 본다. *La liberté ou la mort*자유가 아니면 죽음을. 문득 그녀는 한때 알고 지낸 한 남자를 떠올린다. 이 경구를 제 인생의 비밀로 삼은 남자다.

그녀는 가슴이 아파 온다.

마부에게 멈추라 말한다.

*

후작 부인은 부슬비를 맞으며 마차에서 내린다. 한 손으로 가슴을 부여잡는다. 강둑이 미끄러워 간신히 새겨진 글 가까이 다가간다. 그녀 옆으로 골동품 장수가 말없이 좌판에 책을 펼쳐 두고 있다. 내리는 비도 신경 쓰지 않는다. 그녀는 책 한 권을 집어 무심결에 장갑을 낀 손으로 빗물을 닦는다. 장정된 책에 당스니의 문장紋章이 새겨져 있다. 그녀의 몸이 가볍게 떨린다. 다른 책을 집어 든다. 그것은 그녀가 궁정에서 알게 되어 함께 즐거운 한때를 보냈던 사내의 것이다. 상인이 책값을 알려 주며 그녀를 재촉한다. 그의 요구가 귀찮아진 후작 부인은 좌판에 서둘러 책을 내려놓는다.

'진열대를 좀 더 뒤지면 발몽의 문장이 새겨진 책도

찾겠구나.' 그녀는 생각했다.

그의 이름을 실제로 내뱉지 않았음에도 갑자기 다리가 휘청거린다.

그녀는 강둑의 돌난간을 움켜잡는다. 눈앞이 흐려진다.

천천히 숨을 고른다.

눈을 감았다 뜬다. 둑 아래 모래사장에서 낚시를 하는 남자가 있다. 그녀는 남자가 낚싯바늘에 걸린 물고기를 잡아 올리는 것을 본다. 후작 부인은 돌연히 몸을 돌린다. 뺨 위로 눈물이 흘러내린다. 반사적으로 더러워진 장갑으로 볼을 문질러 닦는다. 다시 마차에 오르고 싶지만 혼자서는 꼼짝할 수 없다.

마부가 다가온다. 후작 부인은 숨을 헐떡인다. 그녀는 마부에게 속삭인다.

"팔을 좀 빌려 줘요. 도와줘요. 산업박람회에는 가지 않습니다. 자르고로 돌아가겠어요. 자르고로 가요."

마치 하인에게 간청이라도 하듯 낮게 되뇐다. "자르고로! 자르고로!"

*

그녀는 마부에게 속삭이듯 말한다. "자르고로! 자르고로!"

여름 끝물이다. 자르고의 날씨는 맑고 무덥다. 더디게 흐르는 루아르 강이 그녀의 마음을 끈다.

밤이 되자 후작 부인은 하인을 시켜 큰 강을 따라 이어진 너무도 뜨겁고 부드러운 황색 모래사장의 강 가까이에 접이식 의자를 가져다 놓는다. 시원한 물 한 병과 뜰채, 그리고 노란색 네덜란드산 베일을 단 밀짚모자도 가져다 놓는다. 메르퇴유 부인은 의자에 앉아 낚시줄이 달린 등나무 줄기를 손가락 사이에 끼우며 즐거워한다. 강물에 미끼를 던진다. 그녀에게서 프르동이 되살아난다. 그녀는 「기쁨」을 부른다. 「오, 고독이여!」[4]를 부른다. 후작 부인은 손가락 길이의 작은 모샘치를 강물에서 건져 올린다.

---

4 언급되는 두 곡 모두 헨리 퍼셀의 가곡이다. 전자의 제목은 *Song for Joy*이며, 후자는 *Ô Solitude, My Sweetest Choice*다.

옮긴이의 말

음악에 이르는 길

1994년은 파스칼 키냐르에게 이례적인 해였다. 1991년 소설 『세상의 모든 아침』이 출간 직후 영화화되었다. 그는 시나리오 작업에도 참여했다. 책과 영화의 성공으로 파스칼 키냐르는 소설가로서의 명성과 대중적 인지도를 얻었다. 음악가 집안에서 태어나 줄곧 음악 곁에 머물렀던 그는, 1992년 프랑수아 미테랑 대통령의 지원으로 베르사유 바로크 음악 페스티벌을 기획했다. 영화의 음악을 맡았던 조르디 사발 곁에서 '르 콩세르 데 나시옹' 오케스트라를 주관하기도 했다. 그리고 1994년, 그 모든 것을 그만두었다. 지난 25년간 몸담았던 갈리마르 출판사에서도 물러났다. 음악과도 멀어졌다. 1996년, 그는 급성 폐출혈로 죽음의 문턱에 다다랐다가 살아났다. 『음악 혐오』는 그 사이에 쓰였다.

나는 언제 음악이 내게서 떨어져 나갔는지

끝내 알지 못할 것이다. 어느 날, 모든 울리는 것들에 대해 일순 무심해져 버렸다. 타성에 젖어, 혹은 외양적 아름다움에 이끌려 악기에 다가갈 뿐이었다. 간신히 악보를 펼쳐 보아도 더는 어떤 노래도 울리지 않았다.(255쪽)

　평생을 음악과 함께했으며 "음악을 그 무엇보다 사랑했던" 그가 음악으로부터 멀어져서, 음악에 대해 무심해지고 이윽고 증오하기에 이른 이유는 무엇일까? 그리고 그 증오의 끝에는 무엇이 있을까? 질문에 답하기 위하여 파스칼 키냐르는 음악의 근원으로 거슬러 오른다. 그의 문학을 관통하는 주제 의식이기도 한 '근원에 대한 탐구'는 필연적으로 과거로 시선을 향하게 만든다. 그는 시간을 거슬러, 더는 남아 있지 않는 과거의 환영을 좇는다. 신화와 역사를 큰 보폭으로 넘나들고 에세이와 소설의 경계를 지워, 어디에도 속하지 않는 언어의 성을 구축한다. 『음악 혐오』는 음악의 기원에 관한 사유이자 음악이 인간의 육체에 미치는 영향력에 대한 연구이며, 반대로 인류 문명은 어떠한 방식으로 음악을 남용했는지에 관한 반성인 동시에 작가 개인에게 음악이란 무엇인가에 대한 내밀한 고백이다. 그의 언어가 다성적이면서 다의적이듯, 그가 설명하는 음악의 본질 역시 여러 층위로 이루어져 있다.

눈물의 층위

우리는 극도로 상처 입은 어린아이와 같은 유성有聲의 나체를, 우리 심연에 아무 말 없이 머무는 그 알몸을 천들로 감싸고 있다. 천은 세 종류다. 칸타타, 소나타, 시.
노래하는 것, 울리는 것, 말하는 것.(9쪽)

천들은 벌어진 상처를 덮고 부끄러운 알몸을 가린다. 모태의 어둠에서 빠져나와 자신의 목소리를 발견하자마자 첫울음을 터트리는 갓난아이를 감싼다. 그 최초의 울음은 죽을 때까지 지니게 될 "동물적" 폐호흡 특유의 리듬이 시작되었음을 알리는 소리다.(13쪽)

인간은 울음을 터트리며 태어난다. 그 울음은, 태아가 양수라는 따듯하고 부드러운 모성의 세계에서 "어머니의 벌어진 두 다리 사이"로 떨어져 나올 때에 닥쳐오는 고통의 표현이자, 죽을 때까지 자신의 육체와 그를 둘러싼 사회 질서에 복종해야 할 비극적 운명에 대한 예고다. 이 유약한 알몸은 세 종류의 음향적 천에 둘러싸여 있다.

첫째는 칸타타, 즉 '인간의 목소리로 부르는 노래'다. 키냐르는 이것을 어머니가 복중 아기에게 들려주는 노래melos로 설명한다. 태아는 어머니의 목소리에 귀 기울이고 이를 자연스럽게 습득한다. 아기가 모체와 분리된 즉시 어머니를 알아볼 수 있는 것은 바로 그 때문이다. 어머니는 아기를 두 팔로 안고서, "여전히 물 위를 떠다니는 대상인 듯 앞뒤로 흔"들며, 허밍한다. 그 즉흥적 멜로디는 아기의 내면 깊숙이 각인되어 삶에서 언제고 불시에 솟아오른다. 불현듯 떠오르는 노래 조각, 노스탤지어의 파편. 그것을 키냐르는 '프르동fredon'이라 부른다. 둘째는 악기로 연주하는 소나타다. 소년들은 변성기를 거치며 높고 맑은 유년의 목소리를 잃는다. 악기의 연주는 더는 노래를 부를 수 없게 된 소년들이 찾는 소리의 안식처다. 마지막은 인간이 자연에서 공동체를 구축하기 위해 발명한, 언어로 말하는 시다. 이 세 종류의 소리는 인간 사회의 일종의 보호막이다. 우리는 그것들로 육체적 취약성을 감추고 알몸의 수치로부터 벗어난다. 정신적 고통으로부터 "시선을 돌"리려 한다. 그러나 키냐르는 곧, 그러한 음향적 안온함으로부터 버려져 최초의 울음으로 되돌아간 한 사내에 대하여 이야기한다.

갑자기 수탉gallus이 울자 베드로는 그 소리에 깜짝 놀란다. 곧장 나자렛 사람 예수가 자신에게 한 말을 떠올린다. 뒤이어 자신이 그에게 한 말을 상기한다. 그는 불로부터, 하녀로부터, 경비병으로부터 떨어져 대사제의 현관에 다다른다. 문간의 둥근 천장 아래서 통곡한다.(82쪽)

이 '베드로의 부인'에 관한 삽화는 인간의 노래가 짐승의 울음과 다르지 않음을 보여 준다('노래하다'를 의미하는 프랑스어 동사 *chanter*는, 동시에 '새가 우짖는 것'을 의미한다). 베드로는 수탉의 울음소리로 자신이 예수와 그에게 부여받은 이름을 부인했음을 깨닫고는 통곡한다. 그 일깨움의 정체가 수탉인 것은, 그 짐승이 단지 여명을 불러오는 존재이기 때문만은 아니다. 수탉이 높고 거친 "태곳적" 소리로 '노래하기' 때문이다. 그 야만적인 기원의 노래가 그를 따스한 사회적 원에서 벗어나 홀로 문간에 서 있도록 만든다. 그를 분비물로 가득한 어머니의 두 다리 사이에서 알몸으로 울부짖던 탄생의 고독한 시간으로 돌려보낸다. 그리하여 노래란 본래 눈물과 결속된 것임을 일깨운다.

덫의 층위

피리를 발명한 이는 아테나였다. 아테나는 황금 날개와 멧돼지의 어금니를 한 가마우지의 목구멍에서 새어 나오는 비명을 듣고는, 그 소리를 흉내 내기 위하여 최초의 피리(희랍어로 *aulos*, 라틴어로 *tibia*)를 만들었다.(11쪽)

세이렌들의 높고 꿰뚫는 듯한 lingurè 노래

aoidè는 인간을 끌어당겨요thelgousin. 노래를 듣는 사람들을 유혹하여 사로잡는 것이지요. 세이렌들의 섬은 인간의 뼈로 둘러싸인 물기 어린 풀밭이에요. 뼈 무더기 위로 인간의 살점이 썩어 간답니다.(159쪽)

위의 두 지문은 악기의 기원에 관한 서로 다른 신화다. 전자는 여신 아테나가 피리를 발명한 경위에 대해 말하고 있다. 아테나는 전설 속 동물인 가마우지의 비명을 재현하고자 최초의 피리를 만든다. 가마우지의 울음은 듣는 이를 공포에 질려 얼어붙게 만든다. 상대가 옴짝달싹 못할 때 다가가 잡아먹는다. 이 공포스러운 비명은, 그러나 대단히 아름다운 것이었기에 여신의 마음을 사로잡는다.

아테네의 신화를 통하여 알 수 있는 것은 두 가지다. 하나는 매혹은 공포와 한 쌍이라는 것이며, 다른 것은 최초의 피리가 동물의 울음을 '모사'하여 만들어졌다는 것이다. 악기의 매혹은 공포를 수반하는 것이기에, 최초의 악기는 악기와 무기가 구분되지 않았을 것이다(마치 활과 리라가 그러하듯). 또한 동물의 울음을 흉내 내어 만든 것이므로 그 동물을 유인할 수도 있었을 것이다. 이러한 가정은 또 다른 가정으로 이어진다. 악기의 기원은 '덫'이라는 것이다. 고대인들은 새의 울음을 흉내 낸 피리를 만들었다. 이를 미끼새라 불렀는데, 그것으로 새를 유인했다. 새들은 자신의 노래에 속아 스스로를 사지로 몰아넣는다. 키냐르는 호메로스의 『오디세이아』에 등장하는 세이렌들의 전설을 뒤바꾼다. 세이렌 자매의 노래는 무고한 인간을 호리는 죽음의 노래가 아니라 인간이 미끼새를 이용해 새를 속인 것에 대한 복수에 지나지 않는다.

이러한 음향적 덫에 관한 신화는 '귀'라는 신체 부위의 수동적 성향과 소리가 지닌 공격적 특성을 반영한다.

모든 소리는 눈에 보이지 않으며 외피를 뚫는 송곳의 성질을 지닌다. 신체, 방, 건물, 성, 성벽으로 둘러싸인 도시를 뚫는다. 비물질적 성질을 가진 소리는 모든 장애물을 뛰어넘는다.(103쪽)

끝없는 수동성(비가시적인 강제된 수신)은

인간 청력의 근간이다. 내가 '귀에는 눈꺼풀이 없다'고 요약한 것이 바로 이것이다.(104쪽)

소리는 경계를 이루지 않으며, 시각처럼 일정한 거리를 요하지도 않는다. 소리는 내면 깊숙이 침투하여 인체의 리듬을 조종한다. 우리는 행진곡을 들을 때 저절로 발을 맞추고 있는 자신을 쉽사리 발견한다. 이러한 소리의 강력한 효력에 대해 귀는 아무런 방비를 하지 못한다. 귀는 "눈꺼풀이 없"기에 닫을 수도 없다. 듣고자 하지 않을 때 듣지 않을 수 없다. 청취란 근본적으로 불평등한 것이다. 음악은 신체를 사로잡아, 삶을 향해서든 죽음을 향해서든, 어디로든 끌고 갈 수 있기 때문이다.

죽음의 층위

음악은 모든 예술 중에서, 1933년부터 1945년에 이르기까지 독일인에 의해 자행된 유대인 학살에 협력한 유일한 예술이다. 음악은 나치의 강

제수용소Konzentrationlager에 징발된 유일한 예
술 장르다.(187쪽)

　음악은 본래 피비린내 나는 것이었다. 그것은 악기
인 동시에 무기였고, 덫이었다. 인간은 모체에서부터 어
머니의 노랫소리에 귀 기울이는 복종적 성향을 타고난
다. 우리는 어머니의 목소리를 듣고 그를 모사하는 것
으로 최초의 사회화 과정을 거친다. 소리에서 자유롭
지 못한 인간을, 음악은 청취로써 장악한다. 인간의 눈
물에 달라붙어, 나락으로 끌어내린다. 그것이 베드로를
문간에 세워 둔 채 오열하게 만든 수탉의 노래이고, 나
치 강제수용소의 수용자들을 지옥으로 인도한 오케스
트라다. 키냐르는 나치가 독일 음악을 이용하여 유대인
들에게 정신적 고문을 가한 것에 대하여 다음과 같이
말한다. "제재당해야 하는 것은 음악 작품의 국적이 아
니라, 음악의 기원일지도 모른다. 본래의 음악 그 자체
말이다." 나치는 음악이 지닌 지배적 속성을 극단적인
폭력의 형태로 왜곡한다. 라디오와 텔레비전을 통하여
음향적 총력전을 펼친다. 그 결과 인간을 죽음으로 몰
아넣던 음악 그 자체가 죽음의 상태에 이른다. 음악을

연주하는 이 없이 무한히 복제되어 재생산되는 음악은 진실성을 잃는다. 소음이 된다. 더는 매혹적이지도, 이례적이지도 않다.

음악이 드문 것이었을 때, 음악의 소환은 대단히 놀라운 것이었다. 정신을 어지럽히는 유혹 같은 것이었다. 음악이 끊임없이 흐르게 되자 그것은 혐오스러운 것이 되었다.(237쪽)

음악에 대한 키냐르의 증오는 음악의 근원적 속성이 아닌 음악의 근대사적 왜곡 혹은 변형에 대한 것이자, 귀한 것이 사라지는 세계에 대한 환멸일 것이다. 그 순수한 매혹과 놀라움의 자리를 침묵이 대체했기 때문일 것이다. 노간주나무 나뭇잎 사이로 들어오는 햇빛, 자글대는 빛의 소란에 마음을 빼앗겼는지도 모른다. 그러나 음악에 대한 그의 증오가 오직 증오로만 남은 것인지에 대해서도 확실하지 않다. 그가 음악에 느끼는 지리멸렬은 기이하게도, 애수에 젖은 풍경을 그려 보인다.

음악에 이르기 위하여

　　마지막 장에 이르러 키냐르는 피에르 쇼데를로 드라클로의 『위험한 관계』의 끝부분을 다시 쓴다. 기실 메르퇴유 후작 부인은 몰락한다. 그녀는 천연두에 걸려 눈 하나를 잃는다. 소송에서도 진다. 발몽 자작도, 투르벨 법원장 부인도 죽는다. 엄청난 빚만이 그녀 앞에 남는다. 후작 부인은 장물을 챙겨 네덜란드로 도망친다. 그러나 키냐르의 메르퇴유는 건재하다. 여전히 남성들에게 연모의 눈빛을 받는다. 그 눈빛을 피해 영국으로 여행을 떠난다. 그곳에서 오스틴 자매를 만난다. 헨리 퍼셀의 노래와도 만난다. 이것은 불가능한 장면이다. 한낱 백일몽 같은 이 장의 말미에서 키냐르는 잃어버린 프르동이 솟아오르는 순간을 그려 보인다. 노래는, 모든 것을 잃은 한 개인이 철저한 고독의 상태에서 은둔할 때에, 은둔의 순수한 기쁨을 느끼며 어둠이 깔린 강가에 앉아 낚시대를 드리울 때에 태어난다. 어둠과 고요 속에서 음악은 다시금 샘처럼 솟아오른다. 키냐르는 그것을 불가능한 장면에 담아 보인다. 음악에 이르는 것은 불가능한가. 불가능이야말로 음악에 이르는 길인가.▪

문득, 이 책이 작가의 인생에 찾아온 식触의 순간에 쓰인 것일지도 모른다는 생각이 든다. 불안한, 불가능한 아름다움. 찰나의 아름다움을, 지금 막 읽은 것 같다.

2017년 6월
김유진

■ 이 책의 원제목인 『음악의 증오』는 조르주 바타유의 작품 『불가능』의 원제목인 『시의 증오』에서 왔다. 그 제목에 대하여 바타유는 서문에서 다음과 같이 언급한다. "오로지 증오만이 진정한 시에 도달한다는 것이 당시의 나의 생각이었다. 시는 반항적 폭력 안에서만 강력한 의미를 갖는다. 하지만 그 폭력에 도달하기 위해서는 불가능을 환기하는 수밖에 없다." Midori Ogawa, *Dictionnaire sauvage Pascal Quignard*(Paris: Editions Hermann, 2016)

L'Être du balbutiement, Mercure de France, 1969.

Alexandra de Lycophron, Mercure de France, 1971.

La Parole de la Délie, Mercure de France, 1974.

Michel Deguy, Seghers, 1975.

Écho, suivi de Epistolè Alexandroy, Le Collet de Buffle, 1975.

Sang, Orange Export Ltd., 1976.

Le Lecteur, Gallimard, 1976.

Hiems, Orange Export Ltd., 1977.

Sarx, Aimé Maeght, 1977.

Les Mots de la terre, de la peur, et du sol, Clivages, 1978.

Inter aerias Fagos, Malakoff, Orange Export Ltd., 1979.

Carus, Gallimard, 1979.

Sur le défaut de terre, Clivages, 1979.

Le Secret du domaine, Éditions de L'amitié, 1980.

Petits Traités, Tomes I, Clivages, 1981.

Le Petit Cupidon, Nouvelle revue française, n°341, 1981.

Petits Traités, Tome II, Clivages, 1983.

Les Tablettes de buis d'Apronenia Avitia, Gallimard, 1984.

Petits Traités, Tomes III, Clivages, 1985.

Le Vœu de silence, Fata Morgana, 1985.

Ethelrude et Wolframm, Claude Blaizot, 1986.

Le Salon du Wurtemberg, Gallimard, 1986.

Une Gêne technique à l'égard des fragments, Fata Morgana, 1986.

La Leçon de musique, Hachette, 1987.

Les Escaliers de Chambord, Gallimard, 1989.

Albucius, POL, 1990.

Kong-souen Long, Sur le doigt qui montre cela, Michel Chandeigne, 1990.

La Raison, Le promeneur, 1990.

Petits Traités, Tomes I à VIII, Adrien Maeght, 1990.

Georges de La Tour, Flohic, 1991.

Tous les matins du monde, Gallimard, 1991(『세상의 모든 아침』, 유정림 옮김, 사계절, 1992; 류재화 옮김, 문학과지성사, 2013).

La Frontière, Michel Chandeigne, 1992.

Le Nom sur le bout de la langue, POL, 1993(『혀끝에서 맴도는 이름』, 송의경 옮김, 문학과지성사, 2005).

Le Sexe et l'effroi, Gallimard, 1994(『섹스와 공포』, 송의경 옮김, 문학과지성사, 2007).

L'Occupation américaine, Le Seuil, 1994.

Rhétorique spéculative, Calmann-Lévy, 1995.

La Haine de la musique, Calmann-Lévy, 1996(『음악 혐오』, 김유진 옮김, 프란츠, 2017).

Vie secrète, Dernier royaume VIII, Gallimard, 1998(『은밀한 생』, 송의경 옮김, 문학과지성사, 2001).

Terrasse à Rome, Gallimard, 2000(『로마의 테라스』, 송의경 옮김, 문학과지성사, 2002).

Les Ombres errantes, Dernier royaume I, Grasset, 2002(『떠도는 그림자들』, 송의경 옮김, 문학과지성사, 2003).

Sur le jadis, Dernier royaume II, Grasset, 2002(『옛날에 대하여』, 송의경 옮김, 문학과지성사, 2010).

Abîmes, Dernier royaume Ⅲ, Grasset, 2002(『심연들』, 류재화 옮김, 문학과지성사, 2010).

Les Paradisiaques, Dernier royaume Ⅳ, Grasset, 2005.

Sordidissimes, Dernier royaume V, Grasset, 2005.

Pour trouver les enfers, Galilée, 2005.

Cécile Reims grave Hans Bellmer, Cercle d'art, 2006.

Triomphe du temps, Galilée, 2006.

L'Enfant au visage couleur de la mort, Galilée, 2006.

Villa Amalia, Gallimard, 2006(『빌라 아말리아』, 송의경 옮김, 문학과지성사, 2012).

La Nuit sexuelle, Flammarion, 2007.

Boutès, Galilée, 2008(『부테스』, 송의경 옮김, 문학과지성사, 2018).

La Barque silencieuse, Dernier royaume Ⅵ, Seuil, 2009.

Lycophron et Zétès, Gallimard, 2010.

Les Solidarités mystérieuses, Gallimard, 2011(『신비한 결속』, 송의경 옮김, 문학과지성사, 2015).

Medea, précédé de Danse perdue, Ritournelles, 2011.

Les Désarçonnés, Dernier royaume Ⅶ, Grasset, 2012.

L'Origine de la danse, Galilée, 2013.

Leçons de Solfège et de piano, Arlea, 2013.

La Suite des chats et des ânes, P.S.N., 2013.

Sur l'Image qui manque à nos jours, Arlea, 2014.

Mourir de penser, Dernier royaume Ⅸ, Grasset, 2014.

Sur l'idée d'une communauté de solitaires, Arlea, 2015.

Critique du jugement, Galilée, 2015.

Princesse vieille reine, Galilée, 2015.

Vita e morte di Nitardo, Analogon, 2016.

Les Larmes, Grasset, 2016(『눈물들』, 송의경 옮김, 문학과지성사, 2019).

Le Chant du marais, Chandeigne, 2016.

Performances de ténèbres, Galilée, 2017.

Une journée de bonheur, Arlea, 2017.

Dans ce jardin qu'on aimait, Grasset, 2017(『우리가 사랑했던 정원에서』, 송의경 옮김, 프란츠, 2019).

L'enfant d'Ingolstadt, Grasset, 2018.

Angoisse et beauté, Seuil, 2018.

La vie n'est pas une biographie, Galilée, 2019.

음악 혐오

발행일	2017년 6월 29일 초판 1쇄
	2021년 10월 15일 초판 5쇄
지은이	파스칼 키냐르
옮긴이	김유진
편집	임정우
디자인	닷프레스 datzpress.com
제작	크레인
펴낸이	김동연
펴낸곳	프란츠(Franz)
전화	02-455-8442
팩스	02-6280-8441
홈페이지	http://franz.kr
이메일	hello@franz.kr

ISBN 979-11-959499-4-6 13860   값 17,800원